劉操南 全集

青面獸楊志

劉操南　纂修
胡天如　傳述
徐鍾穆　記録

浙江大學出版社
ZHEJIANG UNIVERSITY PRESS

劉操南（1917.12.13—1998.3.29）

（1979 年攝於杭州）

1991 年出版的《青面獸楊志》封面

《青面獸楊志》手稿

劉操南先生（左）與徐鍾穆（右）

照片由劉操南先生之子劉文涵教授策劃編制

編者說明

《青面獸楊志》，據黃山書社 1991 年 7 月版錄編，原書原署：胡天如傳述，徐鍾穆記錄，劉操南纂修；其《內容簡介》云：

> 本書是據民間的楊志傳說編演的章回小說，叙述楊志離開天波府的曲折經歷。楊志既有家傳刀、槍、劍等十八般兵器的精湛武技，又有義兄魯智深私授的天下第一棍——"風魔棍"法，故他能笑傲江湖、震懾頑凶、橫掃奸徒。在這些方面，書中都有繪形繪色的描寫。刀光棍影中，倒下了獨脚大盜、蒙面淫僧、馬上悍將、店中凶婦等。本書集中並揉合了有關楊志的大量素材，細膩生動地塑造了一個武藝高强、正直無私、疾惡如仇的英雄形象——楊志。

這次收入《劉操南全集》，由編者酌加處理。

目　録

第一回　耀門楣穆桂英囑孫晉京
過梁山青面獸挺棍比武

兔走烏飛疾若馳，人生何事苦謀爲？宰相繚繚三更夢，武臣營營一局棋。禹併九州湯得業，秦吞六國漢登基。君王欲作千秋計，爭奈民心次第推。

這一首詩，乃是一位草澤英雄所吟。這位英雄不是別人，乃是北宋名將楊老令公的後裔楊文廣。

話說北宋太祖、太宗天子在位時，外族遼邦蓄意謀奪中原，假請宋帝議和，意欲謀害。楊繼業及七子爲保大宋錦繡江山，赤膽忠心，深入虎穴保駕，所謂八虎闖幽州，即指此事。班師回朝，楊家八將，犧牲過半。奸相潘洪仁美，私通遼邦，陷害楊家忠良，楊六郎進京告御狀，斬除奸佞，大快人心。

楊繼業原是北漢主劉鈞妹子次子，北漢兵敗，繼業歸宋。太祖賜姓爲楊，娶妻佘氏賽花，生下七子：淵平、延廣、延慶、延朗、延德、延昭、延嗣。又生二女：八娘琪、九妹瑛。俱善騎射，精通韜略。

繼業文則孔孟，武則孫吳。武藝超群，梟勇無儔。沙場出戰，繼業打着紅令字旗，其妻佘氏，打着白令字旗，因此號爲令公、令婆。朝野上下，尊稱爲楊老令公、楊老令婆。征伐大遼，屢建奇功，軍中盛傳口號：

戰鬥夫勇婦亦能，威名顯赫鬼神驚。令旗紅白飄揚到，十將逢之九喪生。

太宗皇帝出遊五臺山，楊繼業保駕，爲人所困。潘仁美不發兵糧，繼業孤軍作戰，無可奈何，撞死於李陵碑下。七郎延嗣被害，六郎延昭告狀，寇準審奸，冤情大白。太宗因於天波門外、金水河邊，敕建一座清風無佞天波滴水樓，俗稱天波府，以酬其功。

嗣後，六郎子楊宗保，偕妻穆桂英大破遼邦天門七十二陣。六郎率兵滅遼，四郎立功返宋。宗保子楊文廣領兵征討西夏，十二寡婦征西，抗擊外患，立下汗馬之功。

然而，楊家却屢遭奸臣陷害，含冤難伸，世態炎涼，門庭冷落。巧言之徒，密邇親信；枕戈之士，遠隔情疏。

四世傳至楊文廣，看透世情，隱身遠禍，離開京都，棲息於山西太行山下。不覺觸動憂懷，因而吟了這一首詩，一泄胸中憤懣。

且說山西楊家，這樣一代一代傳將下來，到了哲宗、徽宗年間，楊文廣謝世，門衰祚薄，祇剩下三房合一子，將門後裔，煞是淒涼。

這一子名喚楊志，生下來時，臉上便有老大一搭青記，人們喚他"青面郎"。

楊志自幼好習武藝，但老祖母穆桂英鑒於往事，要他棄武就文，讀書上進，倘能取得功名，猶可光耀門楣。楊志不聽祖母之言，性愛結交江湖豪傑；兀坐書齋，祇覺悶沉沉的，故沒識得多少字。

楊志的武功，是他自己尋師訪友得來的。山西道上，武藝首推提轄魯達，此人在渭州小種經略相公帳下，職任提轄。他曾在將軍府中當過武將，出入沙場，屢立戰功。祇因酒醉惹事，得罪了上級，因而降職。魯達爲人慷慨，萍水相逢，講得投機，一見如故，與楊志成了莫逆之交。由於好學，數年之間，楊志從魯達處學得不少本事，刀槍棍棒，十分精通。

楊家還有老總管兩人，也精武術。人們常道，楊氏門中，縱然那些燒火丫頭，也是有些三腳貓功夫的。他們見楊志有心，時常在旁邊指點。

老祖母原是木閣寨主之女，名喚穆金花，人稱穆桂英。她生有勇力，擅用神箭飛刀，與楊宗保結爲夫婦，又學得楊家金槍。穆桂英回想八虎闖幽州時，保衛太宗、真宗，功績顯赫，世人仰慕。而今，門庭冷落，家業蕭條，仗着變賣家產度日。她看着孫兒楊志有志，就將楊家槍棒家學，盡量傳授於他。

俗話說，醬缸打碎，架子猶在。楊家雖說日漸衰落，但排場仍不小。楊志染有少爺脾氣，不願作經紀買賣，不懂柴米油鹽。年復一年，眼見坐吃山空。

一日，穆桂英坐在堂上，將楊志喚來道："孫兒，兀守家園，看來不是辦法。汴梁城中，尚有幾位你祖父的相識，你可前去求援，謀個一官半職，還可光前裕後。你始祖楊繼業太公，出身微寒，邂逅佘賽花太婆，交流武藝，效忠朝廷，立下許多汗馬功勞。天子下旨敕建天波府，當時轅門之上，車馬喧闐。現在這些房廊差不多皆變賣了，祇剩下一點點地方，我們總得圖個久長之計纔好。"

穆桂英說到此，一陣傷感，眼圈微微發紅，幾欲淚下。她忍住憂傷，又道："你到東京汴梁，可先去兵部府。兵部尚書韓琨，是韓琦子孫，率領着八十萬兵馬，保衛京城。他是你祖父摯友，年已八十開外。待我修書一封，你可前去投他。看在你祖父的面上，諒會照顧一二的。"

楊志跪拜允諾道："孫兒遵命！"

穆桂英見孫兒允諾，内心暗自尋思：遠赴汴京，豈能空口白

3

話，需要費用，這可奈何？俗話説：窮歸窮，家裏還有三擔銅。穆桂英回到内室，翻箱倒籠，找出自己的珍藏之物，讓孫兒帶給舊日摯友，以表心意。

她的箱底藏有羊脂白玉觀世音菩薩一尊，這是當年太宗天子欽賜的御物，價值連城，倘若受人窺覷，就會引起禍端。皇上欽賜之物，是撰入起居注的，若是流入市肆，受人告發，官家知曉，就有欺君之罪。因此，此物代代珍藏，秘不示人。目今，徽宗天子是一聰穎俊俏人物，琴棋書畫，儒釋道教，踢球打彈，品竹調絲，無不知曉。徽宗天子不是當皇帝的料子，而是玩樂中人，他一旦探悉誰家有寶，就會傳諭攜寶晉見。穆桂英躊躇再三，爲了孫兒前程，出於無奈，祇得從箱底檢出白玉觀音，把它裝入錦盒。

另外，還有金綠貓石一對，光彩變化，有如貓睛，俗稱貓兒眼。吳道子畫，優雅柔媚，婀娜多姿。顏魯公書，筆力雄壯，氣象渾厚。懷素的狂草，連字連筆，一派飛動，迅疾駭人……

這些寶物，共計裝了四箱。

常言道：佛要金裝，人要衣裝。穆桂英深知，孫兒在家須穿着樸素，而汴梁紅塵，世態炎涼，總要穿得體面一些。因此，她命人去買來好衣料，連夜趕縫兩套新衣。

穆桂英又關照老管家楊忠，要他陪着孫兒去汴梁，一路小心侍候。到了京師，不得魯莽行事。老管家楊忠是楊延昭的心腹，年逾花甲。他曾服侍過楊延昭、楊宗保、楊文廣，而今，楊志又是他的一位小東家。

穆桂英又再三叮囑楊志，旅途之中，切忌貪杯飲酒，酒醉容易惹事。一拳失手，人命關天，不能爲官，却要作階下囚了。

楊志俯首恭聽，諾諾連聲。

一宵已逝，楊志早膳既畢，便入内室向祖母辭行。穆桂英招呼起坐，説道："孫兒此去，未晚先投宿，鷄鳴早看天，切莫趕走夜路。從山西循滹沱河向東，走冀州、曲陽、館陶南下，迂道從東阿渡黃河，經大野澤，向西去汴梁東京，須經梁山。一路荒山野嶺，都是強人出沒之處，需隨時小心。倘有疏忽，悔之晚矣！"

楊志叩首道："孫兒明白，謹遵祖母囑咐！"

楊志拜別祖母，穆桂英拄了拐杖，由丫頭攙着送至天波府門口，於青石獅子旁揮淚作別。

仗子牽來青鬃馬，楊志點蹬踏鐙，翻身上馬。老管家肩負包裹，內放零碎銀子，以備一路使用。他騎着一匹白馬，跟隨主人。

楊志初次遠行，不諳世情，派頭落落大方，買取物品，從不知還價。一路前去，兩匹馬上騎着兩個人，四輛車上裝着四隻箱子，由十六個仗子輪流推着。那車上插着錦緞小旗一面，上書"天波府"三字。天波府名揚四海，山西道上更是無人不曉。

車上還帶着四件兵器：刀、槍、棍、劍。這四件兵器，可以代表楊家幾代人所用兵器的特色。就說刀吧，楊老令公楊繼業，是最擅長用大刀的。再說槍吧，老令公的幾個兒子都是最愛弄槍的，楊家的金槍名揚天下。棍子呢，目下老太夫人穆桂英還是擅於用此的。而劍呢，老令婆佘賽花太君是善用寶劍的。楊志對這四件兵器，件件皆能，門門都精，不是豬頭肉三不精的。

此日三月初三，東風習習，陽光和暖。一周遭楊柳條兒青，四下裏桃花蕊頭紅。說不盡的花香鳥語，春光明媚。楊志帶着仗子一早趲趕上路，前臨官道，旁倚溪岡，倒也賞心悅目，心曠神怡。

楊志牢記老祖母慈訓，不趕夜路，太陽西沉，便早早尋覓客店歇宿，一路甚是平安。祇是山路崎嶇，羊腸曲折，忽高忽低，陡坡極多。楊志與老管家楊忠騎在馬上，一路顛簸，不覺甚累。十六名仗子推着車子，上下山坡，頗覺疲憊。走了一天的路，仗子們覺得辛苦，都想早些歇宿，揩抹身體，鬆散鬆散。

　　駒光如駛，不覺已走了半月，進入山東地界。過了清河縣，如走李家道，路途平坦好走；倘走山路，雖說多走十多里，却少危險。老總管楊忠認爲還是繞山路多走一程，楊志不明，要他説出緣由。楊忠答道："李家道位於梁山山寨前邊，旁有一江，喚作金沙江。那裏是強人出沒之處，他們日吃太陽，夜吃月亮，南吃獅子，北吃大象，拖着死貓死狗，祇是玩着吃白相。他們靠山吃山，靠水吃水，不管三七二十一，殺人越貨，無惡不作。東家，我們還是多走些路爲好，犯不着去與強人厮殺。與強人鬥，贏了，算不得什麽；輸了，却丢盡楊家的臉！"

　　楊志聽罷，兩手撫了撫濃眉，不禁哈哈笑道："灑家從未失意，要打就要與狠客打。區區毛賊，算得甚麽！"

　　却説楊志不聽勸告，定要朝李家道上走。這些伕子聽説要過水泊梁山，嚇得靈魂出竅，一致要求走山路。伕子們哀求道："大爺武藝超群，而我們連三脚貓功夫也沒有。強盜斷路，謀財害命，有什麽好説的。我們家有老少，賺這幾個辛苦錢也忒可憐了，請大爺走山路吧！"

　　楊志怒喝道："有大爺在，怕他作甚！這種毛賊，越是怕他越不行。祇要有大爺在，你們不會碰掉一根汗毛的！"

　　衆伕子無法，祇得硬着頭皮挺着。有的道："老兄啊，遇此關口，祇有全仗祖宗保佑，過時過節多燒幾張錫箔就是了！"

　　馬蹄得得，車輪軋軋，楊志一行仍向李家道上前去。漸至李家道，祇見兩邊山疊山，山連山，山套山。虯枝錯落，怪影參差，荒林寂寞，野草蕪雜。道路雖説彎闊，但祇是無人往來。楊志騎在馬上，朗然吟道：

　　　　自笑生來運未通，宛如蛟龍潛水中。有朝一日雷霆起，
　　風舉雲從騰碧空。

吟罷，楊志又對衆伕子道："小的們，時光不早了，速速趕路吧！"

伕子們提心吊膽，都想早早離開梁山泊這是非之地。老總管也捏着一把汗，尋思：倘若出事，定在此地。

楊志左右眺望，四圍山色中，一鞭殘照裏。遥見路旁荒灘上，竪着一塊石碑，中間刻着三個斗大的字："李家道"。楊志極目望去，但見：

山排巨浪，水接遠溪。青山隱隱路迢，山色空蒙石齊。白雲深處藏古寨，亂蘆攢簇夕陽低。山積翠，水流西，斷頭港陌多蒺藜。巍巍峰頂遠雲接，猿猴攀蘿白鶴飛。風拂拂，草萋萋，苦竹森森一鳩啼。不見牧童風筝放，亦無樵夫出林棲。遥望絕徑岡巒處，林梢飄揚杏黄旗。一笑人間少此境，梁山高來水泊低。

這時，伕子慌得要命，獨有楊志欣賞山景忘了情，不覺失聲喊道："好風景！"

楊忠道："東家，此非觀賞之地，切莫逗留，還是速速趕路爲妙！"

楊志毫不在乎道："哎，老人家不必擔憂！強人若來，灑家手中兵器不會饒人，他來兩個，去他一雙！"

楊忠尋思：東家本領確是不錯，可強人出没，總有一幫人，不會是獨脚強盜。那時，豈不就寡不敵衆了。再説，在山西道上，盛傳楊家的威名。東家座上客常滿，樽中酒不空。廣交朋友，一呼百諾。而目下遠離家鄉，没人幫襯。十六個伕子，全是酒囊飯袋，毫無用處。

忽然，山上傳來嘭嘭、嘭嘭的亂鑼聲。楊忠一望，不禁一駭。祇見李家道横邊小山上竄出幾十個強盜。爲首的那人，身材高大，貌相奇特，頭小目凹，三綹黃髯，年歲四十左右。此人名叫朱貴，人稱"旱地忽律"。

看官，爲何稱作旱地忽律？相傳有一種毒蛇，把甲魚吃了，它自己潛藏在甲魚殼中，前邊伸出一頭，後邊露出一尾，整個身子纏在裏面。初看是鱉，粗心的人買去煮熟，吃下去就中毒身死。有經驗的人，買去把它倒掛在柱上，時間一長，那毒蛇受不得倒垂之苦，從甲魚殼內脫落於地。人們稱它作蛇跌鱉，又名旱地忽律。

朱貴以開酒店爲名，專一探聽往來客商情況，聯絡天下英雄好漢。這次，朱貴前面開道，後面隨着數位英雄。

中有一人，頭戴一頂青紗抓角兒頭巾，身穿一套白領綢衫，腰繫玫瑰色絲帶，足蹬薄底英雄靴。手持一條棍子。他身長八尺，熊腰虎背，豹頭環眼，燕頷虎鬚，年紀三十有餘。此人就是大名鼎鼎的豹子頭林冲，曾任東京八十萬禁軍的槍棒教頭。

林冲深受高俅陷害，弄得有國難奔，有家難投。由於小旋風柴進的推薦，纔上了梁山。誰知上得山後，寨主王倫是個鼠目寸光的人，胸襟狹窄，自思是個落第秀才出身，沒甚本領，倘被林冲鵲巢鳩居，如何是好？王倫心存齷齪心思，故對林冲託故推辭。可因礙着柴進的情面，祇得暫留，命林冲三日之內拿一個"投名狀"來。

林冲不解投名狀是何物，朱貴解釋道："好漢入夥，須納投名狀，以示真心誠意。你去山下殺死一人，將頭獻納；或是搶得貴重物品貢獻。此就是投名狀。否則，趕下山去！"

林冲聽了，暗暗思忖：我在東京，倘若有人不法，強搶財物，就要依法治罪。如今，知法犯法，昧着良心，自己去搶，如何是好？

林冲第一天下山去，就遇着一椿生意。一個小伙子路過，林

冲驀地跳出,喝了一聲:"漢子休走!"提起朴刀,斬將下去,來殺
小伙子的頭,討個利市。小伙子嚇得抖作一團,跪在地上,呼天
搶地,高聲喊道:"大王饒命,小的有天大的冤仇要伸!"

林冲聽説有冤情,放下刀道:"你且講來!"

小伙子道:"小的妻子被清河知縣衙內霸占去了,小的去衙
門呈狀,反被縣主打了四十大板,轟出堂來。小的如今欲去青州
告狀,倘得告准,夫妻又可破鏡重圓。望大王饒命,讓小的出了
這口冤氣,死也瞑目!"

林冲聽得目瞪口呆,不覺淚下潸然,説道:"我的遭遇,與你
相仿,我就放了你吧,讓你夫妻日後團圓!"

林冲又從身上摸出十兩紋銀,餽贈與他,小伙子再三拜謝而
去。朱貴在一旁覷着,道:"你可不是作強盜的胚子啊!明日,林
教頭可不得手軟了!"林冲允諾。

到了次日,林冲又遇一老丈。這老丈白髮斑斑,步履蹣跚,
見林冲持刀從幽僻小徑上衝出來,忙跪下道:"大王饒命!"

林冲心思:這回可得狠狠心了。他叱責道:"爲何要饒你
性命?"

老丈戰栗着道:"大王,我年已一百零四歲,已近兩個花甲,
原已活過頭了,死也不足惜!祇是待我説完話再殺未遲。"

"如此,你講吧!"

"大王,我有三子。長子八十六,次子七十五,都已亡故。三
子七十,受人誣告,被關禁在青州獄中。月前三子帶來一口信,
要我去證雪冤情,父子相聚,或可免於一死,祈求大王垂憐!"

林冲尋思:這老漢萬萬殺不得的。他歎了口氣,又摸出十兩
紋銀,招呼道:"老丈請起!喏喏喏,贈你十兩銀子,速去青州搭
救孩兒吧!"老丈叩頭而去。

朱貴暗自敬佩林冲,却又皺着眉頭道:"教頭,看來你又在拆

自己的臺了。明日再做不成生意，休怪寨主無情。」

林冲思想：是啊，明日倘遇皇親國戚，定殺不赦。他仰天長歎一聲，戚然而道：「不想我林冲被高俅那賊陷害，流落到此，如此命蹇時乖！」

又過了一宵，第三日，林冲與朱貴在涼亭裏面相對飲酒，壯壯膽氣。林冲心忖：我今日如若再心軟不下手，就不喚豹子頭罷了！

豈知，三日不劫客，此日却送來了一個歪喇叭。待到午牌以後，一個小嘍啰奔到涼亭裏來報道：「下面來了一批大買賣，四輛車子內裝着許多金銀財帛，車子很快就要從這兒經過。」

林冲欣喜不已，亢聲道：「好啊！好啊……」

林冲隨手操起一條棍子，站起身來。

看官，古代的兵器，棍、棒、槍、矛、刀、劍等，都有個講究。刀劍是短兵器，八尺為棍，一丈為棒，丈六為槍，丈八為矛。林冲擅長的兵器是一條槍、一根棒，在東京八十萬禁軍中被稱為槍棒教頭。

小嘍啰前邊引路，林冲跟隨於後。出了李家店，直奔向山前。他手搭涼棚，抬首翹望，衹見山下十六個伕子推着四輛車子而來。後邊還有兩匹馬，前面馬上坐着一個年輕大個子，後面馬上坐着一個老者。

那個大個子，頭戴一頂范陽氈笠，一蓬紅纓散着。身穿寶藍緞的細花綢衣，腰裏繫一條玫瑰色絲帶。足蹬牛皮單面靴，騎着一匹青鬃馬，鞍轡、踏蹬全是新的。大漢青面孔，腮邊一蓬短鬚。俗話説：龍眼識珠，鳳眼識寶，英雄識英雄。林冲見多識廣，一見這漢子，就知道他有些來頭。尋思道：此人決非等閒之輩，必是江湖豪傑無疑。今日我可要與你比個高低。林冲招呼衆嘍啰道：「孩子們，你們站在一旁！」

　　林冲記取武師規範,禮讓爲先,命衆嘍囉退在一邊。自古以來,棋逢對手,將遇良才,都是單槍匹馬厮鬥,不是倚仗人多混戰一陣的。

　　林冲暗忖:待俺來嚇唬一聲,叫他望風而逃,留下金銀財帛就是了。於是,林冲從土山上衝將下去,攔住去路,胸一挺,棍一點,四平步站住,擺開架勢,大聲喝道:"呔,此路是我開,此路由我賣,有人從此過,留下買路錢來!"

　　這幾句話,是朱貴預先教的,林冲祇是當作曲牌喊喊罷了。林冲喊罷,不覺臉紅,暗忖:好端端的一名武師,今日竟爾説出這些話來,墮落到這等地步,慚愧呵慚愧!

　　十六名推車的伕子真的遇到了強盜,魂飛天外,面面相覷,丟下車子就逃,躲在道路兩旁。他們心裏盤算:這少爺不識世情,我們勸他別走此道,他偏不聽,現在強盜來了,給他點顏色瞧瞧!

　　楊志聞聲抬首一望,見跳出一個獨脚強盜,心想:這有啥稀罕?縱然來他十個八個,我何懼之有?何況一個獨脚強盜!

　　楊志鎮定地道:"你們休得驚慌,灑家在此,怕他作甚!"

　　衆伕子尋思:東家真是莽撞,土山上的強盜還未下來呢!

　　楊志又招呼楊忠道:"好生管好馬匹!"

　　楊志内心思量:灑家用什麼兵器呢?短兵器,不稱手;用槍呢,楊家金槍天下聞名,殺鷄焉用牛刀,不值得。楊志拿定主意,還是用棍吧。楊志這棍子,其名八尺熟銅棍,看似一般,却非尋常。他的棍法經名師傳授,鶴立鷄群。

　　楊志取過八尺熟銅棍,把笠帽一掀,直向林冲疾奔而去。

　　這一去:銅棍盤旋,黃雲慘澹白日昏;銅棍點搠,上摇蒼穹下撼地。

　　欲知後事如何,且聽下回分解。

第二回　李家道豹子頭攔路越貨
汴梁城青面獸送禮求官

　　話說青面獸楊志跨下馬背，三脚兩步，來到林冲面前。對着這個强人上中下仔細打量一番，心裏尋思：這人生得瑰奇，虎背熊腰，真是個將才；可怎會落魄至此，攔路剪徑？

　　林冲也在覷視，他見楊志相貌奇特，身材魁梧，兩條濃眉，一雙環眼，一看就知不是等閒之輩。

　　這兩個人，一個是江湖豪傑，一個是落魄英雄，異日梁山聚義，風雲際會，都是五虎將中有名望的人。

　　楊志内心還掂掇，此人拿的武器與我一模一樣，也是一條棍子。我的棍法，名叫風魔棍，乃是山西鐵判官魯達傳授，未知對方的棍法如何。

　　魯達在山西渭州，那時尚未上五臺山。他有兩個諢號：一個唤作“鐵判官”；一個唤作“鐵扇子”。爲何有這兩個諢號呢？魯達生來魁梧，是雙料頭人。形容粗魯，相貌凶頑，絡腮盡是髭鬚。他爲人愛恨分明，性格耿直，像一個陰司判官，故被稱作鐵判官。魯達的手掌極大，撑開來像把扇子，手指極粗，倘若被他一記耳光，頭也要被他打歪。故又被稱作鐵扇子。

　　魯達的棍法，出自少林寺的達摩老祖，單系嫡傳，其名爲“風魔棍”。這棍法是棍中之王，計有八節，每節八棍，共有八八六十四棍。這一棍法，當時天下無敵。楊志在山西與魯達結交，萍水相逢，杯酒相傾，日子一多，遂成了莫逆之交。

魯達教了楊志兩節棍法，就出事了。當時，渭州有個財主，叫作鎮關西鄭大官人，看中了一個賣唱姑娘。虛錢實契，寫了三千貫文書，強媒硬保，要她作妾，髒了她的身體。沒幾日，家中老婆容納不下，鄭大官人也祇是玩個新鮮而已，就把她趕了出去，着落在店主人家，追索原典身錢三千貫。老父懦弱，怕他財勢，祇得忍耐。

一日，姑娘在樓頭賣唱，想起自己淒涼的身世，淚如雨下。魯達適與友人飲酒，聞說此事，不勝憤怒。他徑去狀元橋鄭屠户肉店，三拳打死了鎮關西鄭大官人鄭屠户，鬧出人命官司。

魯達是衙門的提轄，知法犯法，理當罪加一等，從此遠走高飛，離開渭州，來到代州雁門縣。這時，賣唱姑娘由人做媒，嫁與趙員外，養爲外宅。

待海捕文書下來，魯達已到五臺山出家。北宋法律，出家做了和尚，即跳出紅塵，諸事罪過可以勾銷。真是：跳出三界外，不在五行中。

因此，楊志在魯達那裏祇學會兩節棍法，計一十六棍。楊志尋思：這風魔棍雖僅僅學得兩節，但此棍一般人難以對付，一點一搠就倒，要你傷就傷，要你死就死。今日，你這個強人遇着我可要倒霉了。

豹子頭林冲也在暗自沉忖：我的棍法非同尋常，是結拜兄弟魯智深在菜園裏教我的。偌大的一個東京城，會耍風魔棍的可稱是鳳毛麟角，山隅海角更不必說了。武藝精通的人雖說不少，但對此棍法，却是生疏的。當初，我在府署值班，必先往菜園學藝。結拜兄弟魯智深誠心地教，我是虔誠地學，可惜祇學了兩節棍法，我出事了。我娘子在廟裏敬香，被高俅兒子高衙內調戲，使女錦兒報告,我趕到廟中,纔得衝散。嗣後,高俅父子用謀,唆使一條大漢喊賣寶刀,又設計誘騙我進入白虎堂,誣我行刺高俅。我被解去開封府審訊,幸賴滕府尹清正,爲我開脫罪責,認作"不合腰懸利刃,誤入白虎堂",脊杖二十,刺配滄州。這樣,結拜兄弟分手,這風魔棍僅學了兩節十六棍。林冲心想,你這個青面孔,哪知我這風魔棍的厲害?説不定,一棍下來,你就沒法遮攔,縮手縮脚,倒在地上永世爬不起來!

其實,他倆的棍法,萬變不離其宗,都是花和尚魯智深一人教的。

楊志尋思,這攔路强人,看樣子不是慣盜,是初做的。但既上了梁山,不論初做、慣盜,都不可饒恕。祇是初做的,可以少費一些手脚,待我吼上幾句,把他嚇退就是了。楊志怒聲喝道:"呔,强徒聽了,你可知曉,我乃是天波府的楊志?"

未待林冲答話,楊志指着前邊車輛,又喝道:"喏喏喏,我這四隻箱子裏裝滿了金銀財帛,你若有本領,就到我的棍子上來領取!"

林冲見楊志挺棍疾步前來,心忖:窮極無孝子,俺今日是朴刀嵌在頭頸裏,也要與你拼命了!上兩天,我已經把一個小伙子與老頭兒放走了,今日限期已到,再也不能錯過了。

林冲聽罷楊志之言,也憤然作色道:"呔,休得多言,速來棍上領死!"

楊志聞言,將棍子高擎,厲聲叱道:"如此,速速報上名來!"

林冲朝楊志一覷,心想:我若報出名來,你豈不要嚇得心膽俱裂。他高聲答道:"俺乃東京八十萬禁軍槍棒教頭林冲!"

楊志聽罷一駭,但心忖:既已相遇,何必懼怕?就泰然道:"好啊!你先下手吧!"

林冲尋思:這是俺的無理,應該讓他先打。故道:"你先下手吧！"

兩手推讓了一陣，還是楊志先起一棍，並道："既然如此，我就得罪了！"

林冲尋思：要打人先招呼說得罪的，這倒是第一次遇上。

林冲立定，連退兩步。此是武術家的規矩，不論開棍、受棍，都前搶占步位。進三步，退兩步，這是使棍的步法。

楊志這一棍打來，林冲連退兩步，這樣離棍就有二寸左右，不會被棍子點着。否則，就會七竅流血而亡。這叫作"槍怕搖頭棍怕點"。

楊志起手這一棍落了空，林冲心想：我已讓了你一棍，現在就不必客氣了。

林冲起棍，對準楊志雙腿"啪"的一聲，一個"落地送乾坤"的姿勢，兜圈橫截過去。

楊志竄跳起來，往上一蹦，棍子落空，砸在石頭上，火星直冒，那塊石頭霎時掃去了一半。

小嘍囉們見了，吃驚不小，都把舌頭伸了出來。這一棍若是被掃着，兩腿就會被截爲二截。

兩人棍來棍去，拼鬥在一起。一個是擎天白玉柱，一個是架海紫金梁。架隔遮攔，盤旋點撥，各自抖擻精神，奮力廝殺。

楊志與林冲都暗暗歎奇：怎麽對方的棍法與我一樣？不是一師相承，天下竟有這等奇事？

一樣的棍法，兩人自然打得難分難解，不分勝負。前人於此，有一篇《棍賦》爲證：

> 此棍傳授出少林，回旋遮攔俱有神。棍起兮愁雲慘澹，棍落兮威風凜凜。上打風魔掩日月，下掃地震動乾坤。撥草尋蛇人不覺，大鵬展翅忽翻身。前八棍龍翻大海，後八棍虎撼翠嶺。左八棍長江掀浪，右八棍泰山壓頂。若問此棍

何來歷，風魔棍出達摩僧。

雙方都在暗暗爲對方歎奇叫好。

祇聽忽喇喇，似天崩地裂；惡狠狠，如雷吼風呼。銅棍盤旋，金光閃爍，宛如兩條龍競寶，賽似一對虎爭餐。這棍法真可謂：眼到、手到、神到、棍到，八方飛舞，四照玲瓏，毫無半點破綻。

楊志在山西遇的都是無名之輩，今日將遇良才，不敢稍有懈怠，祇是抵死力戰。

林冲尋思：這人棍法精湛，倘非遇俺，肯定取勝。林冲有些擔心，怕打不贏，因爲他祇學了二節十六棍。

楊志也在尋思：這強人棍子點搠，爐火純青，諒是學會六十四棍的。想到此間，楊志不免有些着慌。

兩人打到第十五棍時，楊志心忖：八八六十四棍，這以後的許多棍子，如何還擊呢？楊志是英雄性格，灑脫慷慨，尋思：自己索性氣派大些，這第十六棍就別打了。他這樣想着，隨手把棍子往大道上一甩，停了手。

林冲見楊志棍子一甩停了手，也隨手把棍子放下。

剎時，衆嘍囉爭着要圍將上去，旱地忽律朱貴見狀，起手一擋。江湖上說：一打一是英雄，衆打一是狗熊。如若衆嘍囉上去圍打，這算什麼行徑？

此刻，老管家楊忠及十六個伙子見楊志將棍丟落，急得冷汗直冒，渾身戰栗。

楊志朝林冲一覷，坦誠地道：“英雄聽了，你的棍法果然高強，灑家楊志甘拜下風！”說着，回轉身子，手指着車子上的四個箱子，說道：“這四個箱子，你統統帶去吧！”

楊志自慚武功低劣，命運不濟，準備赤手返回山西，再作道理。

林冲聽楊志之言，不禁思量，此人武藝高強，看他氣派，並非當保鏢的。這些金銀財帛，他攢來諒也不易，我如全數拿下，他必難以爲人。因此，林冲回首朝衆嘍啰道："孩子們！"

衆嘍啰應聲道："林教頭！"

林冲招手道："你們去車上搬取一個箱子就是了！"

朱貴尋思：車上明明有四個箱子，爲何僅取一箱，不照單全收呢？我們行劫，多多益善。不過，他知道林冲的性格，並未多言。

衆嘍啰奉林教頭之命去搬箱子，可看不出那個箱子裏的東西值錢，就揀那個最重的箱子，對林冲道："林教頭，這個箱子最重，就取它吧！"

林冲待衆嘍啰把那個箱子搬走，對楊志一拱手道："英雄，你們可以上路了！"

楊志心忖：這强人衹取了一個箱子，我剩下三箱，仍可上京。他低首輕輕地説了一聲"慚愧"，朝十六個伕子道："來，趕路！"

楊志舉脚挑起棍子，脚一踮，翻身躍上青鬃馬，兩腿向馬肚兜上夾着，騎馬欲行。他回過頭，朝林冲抱拳一拱手，面有愧怍地道："英雄，灑家先辭了，後會有期！"

楊志、楊忠馳馬在前，十六個伕子推車在後，直往東京進發。

老管家楊忠尋思：這次雖然破了些財，可總算保得性命。

楊志也在尋思：楊忠畢竟是三代義僕，忠心耿耿，不辭辛勞，老馬識途，經驗豐富。早聽老人家之言，不至到此地步。眼下梁山已過，前途諒必一帆風順了。

再説林冲在朱貴酒店歇息，小嘍啰打開箱子，一覷視，皆是玉石銅器，並無綾羅綢緞，十分失望。豈知，這些玉石銅器非同一般。石頭實爲靈璧，十分珍貴，削成磬柝，能擊打出樂曲。銅器實爲出土文物，是鼎、簋、尊、卣。小嘍啰們哪裏識得，罵道："媽的，盡是些石頭與廢銅爛鐵，我們上大當了！"

朱貴叱道：“你們有眼無珠，自然不會識貨。這些都是寶貝，人世稀罕之物，價值連城。送上寨主，一定稱心如意！”

朱貴清楚，王倫原是落第秀才，嫻於文物掌故，識得青銅玉石，見了必定喜歡。

林冲不覺苦笑一聲，尋思：王倫如此量窄，目光短淺，若無青面孔的這一箱寶物，這投名狀定難過門，俺如何在山寨安身立命？

林冲在店內暫歇，朱貴就在水亭取下雕弓，搭上一支響箭，朝對港蘆葦裏射去。頃刻間，蘆葦叢中駛出一隻快船，徑到水亭下面。小嘍囉跳上岸來，跪拜道：“朱頭領，又有何事啦？”

朱貴道：“孩子們，速速把這個箱子抬上船去！”

衆嘍囉諾諾連聲，抬箱子上船。待林冲、朱貴上船後，小嘍囉調轉船頭，往泊子裏駛去。船過金沙灘，由斷金亭上岸。往前走去，是一條石級山道，幾經曲折，來到聚義廳前。

聚義廳內，白衣秀士王倫坐在中間交椅上，身穿白綢褶子，雙顴突出，一雙細眼，白多黑少，下垂一撮黑鬚。王倫手裏正撥弄着兩隻胡桃，忽見朱貴踏步上來道：“林冲今日在李家道劫得一箱寶貝，現在廳外求見！”

王倫聽説林冲搶得寶貝，耳中似聞響雷一般，連忙道：“快快請林教頭進來！”

林冲踏步上聚義廳，覷見王倫眉飛色舞，面孔也短了不少，不禁暗思：俺上得山來，第一次見這般臉色。

王倫見林冲上來，忙招呼道：“林教頭快請坐！”

林冲一側坐下。

小嘍囉抬上箱子，把蓋揭開。王倫定睛凝視，寶貝盡收眼底，他不覺失聲驚喊道：“啊哎哎，好貨！”

這些商周彝器，可謂人世至寶，可遇而不可求。王倫摩挲玩弄，能一一説出它們的名稱：此是獸面紋鼎，那是古父己卣。王倫又命小嘍囉打開畫軸，愛不釋手，一件件把玩，一件件觀賞。他關照小嘍囉，箱子要輕輕扛，慢慢放，如若壞了一件寶貝，可要嚴加懲治。

王倫又喚衆嘍囉安排筵宴，款待林教頭。就憑這一箱寶貝，林冲總算留在水泊梁山，坐着一把交椅。

且説楊志率領着衆伏子，漸漸出離了山東境地，曉行夜宿，趕起行程。

在路非止一月，這日抵達東京汴梁。

這汴梁皇城分外路城、内路城與紫金城三道城牆。外路城稱外城，内路城稱内城，紫金城稱大内。這外城方圓四十餘里，城壕喚作護龍河，闊十餘丈。城壕内外，都種上楊柳，禁止行人往來。城門有甕城三層，屈曲開門。祇有南薰門、新宋門、新鄭門與封丘門四門是正門，是直門兩重，留有御路。其餘則有水門内城，方圓約二十里許。大内就是帝王與六部官員所居，宮殿衙署所在。房屋都是雕甍畫棟，峻桷層榱，壁皆磚石，精雕龍鳳飛雲之狀。

楊志走新宋門，從外城穿向内城，在御路左邊行走。伏子推車，車聲轆轆。

楊志坐在馬上左右觀看，將山西太原與之相比，宛如小巫見着大巫。書會才人於此，撰了篇《汴梁賦》，可以爲證。賦曰：

> 一路街壇行走，抬首舉目觀瞧。人挨人人擠人鬧嘈嘈，兩邊店鋪熱鬧。當鋪生意茂盛，金銀首飾珠寶。官燕人參與阿膠，銀鋪還在劃兑銀條。裁剪綾羅緞匹，手帕汗巾雙料。鞋襪衣莊帽鋪，綉花店内掛神袍。玉石古董玩具，錢店流通國寶。茶館熙熙攘攘，南貨店桂圓荔枝桃棗。門前高掛酒旗飄，糟坊專銷酒燒。面館對門飯店，嘉興冬菜蒜苗。

醃臘鹹蛋鰲魚膠，熟肉五香熏爆。常州粉絲豆腐，寧波水磨年糕。湯糰鍋貼牛肉包，蘇揚柳席蒲包。大街上盡店鋪，弄堂內藏紳家富豪。胡琴琵琶鳳凰簫，素衣店內擺魂轎。九流三教滿街跑，起課相面趕趁。雕塑佛像紙紮，古玩珍珠瑪瑙。裝飾黃綾表單條，古人山水花鳥。內外傷科醫室，四時鮮果擺好。小本經紀肩擔挑，化子哀哀求告。耳畔笙簫管弦，眼前車馬花轎。紫石街道寬闊，還有六房皂隸喝道。正是皇家開基汴梁城，一派富貴升平景象到處逍遙。

楊志輕勒馬轡，徐徐走去，內心尋思：呵呵，好一座汴梁帝皇京城！灑家今年三十歲，這樣熱鬧繁華的地方還是第一次來到，這樣令人眼花繚亂的地方還是第一次覿見。

忽見前邊一家酒店，門首縛着彩樓歡門。三層相高，五樓相向，飛橋欄檻，明暗相通，珠簾繡額，燈燭光耀。望大門裏頭，天井兩廊皆小閣子，簷前懸着金字匾額「豐樂樓」三字，旁邊繫着繡飾，隨風飄蕩。楊志心想：今日無暇，改日當來此痛飲一番，一開眼界。

車輛轆轆而過，老管家楊忠招呼楊志道：「小東家！」

楊志應道：「老人家何事？」

楊忠道：「俺等先去尋一招商客店耽擱，再作計較如何？」

楊志頷首道：「如此甚好！」

一路行走，宿店都有市招：有的懸牌，有的掛碗燈籠。有的寫「狀元客棧」，有的寫「高升客店」，有的寫「吉利棧」，有的寫「興隆店」……楊志見前邊有一家「欣樂客棧」，不覺勒一下馬韁，思想在此投宿。

店小二見狀，忙笑眯眯地迎上前來。他是專門招攬顧客的，從早到晚總是笑眯眯的。正是：

手背三尺布,店有八卦爐。招攬四方客,笑的就是我。

小二笑着招呼道:"客官,小店招待周到,要什麼有什麼,來來來,請下馬吧!"

楊志見小二熱情萬分,就道:"好,下馬吧!"

小二立即將馬牽過來拴着,走在前邊引路。四輛車子門前停下,卸下箱子。楊志奔到賬臺前,朗聲道:"要四個房間!"

楊志派頭是大慣的。四個房間,楊志、楊忠各住一間,十六個伕子八人一間。

楊忠勸道:"老太太關照,出門須節約,我們兩人一間吧!"楊志不依。

瞬間,三個箱子已搬入房内,楊志放心了。大家痛飲飽餐一頓,便歇息了。

主僕兩人商量,如何訪問尚書府第。樞密院與兵部都在大内,韓琨的尚書府第諒不會遠。兩人商妥,也就歇宿。

不想楊志此來東京,不僅枉送了許多財寶,而且淪落在招商客店,受盡人世凄涼。

世路崎嶇,命途多蹇。直教:大斧橫掃去水泊,鋼槍斜拽上梁山。

欲知後事如何,且聽下回分解。

第三回　兵部尚書韓琨巧言受禮
天漢州橋楊志落魄賣刀

話説楊志率領着僕伕來到了東京汴梁，在内城的一家欣樂客棧住下，分住在四個房間。晚飯後，老管家楊忠走進楊志房内，動問東家明日如何安排。楊志思慮有頃，即道："你是楊家三代舊人，諳熟官家制度儀法，未知去過兵部尚書府署否？"

楊忠答道："東家，六部尚書每部有四司，共分二十四司。六部爲吏部、户部、禮部、兵部、刑部、工部，屬樞密院管轄。樞密院分南、北兩院，兵部屬北樞密院管轄。樞密院在大内闕門西南，俗稱西府。明早俺等徑去大内就是了。這些府署老奴都曾去過，路徑也還記得。"

楊志道："如此，明日我們就去大内。"

楊忠注視着東家，幫助出主意道："俺等路過梁山時，被强人劫去一隻箱子，如今祇剩三箱了。老奴覺得，不如把箱内之物，移作兩箱，兩箱成雙配對，討個吉利！"

楊志允諾，兩人當即動手。不多時，三箱之物已併作兩箱。那個空箱子無用，楊志就送與店主。

忽聞得譙樓已打二更，楊忠忙告辭道："東家馬背上辛苦，就早些安睡吧！"

次日天明，楊志起床。他憶起老祖母的叮囑，出門拜客須穿新衣,否則有失體面。於是,楊志就穿戴打扮了一陣子。他頭戴一頂天香緞文生巾,居中綴着一塊碧玉,腦後兩條琵琶帶子飄蕩。身穿天藍緞海青,上面綉的是鳳穿牡丹。腳穿一雙登雲靴。全然一副文士裝束。楊志朝自己周身覷視,甚是滿意。

此時,恰好楊忠推門進來了。今日,老管家的打扮也不同往日。他頭上彎頂幞帽,身穿皂色直裰,綫紗帶子束腰,皂色兜襠底衣,短筒靴兒,內襯白襪。楊忠見東家穿戴得體,十分斯文,暗暗高興。

楊志見老管家已準備停當,就教老管家前邊引路,伕子扛箱,四人一扛,餘下的跟隨。

楊忠知道,兵部尚書府在錦衣街,他帶領着進了大內,就踏上御街。這御街闊有二百餘步,路中間安着朱漆杈子兩行,中心就是御道,老百姓是不能在御道上行走的,須走在朱杈子的外邊。杈子裏還有磚石甃砌的兩道御溝,溝裏種着荷花;岸上種着桃李梨杏,紅白相間。

老管家懂得他們應在左邊朱杈外行走,所以,一路行來,落落大方。一會兒,就到了兵部府第;又往前行,便是尚書的私人住宅。

這住宅前蹲着一對石獅子,金釘朱門,門前左右高懸着一對府燈,燈上映着"韓府"兩字。大門前,一簇簇的轎馬,幾個挺胸凸肚的站在大門左右,望見楊志、楊忠一行人扛着箱子過來,知道是來拜謁老大人,不敢怠慢。老將軍年輕時爲官清正,廉潔奉公,兩袖清風。現在却不同了,稀裏糊塗,和光同塵,隨波逐流,一味吃喝玩樂。古人說:己身正,不令而行;己身不正,雖令不從。又說:上梁不正下梁歪。底下人見老大人如此,也就乘機胡搞起來。

楊忠在門首石獅子旁稍歇,伕子放下箱子站着。楊忠踏上一步，拱着手道："家院請了！"

一位家院笑着應道："哎唷唷，老伯伯，請不必客氣！"

楊忠道："你家大人可在府内？"那家院道："我家老大人，年逾八十，雖膺重任，各種瑣事由人代理，祇是朔日、月半閱兵之時，外出一趟罷了！"

楊忠道："如此，管家就說山西天波府有名帖一端，書信一封，欲求拜謁，請勞神通報！"

家院聽説，暗忖：當年八虎闖幽州，楊家將威震四海；不過，聽説楊家小將死喪殆盡，如何又有人來求見？

楊忠見家院躊躇，指着楊志道："喏喏喏，這位便是我家小東家楊志。"

楊志見老管家一弄眼，心裏領會，大踏步上前，唱了個喏道："諸位，楊志有禮了！勞神管家入内通報！"

家院應聲諾諾，可脚不移動。楊志不知緣由，楊忠却心裏有數：不花小錢是休想入門的。他掏出十兩銀子，遞過去道："區區薄禮，不成敬意，請諸位買杯茶喝！"

家院接過銀子，在手中掂了掂分量，馬上面堆笑容，説道："老伯伯不必客氣，俺進去通報就是了！"

楊志一行人在門旁條凳上坐下休息。

家院轉身入内，穿過大門，走備弄，繞過轎廳、大廳，轉了幾個彎，始到書房。

老大人目下年老多病，體力大不如前。他原來斗米十肉，如今祇能吃半碗飯了；睡覺的時間多，起床的時間少。

這時，老大人起床未久，穿着員外的便裝，兀坐書房。他頭戴四方巾，前邊挑起一個長壽字。身穿古銅色軟緞綉山松鶴袍子。兩條長梢眉，一雙鵬飛眼，最長的一根眉毛拉下來可過下巴，面色憔悴，髯鬚雪白。老大人坐在太師椅中，眼睛半開半閉的。家院手持名帖上前跪報道："大人！"

老大人問道："何事？"

家院將名帖書信上呈，老大人先看名帖，再拆信件，低低讀出聲來。他見是楊宗保的孫子楊志前來謁見，不禁陷入沉思：當年，我與楊宗保各帶一路人馬，一在牛蚝山，一在狼牙谷，形成犄角之勢。與遼邦周旋了兩月餘，同心戮力，終於一舉殲滅了遼邦，得勝回朝。宗保比我稍大數歲，如若活着，已是耄耋之年了。楊宗保與穆桂英結爲伉儷，大敗遼邦天門陣，舉世聞名。老大人回首當年之事，歷歷在目，如今，楊宗保的孫子前來，怎能不喜出望外？他精神一振，大聲吩咐道："請楊大官人進來！"

手下立即傳話出去："老大人有請楊大官人！"

外面楊志聽説老大人有請，就起身入内。老管家楊忠深怕東家不諳官場規矩，緊隨於後。

進了書齋，楊志見老大人坐在太師椅中，急忙踏上三步，脱下帽子，雙膝跪地道："老大人在上，世姪孫楊志叩見請安！"

楊忠也隨着跪下道："老奴楊忠叩見老大人！"

老大人微微一笑，伸手往上一抬，招呼請起。

楊志、楊忠站起。

老大人又請楊志坐下。楊志局促不安，不敢入坐。老大人道："叫你坐下，你就坐下！"

楊志連連道："是、是、是！"

楊志坐下，楊忠是僕人，站立一旁。

老大人問及天波府的近況，楊志搖首道："老大人，一言難盡，今非昔比。當年車來馬往，門庭若市；而今家道衰落，靠着變賣家產度日。愚姪孫雖是略傳家學，學得細細本領，却不得機緣，爲朝廷報效。老祖母要愚姪孫前來京師，拜謁老大人，賜予照顧提拔，沒齒不忘！"

　　老大人聽着楊志訴説，心裏早已有數，暗忖：楊志是將門後裔，又是世交，理當另眼看待；祇是其貌不揚，臉上偌大一塊青記，一隻眼睛躲在青記之中，教人望而生厭。

　　古人説：孔子以貌取人，失之子羽。歷史上，以貌取人之例屢見不鮮。唐宣宗開武狀元時，校場上闖出一條好漢，面孔鐵黑，滿臉橫肉，眼睛一大一小，絡腮盡是鬍子。皇上見了，非但不取，還令兵士將他趕出校場。這人就是黃巢，後來造反，殺了唐軍八十萬。漢朝王莽以貌取人，把一個青面孔從校場趕將出去，此人後來投到漢光武帝劉秀帳下。王莽在白馬澤時，被一個馬伕殺了。這馬伕不是別人，就是當年被趕出校場的青面孔，名叫馬武。一個黑面孔滅唐，一個青面孔滅莽。老大人想起這些，捋着鬍髯，笑着向楊志道：“賢姪孫放心就是！吏部侍郎是俺門生，待補缺時，老夫自會推薦的。”

　　楊志起身拜謝道：“多謝老大人的栽培！”

　　老大人擺手道：“休得多禮，快起快起！”

　　楊志驚喜交加，立即從衣袖裏摸出禮單，雙手奉上道：“區區薄禮，是愚姪孫老祖母的一點心意，不敢説是孝敬，祇是略表微忱而已！”

　　老大人凝目諦視，見禮單上寫的是商周鼎彝、漢唐白玉等，皆是稀世奇珍，心想：楊家今日裏竟爾還有這樣的珍藏！他忙辭謝道：“使不得！使不得！老夫受之有愧，請帶回府去！”

　　楊志再三請求，老大人方纔收下，命手下將兩箱寶物移入上房。

　　楊志見事已辦妥，即欲歸去。老大人聽説，便道：“既然如此，改日有事，老夫會派人來欣樂客棧招呼的。”

　　楊志、楊忠回到客棧。

　　次日，楊志給十六個伕子發了盤纏，讓他們先回山西捎訊與老祖母。楊志、楊忠在京靜候消息。

　　楊志、楊忠倆長日無事，就去遊覽京都景物，往相國寺、上清宮等處觀光。那些地方，庭院中有鞍轡弓劍，兩廊下擺有繡品、花朵、珠翠、頭面等物，萬商雲集，遊人熙熙攘攘。

　　數日過去，不見兵部尚書府傳來消息。楊志急不可耐，要去探訊，老管家再三勸說，勸東家不要心急，耐心等待，去別處玩玩再說。

　　楊志無奈，祇得去街坊酒館打發日子。楊志要了一壺佳釀，點了一些佳餚，如獐巴、鹿脯、煎鵪子、生炒肺、洗手蟹之類，細細品味。旁有婦人，腰繫青花布手巾，頭綰危髻，時時換湯斟酒。這樣一日日混去，不覺又是一二十天。

　　老大人說自會喚人到客棧來傳消息的，而這消息却似斷了綫的風箏一般。

　　一日，楊志再也忍不住氣了，獨自出了客棧，往大内錦衣街而去。到了韓府門首，楊志踏上階沿，兩個家院見是楊志，連忙問道：“楊大官人何事光臨？”

　　楊志道：“我要見你家老大人，相煩稟報！”

　　“啊呀，楊大官人來得不巧！我家老大人自那日會客後，一直扶病在床，今日還請高頭街赫赫有名的醫師張太丞來看過呢！”

　　“醫後如何？”楊志急着問道。

　　家院道：“這事我們不清楚，但聽人說，不見好轉反而沉重些，咳嗽時，痰裏帶血，現在祇能稍稍喝些粥湯。”

　　楊志聽着，心想：算我倒霉，老大人得了重病，這可奈何？他祇得說道：“既是老大人病重，不便打擾，我告辭了！”

　　家院見楊志辭別，慰藉道：“楊大官人，待老大人病情好轉，你再來吧！”

楊志乘興而來，掃興而歸。他到了客棧，老管家見他面色欠佳，慈善地道：「東家今日前去，情況如何？」

楊志連連搖首，頻頻歎息，把經過略略敘說一遍。楊忠婉言勸道：「東家別急，老大人的病總會好的。待他病愈，定會設法給你放官的！」

又隔數日，楊忠去尚書府探聽消息，歸來告訴東家道：「老大人的病日重一日，氣息奄奄，皇上已派太監探望。看來，這次老大人的病，像踏扁了頭的小雞，無法可挽救了。」

楊志聽了道：「老大人的病勢怎麼來得這般凶呢？我等上次拜謁時還不是好好的嗎？這事可如何是好？」

楊志思想有頃，眼珠一轉，對楊忠道：「老管家，事已如此，是否請你先回山西，一可讓老祖母釋念放心，二可籌劃一些銀兩送京，以供日常生活之用。」

楊忠覺得也祇有如此了，就告別東家，馳馬離京趕回山西。不料，楊忠返京途中從馬背上墜落下來，傷了筋骨，在客店養傷，耽誤了許多時日。

楊志一人困居東京，日復一日，不覺囊中所儲用盡，連碗光面也買不起了。他索性不起身了，三餐併作兩餐，整日悶悶地躺着不出門。

未久，楊志將包中的衣衫也當賣了。他煩惱不已，獨自尋思：灑家原是官家子弟，一貫舒適無憂，而今命運不濟，竟落到了乞丐一般的地步。

店老闆見楊志窮愁潦倒，多次討取房錢，楊志開始說待老管家回來後加倍奉還。可是，漸漸地，老闆的面孔越拉越長了，臉色越來越凶了，說如再不付房錢，就要將楊志趕出客店。楊志不得已，把青鬃馬賣了十五兩銀子，可很快又用盡了。

這日，店老闆踏進楊志的房間，臉色陰沉可怕，喊道：「姓楊的！"

　　楊志聽着刺耳，心思：真倒霉，今日連稱呼也變了，"楊大官人"變成"姓楊的"了。他十分不快地道："店家何事？"

　　店老闆氣呼呼地道："姓楊的，你欠的房金、飯費共計三十兩銀子。你每日説待老管家回來就還，可至今不見他的影子。今天如若再不拿出銀子來，我就把你的缽子也擲了，來它個碎碎平安！"

　　楊志尋思：我不能離開此客棧，否則，老管家來了，教他到何處來找我呢？他見老闆苦苦追逼，苦笑着説道："哎，店家，你可不要小覷灑家！"

　　説着，楊志拍了拍自己的腰間道："店家可知，灑家的身邊還有着寶貝呢？"

　　店老闆笑着譏道："你身無分文，是隻獨脚蟹罷了！每日裏發芽豆沖醬油湯過日子，還有什麼寶貝！"

　　楊志忍不住一陣大笑，頗爲得意地道："店家，你來看吧！"

　　楊志邊説邊轉身，伸手從床底抽出一柄刀來。這把刀上下白銅包角，烏銅刀柄，刀背上鐫着蝌蚪文字，拔出來寒光閃閃。這是楊家祖上傳下來的一口寶刀，稱作"雁翎刀"。楊老令公當年在山神廟裏巧遇余賽花太君，就以此刀作爲定情之物。楊志袖出寶刀道："店家，你信不信，這是一把削鐵如泥的寶刀？"

　　店老闆見楊志抽出寶刀，嚇得臉色突變，慌忙倒退數步，瑟瑟發抖地道："嘿嘿，楊大官人快把這東西放下吧，這東西可不是鬧着玩的！"

　　店老闆見楊志把刀插好，又道："我是不識貨的，隔壁王先生博古通今，可以請他鑒賞鑒賞！我是目不識丁的，那上面曲曲彎彎的是些什麼？"

　　楊志道："這是蝌蚪文的雁翎刀三字。"

"如此,你就給我抵作房錢飯金吧!"

"這可不行!"

"這倒奇了,你取出這刀來幹什麼呢?"

"我要去當鋪典一百兩銀子!"

"那你快去典吧,等下可付清我的房金飯錢!"

楊志尋思:這柄刀典了,待付了店家,尚有餘款。自己省吃儉用,待老管家到來就好了。楊志用布將寶刀包裹完畢,喚店小二上街去長生庫典當。

店小二遵楊志之言,來到當鋪櫃檯前。朝奉見小二進來,問有何事,小二道:"有位客官托俺當一柄寶刀。"

"要當多少?"

"客官開價一百兩銀子。"

朝奉聽說,生氣地道:"小二,你可曾識字?"

小二道:"俺對文字是個青白瞎子,哪裏識得?"

朝奉道:"怪不得,外面的牌子上寫着,神袍、兵器一律不當!"

小二疑惑地道:"這是爲何?"

朝奉告訴道:"廟裏老爺自身難保,神袍如若可當,那些菩薩都要被小偷剝成豬玀了。兵器須時常拂拭磨礪,一旦進入當鋪,朝廷有事,軍令如山,還來得及到當鋪來贖嗎?"

小二聽了,心忖:這客官可會作弄人,害得我氣喘吁吁,白跑一趟。小二歸來,沒好氣地把刀擲在桌上。楊志見了,驚問道:"小二,這寶刀爲何沒有當成?"

小二不滿地道:"兵器是不能當的!"

楊志聽了,方知有這麼一個規矩,對小二笑了笑,表示歉意。他對小二道:"看來,我祇好拿着這把寶刀上街去賣了!"

楊志心想:一般的刀,祇能售三五兩銀子,而我這寶刀,要價二百兩銀子,保證你搶我奪,東京城裏識貨的人多着呢! 楊志從桌上拿起寶刀,問小二道:"東京城裏何處最爲熱鬧?"

小二道:"天漢州橋最熱鬧了! 這橋臨着汴河大街,相國寺就在那條大街上。那橋頭萬商雲集,熱鬧非凡。"

楊志問清路徑,踏步出店,往天漢州橋而去。

楊志是個少爺,從未賣過東西。如今落魄,祇得厚着臉皮自己賣刀,捧着刀在人群中擠來擠去。他十分納悶,怎麼竟沒有一人問他買刀? 其實,楊志沒有叫喊,誰人知道他是賣刀?

楊志不知道賣刀還要叫喊,祇是捧着這刀,不出聲音地在人叢裏鑽進鑽出,有時在天漢州橋茫然四顧。沒有一人問楊志買刀,倒是有不少人見他捧着刀轉來轉去,見他眉毛竪、眼睛彈的,好像在尋事挑釁,都慌忙地避開了。

楊志並不理會這些,祇是捧着刀在天漢州橋一帶兜了一個又一個的圈子。豈意楊志正爲賣刀而爲難之際,却惹出一個人來。這傢伙面貌依稀似鬼,身材仿佛是人,專在街頭撒潑行凶,橫行霸道,無惡不作。逼得楊志性起,引起一場厮殺。直教楊志:罪配幽燕地,比藝演武場。

欲知後事如何,且聽下回分解。

第四回　汴梁城楊志賣刀
天漢橋牛二行凶

話說楊志捧着那柄雁翎寶刀,在大内的天漢州橋面上,穿進鑽出。這橋既寬又長,車馬紛紛。楊志闖在中間,兜來轉去。

不少路人看着,不住吃驚,心中尋思:"哎喲!這人怎麼捧着刀,眉毛竪、眼睛彈的,面孔壁板,怕是在尋事挑釁吧?"一個就說:"老兄啊,我們還是走開點,免得軋在裏頭吃苦。城門失火,殃及池魚。"一個說道:"蠻對蠻對。"又是一個說道:"真的動起手來,我們的鼻頭耳朵都會帶掉。這就犯不着了。"

霎時一個很熱鬧的市頭,議論紛紛,一傳十,十傳百,大家走向前來,頃刻之間都散開了。

有幾個年紀大的,看着楊志還是呆在那裏,惘然似有所失!却想和他攀談,詢問是怎麼回事。

楊志是山西人,操着方言,這些老人少與外地人接觸,都聽不懂。楊志逗留了半天,不見買主前來,祇得捧着刀快快地踱回店去!

小二眼見楊志回來,忙踏上前來問道:"大官人回來了,這寶刀利市如何呢?"

楊志歎口氣道:"説來慚愧!這偌大的一個東京城,都不稀罕我這寶刀啊!"楊志走進宿店,把刀放好。雙手一攤道:"真的,無人問津啊！"

楊志尋思：這東京城使槍弄棒的多，多少將領都是嫻習武藝的！寶劍當爲名將佩，紅粉施與美人塗。將領心愛的就是兵器，怎麼却不曾遇見一個識貨的？

小二便道："看來你賣這刀，還沒懂個規矩？"

楊志頻頻搖首道："灑家賣刀，還要學個規矩嗎？"

小二笑道："這個自然，我教於你，明日這刀，保證便能賣掉。"

楊志拱手道："倒要請教！"

小二笑道："楊大官人，將門之子，祇知爲朝廷效勞，沙場征戰，保衛社稷山河。哪曉得會窮途落魄，出賣這寶刀的！爾如要賣，須用稻草紮成公鷄，把草標插在這刀鞘上，人家見了，纔知爾要兜售！否則是沒人會來問的。"

楊志恍然大悟，説聲慚愧！

小二便道："大官人稍歇，明日清早去市場叫賣何如？"楊志謝了小二。

次日，楊志拿着那口寶刀，插着個草標兒極爲耀眼，走出客棧去。

小二見着，便來招呼道："生意賣買，説話要活絡些。這叫和氣生財麼！面孔總要笑嘻嘻的，不要彈眼落睛板着面孔，人家就不敢上來了。"

楊志尋思：這是灑家出世爲人第一遭這樣做，真的辱沒殺人！教我怎樣笑得起來？却自謝了小二，抱拳一拱，徑向天漢州橋走去。

到了橋堍，祇聽人聲喧鬧，熙來攘往，和昨天一樣鬧猛。

楊志一時來回徘徊，一時立在街上，左右顧盼。祇覺來往的人十分擁擠，却不見一人停步和他打交道的，十分不解。

看官：你道這是爲何？楊志落難，醬缸打碎，架子猶在。他是皮嫩口軟，却不懂得江湖上的行徑。出賣東西，需要叫喊，這樣纔會招徠生意。應該喊道："灑家自從山西來京，千里迢迢，投親不遇，衹落得兩手空空，囊中愧無分文，哪來盤纏回家？真的回不得家鄉，見不到爹娘。窮途末路，衹好出賣這柄家傳的雁翎寶刀了。"

楊志哪裏理會，衹在橋堍上站站走走。一個時辰又是一個時辰過去，却不見一人前來問訊。這時橋上攤販已在換班，行人也漸稀落下來。

楊志頗覺納悶。無意之中把刀從鞘中拔出，衹見清光奪目，冷氣侵人。楊志起手將指甲向刀刃彈彈；反手屈指又向刀背上"噹噹噹"地敲着。其聲清脆，破空而出。

楊志拔刀敲彈，無非逗人注意。這是寶刀：太阿巨闕應難比，干將莫邪亦等閒。確實與衆不同。

這樣一來，果然有人來問："喂，朋友，這刀可是賣的？"

楊志見有人來問，自是歡喜，笑道："正是。"

那人問道："這刀是別人托你賣的，還是你自己的。"

楊志道："這是灑家祖傳之寶！"

那人道："這刀有無名堂？"

楊志道："其名稱爲雁翎刀！"

那人道："爲何要賣？"

楊志道："回家缺少盤纏。"

那人道："要賣多少銀兩？"

那時市上一般的刀不過紋銀二三兩，配上刀鞘鑲嵌，最多是五兩光景。楊志伸出一隻手來，五指撐開，那人吃驚道："你這舊貨，要賣五兩！"

楊志笑着對他望望，說道："是五百兩啊！"

那人聽了，聳聳肩膀，摸摸臉孔，訕笑道："店裏新的也不過三四兩啊，你這落難的倒要賣老虎肉了。買了這刀，人不會死。那我傾家蕩産，也要把你這刀買下來了。"

路旁的人聽着，對楊志瞧瞧，舌頭伸伸，肩胛聳聳，相互招呼別多問了。

楊志深覺没趣，難得人來問訊，可惜碰見了這個不識貨的。却又尋思：既是搭訕，當是有些意思的。便道："客官嫌貴，灑家縮減一些，衹賣三百兩，何如？"楊志好大派勢，一減就是減去了二百兩。説來話去，這時楊志受着店家奚落，再廉些也要賣了。羊肉當狗肉賣，三錢不值兩錢。這叫没有法子啊。

楊志尋思：他如還價，再削五十兩也可以。將這紋銀付了所欠房租飯金，還剩許多，回歸山西老家衹需八十兩就夠了。

楊志心中自在盤算，衹聽整個街道氣勢洶洶地齊亂嚷道："趕快躲了，老虎來也。"七嘴八舌，一陣囉唪！

楊志突然眼前一亮，尋思：這好奇怪，這等一片錦綉城池，怎會有虎？又思：倘若真的有虎，那就可以試試這柄寶刀了。我就不必賣，先把老虎殺死。虎肉最貴，俗話不是把貴的東西説成老虎肉嗎？虎皮剥下來可以賣給衙門，蒙成虎皮交椅；虎骨可以售予藥店。霎時不就有紋銀了嗎？細忖：小的老虎尚有五六百斤，這就夠我使用了。

人家奔逃，楊志却向橋頂竄去，當下立停脚跟，静待老虎撲來，他就衝殺下去，居高臨下是有利的。楊志隨即捲起衣袖，捏緊拳頭，擺好架式，準備殺虎。所以兩眼圓睜，向橋下看，兩眼閃着電光，竟要脱眶而出。説也奇怪，楊志遠遠地眺望着，却不見老虎的絲毫蹤影。

楊志轉首便向路旁的老丈問道："老丈，這老虎在哪兒啊？"

老丈知道他誤會了，便道："客官，説的不是真虎啊！"

楊志道：“難道虎有假的？”

老丈道：“對啊！這是人的諢號。原來這城裏有一對惡煞神，是京師有名的破落户潑皮，一個諢名喚作‘没毛老虎牛二’，一個喚作‘鷄毛張三’，這兩人專在街上撒潑行凶撞鬧，像白露裏的雨，到一處壞一處的。兩人和衙門中都有結交，所以人家都懼怕他。現在説的是没毛老虎牛二，人家還喚他爲‘保弄大’呢。”

楊志詫異道：“壞人怎麼稱他‘包龍圖’的？”

老丈道：“客官，你弄錯了。不是説他是開封府尹青天大老爺包龍圖，而是嘗他，人家撞見了他，保險把小事釀成大禍的‘保弄大’啊！”

楊志方纔明白，便道：“那麼，這人是無惡不作的了？”

老丈道：“賣刀客人啊，他比夜叉小鬼厲害，滿懷鬼胎弄得你家破人亡。例如，他常買通巫婆，説三道四，喚人上當受騙。老人一時迷惑，讓家中的年輕婦女陷入佛堂，然後落入他的手中。他玩膩了，轉手將這婦女賣進妓院。不時唆使良家子弟賭錢，先給你些甜頭；然後讓你輸光，弄得人家傾家蕩産。有時，他在人家田裏埋下死屍，找個人來哭訴認領，借此敲詐勒索。這潑皮經常裝着三分酒醉，借此尋事。以此滿城人見他來時，大家都慌忙躲了。”

楊志聽着，知道這漢子確是十惡不赦的。人家怕他，灑家藝高膽大，是不會怕他的。這個撒潑傢伙不惹我就算了，倘惹我時，灑家自有主意。緣是楊志放下架勢，在橋面上眺望，等待着這潑皮前來。

不多時，楊志祇見一個黑幢幢大漢，由遠及近，從橋塊下石板上正闖上來。面目依稀似鬼，身材仿佛如人。這人：頭上繫着米色頭巾，身上穿着淡藍色細花袍子。腰間腰帶鬆着，脚下蹬着牛皮靴子，面孔扁扁地像隻燒餅，眉毛根根直竪有如鼠鬚。胸前

長着拳拳彎彎幾團雜毛。鷹爪鼻，綠豆眼，一張嘴歪在鼻旁，像
跌壞的夜壺一般。年紀四十上下。這人好似吃得醉了，一步一
顛向橋面上撞將來。

這人便是潑皮牛二，他有一批人馬，都是地痞流氓，狐假虎
威，爲虎作倀。這條街上做小本生意的，都要向他們孝敬，繳納
地攤錢；否則，你就不得安坦。拆你場子，做不成生意。這批人
一到，一個圈子走落，好比水老鴉啄胖皮魚，霎時肚子吃飽。到
了夜裏，混堂裏集合拆賬，這是老規矩，天天如此。

現在牛二跌撞前來，是來看覷一下動靜的。他稍喝了些酒，
並非酩酊大醉。他的跌跌衝衝，實是擺擺架勢；同時，萬一闖禍，
推説酒醉，一晃了事。開封府也奈何他不得！

牛二闖到橋面，伸一隻手向自己背上捶了兩下。身體搖搖
擺擺，頭顱左右晃動，東張西望。這座大橋前後共有八十四級，
中間還有橋面板。一口氣要闖上來，是有些吃力的。牛二站着，
透了一口氣，停一停神，接接力氣，眼睛却向四邊看着。

牛二看時：四邊攤頭早已拆了，篷帳已經捲起。心中不很樂
意。否則，他如看到好的東西，順手牽羊，抓了就走，從不付錢，
晚上送與粉頭。

牛二正苦人散難撈油水，忽見橋面上有個青面孔漢子站在
那兒，手裏捧着刀。刀柄上還插着隻草公鷄。

牛二一向是橫行慣的，平日是沒有一個人敢於抬頭向他覷
一眼的。今朝這個漢子却是大模大樣地站着。這還了得，你算
什麼東西。心中盤算，倒要讓你領教領教！牛二霎時搶到楊志
面前，對楊志上、中、下細細打量一番。

閒人看覷牛二與這賣刀漢子會面，凝神圍觀，橋下撐船的驚
動，也就停了篙。抬頭向橋面上看。衆人心裏明白，齊爲楊志捏
着一把汗，知道今天要出事了。

　　牛二覷這楊志時，面皮上老大一搭青記，腮邊微露些少赤鬚。熊腰虎背，兩腿站着似擎天玉柱一般。牛二思忖：三十似狼，四十似虎。這條漢子，看來不是尋常之輩。乖人不吃眼前虧，不如退讓一步。

　　楊志看到牛二搶上前來，却先問道："漢子，你要買灑家這刀？"牛二聽時，心中明白，這漢子非東京人。流落江湖，出賣這刀，窮愁潦倒，這刀我就不必出錢買的！否則，我這沒毛老虎的名聲也沒了。却自問道："漢子，你這刀要賣幾錢？"

　　楊志道："祖上傳下的寶刀，要賣三百兩。"

　　牛二知道，一把刀祇值幾兩銀子，怎能如此討價？喝道："胡説！這些銀子可買一兵器店了。"

　　楊志道："灑家這刀，與刀鋪中賣的兩樣，這是寶刀。"

　　牛二道："寶刀也有個名，你覷我不懂。我寶刀、寶劍看得多了。少説也見過百來把，你的鳥刀，有恁地稀罕。"

　　楊志尋思，這潑皮在吹牛。怕你自不識貨，便道："灑家這刀，喚做雁——翎——刀！"

　　牛二道："這鳥刀好在哪裏？你説説看。"

　　楊志道："灑家這寶刀，好處就在'四絶三一'。"

　　牛二道："怎叫四絶三一？"

　　楊志道："這第一絶，佩着這柄寶刀夜行，山妖木怪不敢前來纏繞。這第二絶，佩了這刀，大將臨陣，預知吉凶。刀如跳躍出鞘，請勿出戰。再説這第三絶，日日揮舞此刀，自會強身延年，澤及三生。這第四絶麽，倘遇賊盗搶劫，這刀自會飛出刀鞘，狙擊傷人。有這等神奇！若説這'三一'呢，第一件是砍銅剁鐵，如削泥塊一般，刀口不卷。"

　　牛二道："俺就不信，需要當場試驗。"説着，便去橋邊鐵器攤上抓起一把火夾，遞與楊志道："剁來俺看！"

楊志尋思：重的軍器都是一削爲二，這個算得甚麼。便道：
"爾且看了！"

這潑皮聽了楊志一番言語，意存掠奪，所以要他剁削。楊志
把衣袖捲起，一手舉刀，一手持着火夾，凌空輕輕將刀向夾上剁
去，衹一刀，把夾剁爲兩段，拾起疊好再剁，又一刀，便成四段，這
四段夾紛紛掉下。

牛二看着，也自驚異，便道："這第二件呢？"

楊志道："這第二件喚作吹毛斷髮。刀背向地，刀口朝天，灑
家將一撮頭髮往刀口處輕輕一吹，這頭髮便齊齊紛紛都斷了，喚
作吹毛得過。由於這刀的鍛煉，水火既濟，所以是能剛能柔的。"

牛二説道："休誇海口，俺更不信。"搶步便去人叢中一個小
孩子的頭上抓來一把頭髮，弄得那個小孩鮮血直淌，呱呱大哭，
大人不敢前來理論。

牛二道："快來！試與俺看。"

楊志接過頭髮，放開手掌，向刀口上輕輕吹去，霎時間，果然
都齊斷了，紛紛飄落下來。衆人喝彩，都説好刀。

起初橋面上衹有楊志、牛二兩人在對話，衆人站得遠遠的；
現在覷得有趣，漸漸地齊圍攏來。

牛二道："靈不靈當場試驗，還有這第三件呢？"

楊志道："這第三件是殺人刀上没血。"

牛二道："怎的殺人刀上没血。"

楊志道："把人一刀砍了，並無血痕。無非説明它快。"

牛二道："我不信！軍器店裏的刀，剁過槽裏都留血的。快
快，你殺個人來我看。"

四周看熱鬧的，聽了這話，齊嚇一跳。霎時，橋上有些動亂
了。有的説道："老兄，昨夜三更，我做着一個噩夢啊！"那人問
道："怎樣個噩夢呢？"這人道："夢中覺得頭頸裏癢颼颼，用手一

抓,被窩裏爬出十多隻大閘蟹來。我想橫財是不會發的,怕是橫
禍吧!最怕是聽説殺人。殺人刀就是要橫一橫的。我們走吧!
不必擔啥風險了。"説時,一下子人就散了不少。膽子大一些的,
也就躲得遠遠的。

楊志尋思:禁城之中,如何敢殺人?分明牛二是在尋事,便
喝問道:"費了多少唇舌。這刀買還不買?"

牛二道:"怎麽不買,俺是識貨的。看這寶刀,祇賣三百兩銀
子,自然是便宜的。"

楊志急於求錢,遇到識貨的主顧,祇要脱售就好。便道:"這
價果然是便宜的。"

衆人聽時,知道牛二在説反話,插插你的掃帚。楊志還不理
會,便道:"那麽,繳出紋銀,買了去吧。"

牛二道:"這貨色我還沒有仔細看過,你把刀鞘一同遞來!"

楊志把刀與鞘一同遞過。牛二翻覆看覷,確爲原配。將刀
從鞘中拔出,祇覺冷氣侵人,清光奪目;刀插入鞘,刀尖離鞘尚有
寸許,如遇吸鐵石一般,戛然長鳴,自動入內。將刀倒懸,絲毫不
會下垂。

牛二翻弄一會,祇是不肯喝彩!便問楊志道:"敢問漢子
大名?"

楊志道:"不問也罷。"

牛二道:"俺叫牛二,城外還有個張三。我們兩人,一個是城
裏的英雄;一個是城外的好漢。誰人不知,哪個不曉。俺看你也
是個英雄,該將名字説於俺聽。"

楊志祇是搖頭。牛二又問道:"何處人氏?"

楊志道:"山西人氏。"

牛二笑道:"是山西人。妙極!我還當你是江西人呢。"

楊志道:"此話怎講?"

牛二道:"這個自有道理。俗話説得好,江西人最識寶。你賣寶刀,還不懂嗎?"

牛二探手向胸口摸去,忽地失驚道:"不巧,忘了帶錢。好吧!停一會兒,三百兩、五百兩俺自會送上山西來的。客官放心,分文不少!眾人袛是會看,不願買;我是真心要買的,你是運氣逢到俺這識貨人了。俺的錢改日準時送上,再會再會。"説時,牛二拔脚走了。

楊志看着牛二將跑,分明是個開面强盜。一個箭步竄跳過來,起手便攔,喝道:"姓牛的,快把刀放下!你與灑家胡扯一陣,不付分文,竟要將刀騙走。識相的,灑家豈肯甘休!"

牛二聽這漢子説話放肆,尋思:這山西佬怎敢在老虎頭上拍蒼蠅?那是談也不要談的。便冷笑道:"嘿嘿!老實説吧,刀已在俺手裏,你敢動一動嗎?"

楊志怒道:"動又怎樣?"

牛二又冷笑道:"若動,俺就殺了你這漢子!"

楊志尋思:這個潑皮,敢在光天化日之下持刀行凶嗎?看你有着多大能耐?人家怕你,在灑家面前,却是休想逞强!

牛二倒退兩步,使勁拔出刀來,喝道:"山西佬,再不識相,要吃辣花醬了。問你讓與不讓?"

楊志道:"不讓!"

牛二道:"你敢再説三聲不讓嗎?"

楊志道:"不讓、不讓、不讓!再説三百聲,還是不讓!"

牛二思想:這人確有膽量,俺還沒碰見過。人家還沒覷俺影子早就逃了,性命要緊。看來這人窮凶極惡,要刀不要命了。牛二轉念:這人如此猖狂,再不動手,人家背後就要議論,原來這個没毛老虎袛揀酥桃子吃的。吃軟不吃硬,碰到硬漢就不敢動了。俺的面子往哪裏放?今後事情就難辦了。

牛二是盡多歹主意的,尋思:如何下手,不如先劈他的下三路。劈着不會教人喪命,官府追究起來,可以推説衹是爲了自衛。主意想定,牛二橫刀便向楊志的大腿上劈來,喝道:"不識相的,看刀!"刀頭翹起,望着楊志的腿一刀過來。

楊志看時,這人外行,不懂刀法,站的步口也不對。將腿一圈,牛二一刀便撲了空。

楊志脚圈起來,保護了小腹,又避開刀。身子向前邊衝着,回轉身來看時,地勢變了。楊志站在上頭,牛二站在下頭。刀從上頭劈下是如意的,反手向上,氣力就用不出。

牛二自不量力,還想行凶,一刀又劈過來,楊志避開。楊志思想:懂武藝的早就認輸了,牛二三脚貓都説不上的,怎能和他較量?

楊志這時却是站着,向衆人拱手道:"列位父老街坊鄰舍都是證見,灑家没有盤纏,自賣這口寶刀。這傢伙騙了這刀,還要行凶,莫怪灑家無禮了!"

衆人齊聲説道:"不錯不錯!是牛二先動手的!"

還有些人遠遠地站在人堆後頭的,暗裏頭喊道:"賣刀的,做做好事,把牛二揪掉。牛二不死,我們是活不成的。這種人,閻羅王見了,也會吐舌頭的!"

牛二是個潑皮,眼見四面,耳聽八方,這話雖輕,因爲説的人多了,他的尖耳朵早聽見了。心想:這裏面却有不少人在反對俺呢!你們不要高興得太早!現在讓你們放屁,回頭再來收拾你們!

楊志尋思:衆人都在呼籲剪除這個潑皮,否則街坊不得安寧。

牛二却自想着:怕俺人緣未結!怎麽這班人都是從裏戳出的。牛二一刀過去,又是劈空。

　　楊志接連避了牛二數刀，思想灑家讓他，這人真的不知好
歹！一時性起，楊志取了一個脫袍讓位之勢！一手抓住牛二的
臂，一手指頭往牛二的心頭點去。這一點，牛二全身像觸電一
般，上至天靈蓋，下至湧泉穴，整個身子全酥麻了。胸腹五臟六
腑，整得如要搬家。牛二禁不住連連叫喊："哎喲，哎喲！"手裏握
的那柄寶刀怎麼也捏不住，手掌一鬆，刀便掉在地上。

　　牛二尋思：今天遇到對頭人了，好漢是不吃眼前虧的，讓我
討個饒吧。喊道："好漢息怒！你的點穴功夫俺領教了，姓牛的
甘拜下風。江湖上義氣，不打不成相識啊！祈請高抬貴手，牛二
賠禮就是！"

　　楊志聽得牛二求饒，尋思：灑家與這潑皮，往日無冤，今日無
仇，衹是奪刀而已；寶刀既入手中，這等潑皮當衆羞辱、教訓一番
就是。讓他改惡從善，倘再下手，亦覺過分。

　　不知牛二反復無常，得寸進尺；惹得楊志性起，殺了這個潑
皮。不道這一回使楊志推入獄內，擁進牢門，殺威棒打時肉綻，
撒子角受着心驚。休言人世淒涼，衹此便爲地獄。

　　欲知後事如何，且聽下回分解。

第五回　青面獸發配大名府
銀眼虎剪徑金鷄嶺

　　話説青面獸楊志,肚裏自是尋思:我和牛二無冤無仇,祇是爲了奪刀,與他廝鬥。今既得刀,看他一再求饒,也就罷手。

　　這時牛二被楊志一指點着穴道要害,渾身酸麻,一時使不出勁,刀已掉下,脚也站立不穩。楊志出手使勁一推,牛二身不由主,連衝帶跌,騰、騰、騰從橋面上直滾下去。

　　牛二是個潑皮,滾了十多級,旋轉身軀,挣扎着佇立起來。尋思:俺在東京,從没吃虧。目下受了這番羞辱,今後如何逞强。這漢子是山西人,一走了之;俺却是本地人,這張臉皮如何放得下來?看着橋下汴河上船家指指戳戳,正在笑俺。牛二惱羞成怒,思想:對這山西漢子,不能不給他一點顏色看看,讓他知道俺的厲害!白刀子進去,紅刀子出來。就是要他身上起個窟窿,放一些血。

　　牛二想罷:惡從心頭起,怒從膽邊生。旋轉身子,搶上橋來,伺機想奪那柄寶刀。

　　楊志早已覷見,心中暗笑,思想:灑家已經饒恕了你,你却還不罷手!這個潑皮無賴,真想螳臂當車!那是祇有讓你自作自受了。

　　這時,橋旁衆人齊聲喊道:"山西英雄,休要手軟!"

　　楊志思想：這人是十惡不赦的。看着牛二已經竄上前來，楊志輕輕地衹向邊上一閃，牛二就撲了個空。却又飛腿一勾，牛二那腿哪裏能站得住，一跌便摔下三檔石級。

　　牛二還不甘心，正想翻身，楊志搶步上前，起隻脚，對準牛二背脊踏時，這傢伙原是頭頸縮着，吃楊志一脚重壓，頭便伸出了一大段。

　　牛二死到臨頭，猶想搶刀。楊志理會，思想這遭不能再饒你了，喊聲："去吧！"牛二來不及喊，楊志這刀已經搠下。在胸脯上連連兩刀，霎時血流滿地。把那石欄杆也染紅了。牛二兩脚一挺，躺在血泊之中。

　　街坊衆人這時慌忙攏來，稱贊山西英雄，爲民除了一害。今日是天開眼啊！但也有膽小的，怕惹麻煩。

　　楊志叫道："灑家殺了這個潑皮，怎肯連累你們！一人做事一人當啊！衹請大家同灑家去官府裏出首，做個證見。"

　　有人便勸楊志遠走高飛，俗話說的："三十六着，走爲上策。"

　　楊志不從，衆人便道："那麼，咱們跟隨英雄徑投祥符縣出首去吧！"霎時便有二十餘人隨着楊志前行。

　　不多時，便到了縣衙署前。先在照牆前、石獅子旁站着。懂得衙署章程的，先進門去，在架上抽出鼓柱，起手對準鼓心，咚、咚、咚地打得一陣鼓響。自有值堂鼓者奔向前來，詢問何事。那人說了一遍，通報內堂。

　　衙役出來詢問："闖禍犯人安在？"

　　那人指着："站在石獅子邊，手裏捧着刀的，這便是他。"

　　衙役舉首望時，這人滿臉殺氣，渾身血跡斑斑，可怕得很！

　　看官：殺人的人，看來總可怕的。因爲他是心緒緊張，憤怒滿面啊！哪個會是優哉悠哉，從容不迫的？

　　衆人上來，便説情道："叩請班頭在縣主前相幫美言幾句。"

衙役轉身入內稟報,如此這般,說了一遍。

這縣尹乃平湖人,姓陸諱其輝,進士出身,爲官清正。聽到稟告,說是自首的。如此這般,雖未升堂,心中已有了些底。一聲吩咐,點鼓升堂。麒麟門開放,縣主踏步上堂。皂隸連連吆喝:"大老爺吩咐,升堂待侍哉!"衆衙役接着吆喝:"呼——咦——"一聲虎威,六房書吏,肅然站立兩旁。

這時縣尹正冠拂袖端正。北宋年間,人的官階祇須看戴的帽翅:知縣七品是初級,帽邊左右是個圓圈;知州六品是斜菱形;知府五品是矩形;最高的是丞相,官居一品。唐以中書令、侍中、尚書令、僕射爲宰相;宋稱同中書門下平章事,是一字相貂。

這縣尹是五十左右年紀,臉下留着小撮鬍鬚。案上放置文房四寶,孔目在旁錄供。縣尹一聲咳嗽,說道:"堂上懸明鏡,日月照乾坤!"人在太師椅上坐下,拍着驚堂木道:"來啊,速將殺人犯帶上堂來。"

衆街坊便向楊志示意道:"這大人公正廉明,一向愛民如子的。"衆人實爲楊志壯膽,楊志額首。

四捆綁手奔走前來,喝問誰是凶手。楊志答道:"灑家!"

這捆綁手們看時,不覺打個寒噤,想這漢子已闖了禍,還是挺胸撅肚的。一個踏步上前奪刀,一個便把鐵鏈擲向犯人頸上,一個拖了就走,一個起手緊貼犯人背脊猛力地推。

衆人跟在後面,都上廳來,到了滴水簷前,還向楊志招呼:好漢放心,我們會做證的。

楊志與衆人來到廳上,一齊跪下。衙役回稟:"犯人已經帶到。"

楊志把頭低下,頂髮打散。

縣尹尋思:這漢子膽量確實不小!這個潑皮牛二府縣一時治他不下,他却敢於和他廝鬥,結果他的性命!心裏倒是敬他三分。開口祇有喝問："下跪何人？"

楊志道："小人姓楊名志。"

又問道："哪裏人氏？"

楊志道："山西人氏。"

縣主道："多大年紀？"

楊志道："纔三十歲。"

縣尹便問："這殺人的刀呢？"

衙役將刀托起，雙手奉呈。

縣尹驗過，吩咐衙役加貼封條，入庫保管。

縣尹又道："犯人抬起頭來。"

楊志跪在公堂，覷着地面，原是納悶。喚他抬頭，心想借此可以一瞻縣主威儀。楊志祇在府署公館中生活，哪知審問規矩，答道："好啊。"將頭抬起，看覷縣尹，恰好兩眼相射。縣尹倒不計較這些，祇見楊志臉上偌大一塊青記，十分醜陋。楊志復向堂面眺覷，兩旁站着六房書吏，衙役三班，各執刑具，十分威武嚴肅。前人於此，有篇《公堂賦》云：

> 敕印高供，紫綬前圍。當頭朱簽墨硯，四下斑竹枷鏈。官僚守正，戒石上刻御製四行；令吏謹嚴，漆牌中書肅静兩字。提轄官能掌機密，客帳司專管牌單。又噓又喝，執藤條祇候立階前；似狼似虎，持大杖站班分左右。罪輕者皮鞭敲打，罪重者絞斬流徒。憑你江洋大盜，到此魂魄全無；哪怕綠林好漢，亦要骨軟筋酥。龐眉獄卒拿沉枷，竪目押牢提鐵鎖。戶婚詞訟，斷時有似玉衡明；鬥毆相争，判日恰如金鏡照。人説兩榜進士身，果是四方民父母。陳設王家法律，分明陽世閻羅。説不盡許多威儀，似塑就一堂神道。

楊志覷視堂面，果然威靈顯赫。尋思：晉京求官，不料成爲階下之囚。自覺慚愧，無地可容。霎時把頭低沉。

縣主問道："楊志，在橋面上，這牛二可是你殺死的?"

楊志道："青天大人明鑒，灑家原與牛二無冤無仇。"

縣主道："既無冤仇，何故將他殺死?"

楊志道："小人前來京師，意圖上進，不料窮途落魄，回鄉無有盤纏，遂將這口祖傳寶刀，上街插標貨賣。不期這個潑皮牛二，蠻不講理。騙取小人的刀，轉以行凶。小人爲了自衛，厮鬥起來，無意之中，把這潑皮失手殺死了，叩請大人明鑒!"

縣主聽時，尋思：人命案子，你如吃了燈草，説得這樣輕飄。喝道："楊志，大内禁地，天子腳下，光天化日之下，竟敢擅自殺人!"

楊志道："小人罪有應得，所以投案自首。牛二是個潑皮，在地方上作惡多端，恰纔持刀先自行凶。街坊鄰舍，都是證見。懇求大人做主。"

縣主問時，衆人都來替楊志告説，縣主便喚老丈幾人對話做證，餘人廳外伺候。

縣主問道："爾等可在現場？楊志是如何殺死牛二的?"

老丈告道："楊志插標賣刀，牛二佯作酒醉，糾纏着買。把刀騙入手中。楊志討錢，牛二搶步前來，揮刀行凶。楊志奪刀自衛，牛二轉身來搶，誰知腳未站穩，一跤摔在楊志刀上，鮮血直流。楊志恨他作惡多端，將他殺了。直是誤殺!"

縣主尋思：這個潑皮，府縣正苦奈何他不得；既已被殺，亦是惡貫滿盈。因而准了衆人證見。牛二有該死之罪，楊志却無擅殺之權。念他自行前來出首，因而免了這厮入門的責打。便喚孔目記録供詞，在犯人名下蓋上指拇足印。那時北宋規矩，犯人除手印外，還要除去鞋襪，加按足印的。然後釘鐐收監，寶刀藏入庫中。街坊證人，自覓店鋪保釋，衆人悉是放歸。

縣主退堂，擊四聲鼓，其名喚作“謝主龍恩”。升堂祇擊三下，其名喚作“奉皇恩”。

縣主當即乘轎，親赴現場踏勘。衙役鳴鑼開道，一路吆喝，直詣橋邊。仵作里正，早做準備，搭好席棚，擺設椅案。

縣尹出轎坐定，衙役攔開閒人，仵作啓席驗屍。細勘刀縫自胸際從上而下，割成一條。流血過多，而後死的。仵作據實稟告。他的妻室曾受牛二調戲，對他十分惱恨。憤憤地道：“這樣死法，顯是楊志奪刀過來，牛二衝上前去，楊志刀正持着，牛二脚不留神，一個滑跌，胸脯衝在刀上。楊志縮手，刀在牛二身上劃着，霎時胸脯剖開，血流如注。楊志纔把他殺死的。”

縣尹聽着仵作稟報，所告悉與衆人符合。吩咐賜與薄皮棺材，截角，棄置荒郊掩埋。再傳家屬。里正回稟，牛二並無家室。這就好辦，縣主回衙，自有孔目疊成文案上報。

開封府尹鄧蛟，不久接到祥符縣來款狀文書。這府尹人稱鄧鐵頭，又是龍圖再世。當年林冲誤入白虎節堂，高太尉親下鈞旨，要他判案了結林冲性命。鄧蛟深知冤屈，不惜烏紗一帽，三闖朝房，庶得保全林冲首級。今見祥符款狀，道是：楊志爲着牛二奪刀行凶，互相鬥毆，誤傷人命。尋思：自俺出任開封府尹，已歷數載。傳聞這個潑皮牛二，作惡多端，危害地方，時見舉發。尚未將他捕捉審理。今楊志爲民除了一害，理當從寬發落。

待到六十日限滿，府尹鄧蛟升堂，復審楊志，供詞與原供無殊。便將楊志斷了二十脊杖，喚個文墨匠人，刺了兩行金印，迭配北京大名府留守司充軍。領罪三年，期滿釋放。

那口寶刀，祥符縣早已封呈，沒官入庫。這二十記脊杖，一來楊志是練過功的，二來公差不忍重笞，否則，這種過堂生活，鞭打起來，哪裏是好受的？楊志刺字，也是獲得照顧，祇在他的耳根邊上刺着小小的字；否則，有的給你半面孔都刺上了。楊志是青面孔，祇刺小字兩行，鬢髮一長就掩飾過去了。這也可說：公道自在人心。

府尹當廳押了文牒，派了兩名長差，一個喚作張凡，一個喚作李遷。文牒盤纏都打疊在包袱中，斜角揪好，繫在背上。兩名長差一個手持水火棍，一個擎着薄鐵刀。當廳將楊志枷了起來，鐵葉子在盤頭枷上鎖好，貼上封條；脚上加了脚鐐。楊志自思：這遭苦也，真的辱没祖宗。

臨行之際，府尹却是關照長差，一路不得難為犯人。由是，楊志自離東京，一路曉行夜宿，直詣北京。一月左右，未受苦辛。府尹這一聲吩咐，是大有分量的。

楊志上路，長差把楊志枷上匣着的雙手解了，脚上的鐐也自去了。這樣行走楊志就輕鬆得多了。

再說老管家楊忠早歸山西，怎麼曠日持久，不回東京來呢？祇因楊忠年事已高，返京途中，鞭馬勞頓，不期中途跌下馬來，傷了筋骨，臥病招商，緣是耽誤時日。

老祖母穆桂英太君蟄居太原，雖是惦記孫兒楊志，苦於情況不明，不曉孫兒是吉是凶。

楊忠病稍痊愈，奔赴京師來至欣樂客棧。店家如此這般訴說：東家出事，吃了人命官司，開封府已判決，發配大名府留守司充軍去了。後知兵部尚書已逝，楊忠祇是頓足痛哭，一籌莫展。痛惜兩箱珍寶，悉付東流，無可奈何！尋思徘徊東京，無所作為。轉念不如奔馳北京，探望東家，將些財帛，上下使用，對於東家，或者有些好處。

楊忠策馬自東京趕向北京來，這時楊志適在發配途中。一日到了一個所在，地名喚作金鷄嶺。這地離大名府祇有一百餘里，是一個險惡所在。崇山峻嶺，洄流曲澗，望不盡的套裏套，走不盡的山裏山。古怪喬松,盤繞翠蓋;杈枒老樹,掛滿藤蘿。層巒疊嶂,山鳥聲哀。寒氣逼人,陰風襲肌。旅客行商,都是不願穿越,自討苦吃的。

長差便向楊志道:"眼前小路難走,且多強人,不如寬走幾十里路,今晚歇在青龍鎮吧。"楊志却道:"強人有三不殺:尼姑、寡婦、犯人,灑家是犯人,有什麼可怕的? 走近路總比繞圈子上算些!"

於是李遷提着水火棍,張凡拿了薄鐵刀,楊志走在中間,三人一前一後,循着小徑陡坡走去。翻山越嶺,上上下下,途經一綫天,來到香爐峰下。

忽聽松風之中,悠悠傳來幾聲呼喊"救命"之聲。李遷耳靈,説道:"不妙!"張凡詢問:"什麼事啊?"李遷道:"前有強人剪徑,不識相的腦袋就會搬家。"張凡道:"如此,咱們在大樹下歇息一會,窺覷一下動靜如何?"

楊志却道:"兩位,時光不早,還是趕路吧!"

李遷惱了,便道:"你是配犯,這裏是聽你的,還是我的? 快坐下來!"

三人恰在歇息,祇見塵土飛揚,有人急忙慌張奔向前來。看着樹蔭下有人圍坐,忙來喊道:"兩位頭兒,相煩幫忙,我家小東家正和強人在廝打呢。倘若打退強人,各位賞銀五十兩。"兩人聽到説與銀子,眼睛突然亮了。祇恨自己本事有限,却問強人多少。那人道:"是個獨脚強盜。你們一個有棍,一個有刀,加上這漢,有三條呢。"長差招呼楊志,咱們一同去看看吧。

三人飛步上前,翻山越嶺,抵一山頭,眺望下去,松林之中早見一個強盜,濃眉托目,臉下盡是紅鬚。上身赤膊,下穿豬肝色褲子,足蹬麻筋草鞋。正在揮舞雙刀,和一小伙子廝打。這人面如冠玉,形容俊秀。身穿軟緞綉花袍子,頭上戴着頂絳紅頭巾。

看時便知是位王孫公子。磨動寶劍,抵禦强盜。

兩人打在一起,鬥在一塊。路旁有一跟隨吶喊助威。衹道:"强盜輸哉,輸哉!"

這小伙子打了幾個回合,起初還能招架,漸漸感覺不濟。知道强盜不肯饒他,竟然呼喊"救命"!

强盜正在發狠,面目狰獰,揮舞雙刀,猛撲過來。

這時張凡竄跳前來,喝道:"狗强盜,青天白日之下,竟敢攔路剪徑嗎?看刀!"

强盜定睛看時,是個長差,尋思:他有多少能耐?

這强盜名喚鄧虎,江湖上稱他爲銀眼虎。原非金鷄嶺占山爲王,而是路過,喜歡獨搶,省得分贓,破案也不會受人牽累。這時他正想掠奪這公子的財物。

長差前來,不是他的對手。眼見肉已到嘴,正在得意,楊志闖進來。

正是:直截橫衝,空奮八九尺猛獸身軀;前奔後跳,難吐三千丈凌雲志氣。

欲知後事如何,且聽下回分解。

第六回　大名府楊志受抬舉
演武廳周謹施武藝

　　話說這强人與小伙子廝鬥：一個氣焰囂張，步步緊逼；一個氣力不濟，怯於招架。他的跟隨急於尋找幫手，招呼李遷、張凡和楊志趕向前來。

　　兩個長差先自動手，鄧虎旋身轉來，長差的棍早已撲來，攔腰一記。鄧虎蹦跳起來，這記棍子從他脚下掃過，已經落空。小伙子以爲請來能人，一看纔知本領平常。

　　又一個長差接着一刀劈來，鄧虎取了一個和尚開山之勢，用刀來架。兩刀相撞，叮鈴一聲，張凡感到着力，霎時騰騰騰地後退幾步。

　　兩個長差拼力廝鬥，還是難於招架。鄧虎不禁失聲大笑。

　　兩長差尋思：這五十兩銀子，已經沾不到手。知道這個青面孔，是楊老令公的後代，將門之子，確實有本領的。在天漢州橋上橫行不法的没毛虎牛二就被他一刀殺了，不如喚他前來接應。祇是楊志頸上匣着鐵枷，喚他如何施展本領？枷上加鎖，一時是來不及打開的。

　　楊志看到長差示意，哪裏把這小事放在心上，這鎖一震便可開了。

　　楊志霎時把這鐵枷在石上打着，祇見石火四濺，枷便開了。

李遷隨手遞與一條棍子,楊志一掂衹十餘斤,嫌它太輕。他用的兵器,起碼是要七八十斤的。這條棍子,不堪一擊。不過,這倒無妨,空手還要對敵,兵器可向敵人奪取的。這就須看本領行事。棋高一着,縛手縛腳;奪人兵器,本領就要比來人高明許多。楊志虎將,哪裏會把鄧虎放在眼裏?拖條棍子,竄跳上來。

這小伙子氣喘吁吁,渾身冒汗不止。見有人來,尋機跳出圈子。

楊志喝道:"強徒,休得無禮。快來,吃灑家一棍!"

鄧虎看時,却是一名配犯,心想:這個配犯也來湊數。亡命之徒,活得不耐煩了。喝道:"你這不怕死的囚人,快來刀下領死!"

鄧虎一臉驕橫,得意忘形,舉刀向楊志劈來,尋思這棍哪裏擋得了他。

楊志起棍將刀頂住,這樣這棍就不會被刀劈斷了。一頂知道這強盜確是有些臂力,刀風閃動,鄧虎却非楊志的對手。楊志衹用四成氣力,喝聲去吧!一棍撲來,足夠鄧虎受用。鄧虎吃着,叮鈴一聲,震得兩手虎口豁裂,冒出血來,雙刀難以緊握。鄧虎忙向後退。

楊志又來一棍,向鄧虎的腿拐彎處緊掃上去,這棍喚作"棍打落地送乾坤"。這一棍來勢凶猛,難以躲閃,使人上不能跳,下不能蹲。如蹲下去,腦袋打碎;倘跳起來,腳骨敲斷。鄧虎衹有用刀來擋。楊志看準,鄧虎刀上來時,臨近刀背,將棍一收,翻手一棍從上大力壓下。鄧虎便用鴛鴦蝴蝶刀來隔架,楊志便取一個和尚開山之勢,吆喝一聲,"嗨!"地一壓,鄧虎雙刀架時着力,宛如泰山壓下。流血的虎口,哪能緊捏,兩手一鬆,鄧虎雙刀霎時飛出。楊志隨手用棍將刀挑起,刀向空中上衝數丈之高。

楊志的棍子便向鄧虎胸口點去。這種廝鬥,厲害處喚作槍怕搖頭棍怕點。鄧虎身子吃這棍子點着，人徑向後跌跌撞撞退去。

這時天空中刀接連落下，楊志一手接刀，一手提棍，向着長差顧盼，意思在説，你們衹給我的棍子，灑家已經奪得雙刀。長差和那小伙子等看了，齊聲喝彩。果然武藝高強，東京城中，大名府裏，誰能比得上他？那小伙子更是尋思，沒有他來，金銀悉被掠奪，性命將難保全。

衹見楊志驀地竄跳起來，一脚衝向前去，右手起刀，刀柄上傾，刀尖滑下，説時遲，那時快，來個迅雷不及掩耳之勢，一刀正向强盜肩上掠過。這鄧虎霎時覺得肩上一輕，少了一件東西。少的是什麼？那個六斤四兩的頭早飛走了。鄧虎身子晃了幾晃，頸裏鮮血直噴，一刹那便倒了下去。

衆人看了開心，齊向楊志身旁圍攏，拍手叫好。

楊志倒是視若無事，把刀擲向地上，棍也還了長差，便道：“將枷戴上，爭取早些上大名府啊！”

這小伙子踏步上前，拜謝楊志救命之恩，道：“敢問恩人尊姓大名？”

楊志笑道：“路見不平，拔刀相助，理當如斯，何必留名？”

長差張凡却爲代答道：“公子爺，提起此人，來頭大呢。他是山西天波府楊老令公四世孫，名喚楊志，由於在皇城大內天漢州橋殺了潑皮牛二，闖了人命官司，發配大名府去領罪三年的。”公子嘖嘖連聲，十分欽佩。

楊志在落難發配途中，又殺了一虎，湊成雙數，英名奕奕：一是没毛虎牛二，一是銀眼虎鄧虎。這銀眼虎諢號何來？因他眉毛全是白的，江湖上便如此稱道。

這時公子跟隨稟告，這兩長差原是各許銀兩五十的。公子便喚跟隨取出紋銀酬謝，兩人伸手來接，笑道：“何必客氣呢！”各自打入包袱。便將楊志戴上鐵枷，加貼封皮。鎖子祇有到府後再安上了。

兩差向楊志説道："你做了好事，俺等是明白的。會好菜好飯待你；不然俺等祇給你些剩飯吃，睡時繫在床旁，讓你站又不是，躺也不能。這百兩銀子你就沒份了。"説着，三人啓程上路。

楊志並未動問這公子姓名，誰知到了大名府署，暗中却受他的抬舉。原來這人是大名府留守司梁中書的姪子。梁中書是東京當朝太師蔡京的女婿，他的夫人是太師的小女。梁中書，諱世傑。上馬管軍，下馬管民，地方上最有權勢。祇是膝下荒涼，遂於氏族中挑選一人，過繼爲子。論輩份屬於姪子，這人名喚梁子玉。子玉這次南下東京，前來拜謁外公太師蔡京。蔡京看到外孫前來，另眼看待，賜予許多禮品。子玉緣是知悉太師六月半古稀大壽。他是官居一品，門生故吏遍天下，今年需要大舉慶賀。子玉回家路上，在金鷄嶺撞着強盜鄧虎，險些送了性命。回到府署，便將此事稟報，要求從寬發落。梁中書要姪兒放心，祇是説他平日怠於鍛煉，這次便吃虧了，此後必須認真習武纔是。

梁子玉騎馬趕路，所以當日便抵大名，走在楊志前頭了。鄧虎屍體爲野獸吞噬，一言表過。

次日午後，楊志隨同長差來到大名府城，直抵留守司衙門。一個押着楊志，站在照壁旁側；一個入司稟報。

這時梁中書閒坐書房，吟誦詩篇。他頭戴着逍遙巾，身穿白鶴緞花氅衣，下蹬雲頭靴子。濃眉高鼻，方臉闊嘴，兩耳貼肉，三綹青鬚，年紀四十上下。馬背上擅使一條長槍，寫得一手好書法，由是蔡京十分寵愛。

門斗通報："大人，開封府發來配犯一名，要求驗明正身，聽候過堂。"

梁中書已悉楊志今日到來，知他是將門後裔，便傳升堂。

堂上鐘鼓齊鳴，衙役站立兩旁，麒麟門開，師爺備好文房四寶。

梁中書頭戴烏紗帽，身披紫袍，腰圍玉帶，足蹬粉底朝靴，踏步出廳坐定，吩咐傳帶犯人。

衙役一聲吆喝，兩長差上前，呈上開封府公文。

梁中書當下看了罪由、官印、日期及所附祥符縣的記錄、證見和原供，知道楊志雖是犯罪，罪有可原。遂命將楊志帶至堂上，便予開枷。

楊志尋思：這殺威棒是難受的，背上傷痕尚未盡消，這次又將打得皮開肉綻。過堂照例如此。

梁中書問道："下跪何人？"公文上明明寫得清楚，何以再問？這叫驗明正身，規矩如此。

楊志道："小人楊志。"

"何處人氏？"

"山西人氏。"

"多大年紀？"

"三十歲了。"

梁中書喚他抬起頭來。

楊志這次知道，便說："小人有罪，不敢抬頭。"

梁中書道："恕你無罪，抬頭就是。"

"嗯，是！"

梁中書凝神看覷，這漢子面有一搭青記，皮肉粗魯，難看得極。梁中書思想：他的父親楊文廣風度翩翩，一表人才，下官是認識的，怎麼小輩長得如此醜陋？

梁中書備問罪由，楊志將上京謀求上進，使盡錢財，落魄京師，不得已貨賣寶刀，如何殺死牛二，通前一一告稟。梁中書聽得，便道："念你遠道路上辛苦，這四十記殺威棒就免了。"

軍棍手想:今日是天開眼,這配犯却有這樣運氣的,我們的好處也未獲得。

楊志叩首道:"多謝大人!"

梁中書道:"來!"

衙役答應一聲:"咱!"

梁中書道:"將楊志帶過一旁。"

孔目寫好案卷,歸入檔案,批了回文,兩個長差自回東京不提。

梁中書關照將楊志收監,吩咐不能難爲,却要好生款待。這幾句話輾轉傳至押牢禁子節級。

梁中書退堂,來到內堂更衣,喝碗參湯。回房如此這般,告知夫人,並説明朝放他出牢,每月可支些錢使用,祗怕有礙觀瞻。

夫人道:"祗須找個機會。"

梁中書沉吟一下,便道:"有了。軍中偏裨周謹,這人志大才疏,好高鶩遠。自認爲是賽關公,誰都不在他的眼中。他對大刀聞達經常使氣淩辱,聞達深受委屈,由是互不服氣。這遭機會來了,明晨點卯,傳下號令,喚軍政司出告示:曉諭大小諸將人員,齊出東郭門校場中去演武校藝,各顯本領神通。讓楊志顯露頭角,倘有過硬功夫,我便可以抬舉,衆人也會心服。周謹覷着新到配犯,受這提拔,這口氣怎咽得下? 下官便可喚他兩人比武,分個高下,然後定奪。這叫一面打牆兩面光,可把楊志、周謹的事都弄妥貼了。"

夫人領首。這事便議定了。

時當二月中旬,正值日麗風和。次日,梁中書早飯已罷,吩咐:團練使、正制使、指揮使、統領使、聞達、李順、周謹以及急先鋒索超等,先行集合,諮詢意見。

衆人齊道:"千里馬須由伯樂來相的。恩相做主就是。"

梁中書道："聞説新來楊志是楊老令公後裔,將門之子,祇是不曉他的武藝如何? 耳聞不如目見,讓他參加何如?"

梁中書首先發言,這麼一提,衆人心領神會,自無意見。齊道："恩相所見甚是。"

梁中書嫻習官場伎倆,先將頭面人物説服,下面的人自然這一熨斗就燙平了。

意見統一,便傳諸將齊來東郭門外校場演武廳前集合比武。梁中書率領三軍,浩浩蕩蕩,便向東郭門外來。

百姓聞風而動,爭先恐後,前遮後擁,齊來觀瞻。一時這演武場熱鬧喧闐起來,好不威武。正是:

> 征旗蔽日,殺氣遮天。箭術高張,能穿楊破葉;刀槍密布,如金鎖魚鱗。一字鎏金鐃金光閃爍,兩把宣花斧舞同車輪。三尖兩刃刀鋭利無比,四方鑌鐵鋼寒氣淩人。五股托天叉環盤響亮,六輪點鋼槍光耀乾坤。七星蓬蓬抓勾搭如意,八角紫金錘奪魄追魂。九環大砍刀環聲悉索,十耳倒馬盾四面塗金。槍尖上吐出火焰,斧刀中迸起寒光。雄赳赳多少枕戈士,氣昂昂無數執戟郎。

看官:此番梁中書爲何一心要提拔楊志? 自然有個道理:一是楊志救了他的過繼兒子。二是兒子懂得一些拳棒,祇是不堪一擊。楊志改日爲師,可以教授與他一些本領。三是這樣的人才,聽他使用,於他大有好處。今日提拔了他,風塵知己,可以買爲心腹。四是楊忠來北京,暗中上下行賄。上自師爺,下至牢頭,盡都得了他的好處。製造輿論,誇説楊志是個英雄,肝膽照人。這話也就傳到梁中書的耳中,楊志這番入牢,緣是未吃苦頭。老總管早有關照,楊志祇自散手散脚,在獄中管自安眠一宿而已。

　　再説梁中書率領人馬來到東郭門外。今日中書大人是文官打扮，來到演武廳前，停轎出轎。他是頭戴烏紗帽，身披紫羅袍，腰間繫着漢白玉帶，看來顯赫威風之至。因爲他是北京的首領，梁中書出轎，踏入龍門，踱至廳上，便在正中一把早已安置的渾銀虎皮交椅上坐定。前置供桌，繫着撒金盤龍綉花臺幃，旁側兩名都監站立伺候：一個喚作都天王李順；一個喚作大刀聞達。廳前左右兩邊，齊臻臻地排着兩行官員：指揮使、團練使、正制使、統領使、牙將、校尉和副牌軍，左右衞護。

　　衆人朝着梁中書齊聲呼三聲喏。將臺上早竪起一面黄旗來。兩邊左右列着三五十對金鼓手，齊聽指揮。

　　品了三通畫角，發了三通擂鼓，校場裏面頓時肅静莊嚴，誰敢出聲。正是：

　　　　一進龍門人如潮，兩旁令旗隨風飄。三通畫角鼓聲起，四圍校場静悄悄。五百軍士分左右，六科武士紫騮驕。七品知縣忙奉承，八面威風人把歲舉考。九（究）竟功名誰到手？十（直）上青雲沖九霄。

　　這校場周圍，早就攔上木柵，以防百姓圍觀擁擠。龍門前面，自有軍士各執器械把守。刀出鞘，弓上弦，戒備森嚴。

　　這時人叢中，却有個山西人在鑽來竄去，十分不安本分。一個老者説道：“年輕人，不要擠啊。小老兒受不住了。給你一撞，腰眼會摔傷的。”

　　山西人説：“你就不要來湊熱鬧了，灑家看過就走的。”

　　誰知，這人擠到木柵旁緣，待着就不動了。這人兩鬢長着赤髮，滿臉絡腮鬍子。紫黑臉孔，鬢邊有一搭朱砂記，記上生着一叢黄黑雜毛。他終年流蕩江湖，有着名氣，人家稱他爲“赤髮鬼劉唐”。此人看來粗魯得很，聽到今日演武廳開比，扮作賣棉紗帶小商，混入人群，趁機打探大名府中的消息，特來校場觀光。

祇聽人說："留守司中有個副牌軍，名喚周謹，身爲偏裨，却是深感委屈，輒向中書大人嘰咕，雖有渾身解數，難於施展。今天比武，諒是一試他的身手的。"

又聽人說："東京發來配犯一名，這人姓楊，道是山西天波府楊老令公後裔，武藝超群，本領高強。倘若比武有他，咱們可以一飽眼福。"

劉唐聽人言談，心想：有山西人來比武，誼屬同鄉，更當一看。若是贏了，也是灑家光彩。

這時校場之中老老少少擠滿了人，足有近四千人。

梁中書便傳令，由中軍官宣布比武時，紅旗招搖爲贏，綠旗爲輸。聞鼓則進，鳴金收兵。

今朝留守大人有心提拔楊志，衆人不曉，却是對着周謹覷視。這小將年方弱冠，頭戴着二叉冠，頂一團瑞雪；身披着金鐵甲，聚千點寒霜。官雖不大，氣派蠻像個樣子。

再說楊志，梁中書昨晚已喚他去說，當此國家用人之際，爾乃將門之子，務須好自爲之。倘若比武得勝，便予提拔。楊志自忖灑家好算命途多蹇，自山西出門上京，使盡錢財，未能獲得一官半職，受盡人間凄涼。豈料發配至北京大名府中，却遇梁中書大人青睞，做夢亦未想到，可謂否極泰來，從此可以平步青雲，扶搖直上。又思：如何使個絶招，出奇制勝。謝過恩相。梁中書自是歡喜。

是日升廳，梁中書喚楊志上廳，借與盔甲披掛。楊志頂盔貫甲，霎時人都顯煥起來，神氣之至。正是：

> 頭戴耀日金盔紅纓高，左右緻帶迎風飄。身穿一副梅花榆葉甲，繫着紅絨打就勒甲條。前後掩心鏡，上籠一領緋紅團花袍。皮靶彎弓似滿月，壺中插箭許多條。脚踏一雙

黃皮襯底靴,戰馬鑾鈴響九霄。久經鍛煉堅強漢,手中挺着八寶金槍舞動起來勢如蛟。威風旗揚飄四方,天波府楊志把家世標。

校軍場中人,瞧着楊志這等披掛,無不喝彩!

這時梁中書傳令下來,喚偏裨周謹上前聽令。

周謹聽得呼喚,踏步前來唱喏道:"末將在!"

梁中書吩咐道:"將臺前放着刀、弓、石三件兵器,着爾前去選擇,施展手段武藝。"

周謹得了將令,尋思先試大刀,這刀稱爲"關王刀",重有八十餘斤。周謹托起這刀,在演武廳前左盤右旋,右盤左旋,上一刀,下一刀,左一刀,右一刀,耍得似潑水一般。刀起寒光閃爍,刀落冷風颼颼。

周謹舞完,面不改色。將大刀輕輕地向地上放去。接着拿弓,這弓計有三張:中間一張是考一般武生的;最吃分量的喚作"小黃龍",硬弓難開,沒人開過,袛是裝裝樣子的。周謹不敢狂妄,便取中間那張普通的,左手挺了背,右手抓弓弦,雙手推拉,把弓拽得滿滿地,如中秋皓月相仿。連拉三次,氣勢雍雍,面不改色。眾人見了,無不拍手喝彩。

最後是舉千斤石,這千斤石實際袛六七百斤。周謹先自站穩,擺好四平步,俯身雙手捧起,"嘿!"的一聲,翻手慢慢向上挺起,高舉過頭;再一托,雙手挺直;然後徐徐放下。這俯、站、挺三個步驟,宛轉自如,從容得很,一絲不紊,毫無破綻。

周謹旋首左右顧盼,向遠眺望,眼睛似説:俺的本領不落凡響啊!

梁中書看着,微微點頭,莞爾而笑,贊道:"周將軍武藝果然出眾,請站一旁!"

周謹答應聲:"是!"

梁中書喚楊志前來。楊志轉到廳前，唱喏道："楊志在！"

梁中書喚楊志，也是先把這三場試來！

楊志唱一聲喏。這樣楊志要與周謹比武：一個天姿英發，一個鋭氣豪强；一個常向山中射虎，一個慣從風裏穿楊。就這一遭，直教楊志：萬馬叢中聞姓字，千軍隊裏奪功勞。

欲知後事如何，且聽下回分解。

第七回　校軍場周謹失鋭氣
演武廳索超逞豪强

話説梁中書有心抬舉楊志，深恐周謹不服，傳令兩人校軍場上比武。

梁中書問："楊志何在？"

楊志轉到廳前唱喏道："楊志在。"

梁中書道："爾敢與周將軍比試武藝嗎？"

楊志道："小的赴湯蹈火不辭！"

梁中書道："好！也是先把這刀、弓、石三場試來！"

楊志唱喏，下演武場。亦是先取那關王刀。祇見楊志右手插腰，脚尖在那刀邊悠悠踢了一下，這刀霎時就蕩開來。八十餘斤的大刀，來到楊志手裏，好似不見分量。八角飛舞，四照玲瓏，上下左右前後飛動，耍得寒光閃閃，冷風颼颼。近看似瑞雪紛飛，遠覰如閃電震怒。

觀者驚得呆了，却自不住喝彩。

楊志將刀在校軍場上揮舞數匝，然後輕輕地放在地上。面不紅，心不跳，便去取弓。

忽聽中軍官關照道："姓楊的，這小黃龍稱爲弓中之王，兩臂倘無千鈞之力，怎能開得動他？"

楊志尋思，這小黃龍天波府是開過的。周謹不敢動它，難道

64

就再没有英雄了嗎？回首却向中書大人看覷。梁中書凝神正向他看，四目相射，楊志會意，便徑前去取弓。

衹見楊志取弓，左手如托泰山，右手若抱嬰孩，將弦輕輕彈了幾彈，衹聽軋軋軋連響三聲，這弓便拉開了，拽得滿圓。

周謹看時，驚得目瞪口呆，舌頭吐出，半晌收不回來。尋思楊志憑這一點，已勝我了。

將臺之上衆人覷得分明，個個點頭，暗暗稱贊："好本領！好氣力！好能耐！"

都天王李順益爲驚駭，暗暗佩服中書大人確有眼力。配犯初臨，怎麽便已看出他有本領。真的可謂：慧眼能識英雄。

楊志接着將這小黃龍連開三次，舉重若輕，這弓要開得多滿，就是多滿。開過了弓，弓歸原處。

楊志最後舉石。楊志亦是站穩脚跟，擺四平步，搭好架子，倏忽踏步上前捧石，喝一聲"起！"兩手一蕩，兜一圈子，挺手直升頭頂。

周謹托石，先是俯身，然後舉石，要分兩個步驟；楊志衹是一下子便舉起，舉畢石雙手一頓，將石望空又一擲，離地一丈來高。楊志起雙手接住，將石輕輕地放歸原處。楊志面上不紅，心頭不跳，口裏不喘。

衆人看了，無不大聲喝彩。

楊志踏步前來，躬身唱喏。

梁中書依然微微頷首，却是望着周謹。不言而喻，這三試高下顯然。

楊志自忖：我倒並不想勝周謹；衹念罪犯勞役痛苦，開山劈石，從侵曉鳥叫，做到夜裏鬼叫，没一刻歇息。禁班一不如意，皮鞭抽打。

梁中書却在思尋，憑這三試，把周謹撤了，由楊志接替，衆人尚恐不服。忽見演武廳前，居中立着一隻萬年寶鼎。這演武廳在隋代時原是一座叢林，廟後來毀了，寶鼎剩着。這鼎怕有千餘斤重，所以，幾經離亂，還是留在這裏。

梁中書遂發言道："兩位聽着，誰能舉起此鼎，循此以排位次。"

周謹尋思：這鼎當年衹有吳國的伍子胥和楚霸王項羽能夠舉得，像我怎能舉得，怕這青面孔也未必能夠吧？

梁中書倏忽傳令，紅旗飄蕩。

周謹踏步上前，衹得先試。以脚踢之，先摸個底。倘能踢動稍許，這鼎可能舉起；如若不動，那就衹有藏拙。周謹起脚踢時，却見這鼎微微一動，感覺尚有希望。周謹俯身起手先抓鼎脚，使勁用力。霎時之間，面孔漲得通紅，要舉感到爲難。尋思不必顯醜，闖出禍來，甚爲丟臉；再一轉念，抓鼎兩耳再試試着。周謹使盡平生之力，這鼎被他拎起來了。接着身子湊上，肚皮一凸，幫助兩手，勉勉强强，跌跌撞撞，走了幾步。把鼎放下，前往將臺復命。周謹深知這鼎分量，思想這青面孔怕不能像我提着這鼎走上幾步的，那就輸與我了。

楊志自思，武藝練過百般，寶鼎却未舉過。這是尚力，耍不得半點虛假。轉念：灑家與偏裨比時，灑家體軀魁梧，是個雙料。偏裨是瘦長條子如葱一般，是個單料。那麼，他能拿動，灑家也是當然能的。楊志將袖挽着，起脚踢去，使鼎搖動，又一手抓住鼎脚，使鼎傾斜。寶鼎一斜，楊志趁勢將鼎舉到胸前。他感到這鼎甚是沉重，便運動全身功夫，呼的一聲，將鼎舉過了頭。這時楊志一手舉鼎，一手托腰，巍然聳立。觀者喝彩之聲不絕，全場轟動，喊道："這青面孔真是力大無窮啊，賽過西楚霸王了。"

都天王李順看得也是出神。

梁中書益發興奮，思想：楊家後裔，果然與衆不同。

楊志自忖氣力有餘，索性兜個圈子，放還原處。

這鼎是石座，座有三坳。楊志把鼎仍在原處立起，向着周謹躬身示意。

周謹尋思：舉鼎我走數步，已屬勉强；他却跑了周匝，且是從容不迫。原來留守大人有心提拔他，讓我做個陪客。

楊志尋思：恰纔周謹小覷灑家，灑家説句話回敬一下。便道："列位，仰慕西楚霸王拔山舉鼎，英名蓋世，天下有着舉鼎的英雄，哪有端鼎的好漢！"一語道破，透空而出。圍觀的老百姓聽了，齊聲喊道："對啊！没有端鼎的！"

周謹聽着，不覺面紅過耳，真的無地自容。

梁中書尋思：即此一事，就可提拔楊志。便道："楊志武藝超越周謹，今舉楊志任爲提轄如何？"衆人一致同意。

楊志尋思：提轄官職雖卑，却有管理兵馬之權。自是喜歡，便來廳前，躬身抱拳叩謝恩相。

梁中書並説周謹仍職偏裨。

周謹自忖，比武輸了，偏裨尚在，也就欣然道謝。

梁中書眼見楊志獻出絶技，在此國家多事之秋，異日南征北討，正可爲國效勞，心中高興。正欲打道回衙，祇見廳下左邊，轉出一員大將來，大聲呼喊道："小將不才，願與楊志比試！"

楊志看時，這人威風凜凜，相貌堂堂，面圓耳大，唇闊口方。望過去，宛如一尊鐵塔。前人於此，有篇《索超賦》云：

> 心比天高性情驕，不貪財色稱英豪。官居統制威名震，赤膽忠心保宋朝。天生紫臉雙虎目，眉如刷漆豁眼梢。獅子鼻，鼻梁高；大闊口，腮邊紅鬚翹。兩耳大，並不招；鬢邊生赤髮，紅色毛内生紅毛。頭戴紅銅獅子盔，盔上紅纓威風標。千索穿，萬索套，脚纏裙，金鈎吊。足蹬戰靴包虎頭，跨下龍駒是卷毛。性急號稱急先鋒，智勇雙全推索超。

　　這人便是大名府留守司正牌軍索超。爲人性急,衹要爭氣。與敵人相遇,身先士卒。所以人家喚他爲"急先鋒"。大名府中,齊贊揚他本領最好,百般武藝俱精。但聽他稟道:"大人,且慢!"

　　梁中書問道:"何事?"

　　索超道:"此漢僅持體力,勝了周謹;不知他的馬上功夫何如?小將願與較量一二。"

　　都天王看時,尋思:"這事不妙!楊志怕要吃虧。索超是馬背上能奪索的,兩膀有着千斤之力。被他抓住,休想得脱。與他較量,恐難取勝。"

　　索超稟復道:"若勝得俺,當爲提轄;若不勝時,怎能重用?"索超認爲周謹力不如他,雖是輸了,却有韜略在胸,楊志怎能及他?

　　楊志覷視索超,感到來者不善,這位將軍難以取勝。爲什麽呢?爲的灑家雙料,而他却是個三料啊。看他盔上紅纓抖擻,一眼就知是久經沙場的。這次比武倒要謹飭了。

　　這時校場外圍,木柵前密密麻麻,人頭擠擠,老百姓越聚越多。

　　楊志心中盤算,灑家祖傳刀、槍、棍、棒等十八般武藝都曾學過,衹是未上沙場,與人厮鬥,高下勝負,心中却没個譜。衹是留守大人想提拔我,纔出這個主意。如何是好?倘勝了這索將軍,灑家是新來配犯,怕也站不住脚的。眼見兩邊這些頂盔穿甲的都是他的老同事啊。若勝了他,熱譏冷諷,日子可不好過。可是來者小覷於我,盛氣凌人,自不甘心。

　　楊志有些負氣,踏上一步,拱手招呼道:"動問將軍尊姓大名?"索超便道:"爾且聽着:大名府中誰不知曉,人稱急先鋒的索超便是。"

　　楊志知道不知道呢?新來人地兩疏,留守司中若干負着威望將領，他是一個不識的。所謂：脚脚踏生地，眼眼看生人。便又商道："這遭比武，步下還是跨馬？"

索超道："爲國效勞，南征北戰，理當用馬的！"

楊志自思：灑家之於武器，野十八、家十八，三十六般，雖不能説件件精通，至少都能應付。今日與索超比藝，却要打了幾手，心中纔得有底。便來將臺，躬身向梁中書唱個大喏道："恩相，索將軍武藝超群，小人認輸就是。"

梁中書思忖，恰纔楊志開得小黃龍，隻手舉鼎，臂力過人。這馬上功夫，諒也不會平常，爲何願意認輸？諒有爲難之處。便道："休要謙遜，小心在意就是。馬上比藝需要坐騎，就喚左右將我的戰馬牽來，借與楊志坐騎。"

這馬喚作赤腿追風日月龍駒，毛色鮮紅，渾身没一根雜毛。飛馳起來，四蹄懸空，迅疾如風。日行千里，夜走八百，神速非凡。

衆將官看着楊志如此體面，不曉何以受此抬舉，奧妙何在。這點楊志自己也不明白，祇是謝了。

霎時，一匹高頭大馬牽來，鞍轡踏蹬全是新的。祇見此馬：

> 蹄背八尺，首尾一丈。駿分火焰，尾擺朝霞。渾身亂掃胭脂，兩耳對攢紅葉。色如朝霞没半根雜毛。前頭能容斗，後頭難插手。日行千里，夜走八百，是一匹赤腿追風日月龍駒寶馬。

中軍官問道："提轄，喜何兵器？"

楊志尋思：金槍乃楊家看家之寶，名震天下。家君不及教導，老祖母是盡心傳授的。她雖上了年紀，揮舞這槍：提、努、封、逼，百般動作，還是身輕如燕，四照玲瓏，眼到、手到、槍到，一絲不苟。教人終身受用。今日灑家好派用場。楊志便道："請備槍吧。"

中軍官隨即吩咐兵士，將那丈六長槍取來，架在烏嘴環上。武器稱呼是有講究的：八尺喚作齊眉棍，一丈稱棒，丈六稱槍，丈八稱矛，最長的二丈稱爲苗支。楊志看着武器、馬匹都已齊備，轉身再望索超，祇見他牽來一匹黑馬，高而且大。這馬稱爲卷毛獅子龍駒，渾身也沒一點雜毛。又見他扛來一柄梨花開山大斧，足有百來斤重。

兩人齊向將臺前來，聽候傳令。

梁中書憐惜人才。棋逢敵手，將遇良才，深怕兩虎相爭，必有一傷，因此嘱咐道："兩位聽着：今日馬上較量，無非比個高下，切勿擊中要害，違令者斬！"這話自有分量。刀刃出鋒，倘一失手，輕者敷些傷藥便可收斂，重則喪命。這樣不是魚死，便爲網破，那就得不償失了。

楊志尋思：中書嘱咐，分明要我槍下留情，這就爲難灑家了。一槍刺出，不便縮回；否則如何廝鬥？索超一斧劈來，灑家祇是個配犯，死了兩個，祇是一雙。他是大名府中名將，人家自會出來求情，不見得會見殺的。灑家倘如失手，那就非同小可。這樣灑家祇有認定輸了；可又失了抬舉，不曉如何是好？真的左右爲難。

索超亦在想着：看見楊志躊躇，兩手不住地搓着，上了心事。怕是驚恐，怎敢以卵擊石，螳臂當車。怎麼不緊張呢？一粒米要煮鍋粥，真是味道也無。祇要楊志來認過輸，也就算了。何必定要較量呢？

這時將臺上傳下將令，早把紅旗招動。兩邊金鼓齊鳴，發一通擂。

楊志、索超祇得各自點鞽踏蹬，翻身上馬。一個抖槍，一個橫斧。

校場中又放了炮,炮聲響處,兩馬各自掃出。

索超跑馬入陣內,藏在門旗下;楊志也從陣裏跑馬出來,直到門旗背後。

一個東,一個西,一個前,一個後,兩馬圈轉來,將碰頭時,索超尋思:讓我先下手吧,先下手爲強啊。

楊志尋思:我是不能先下手的,讓索超先打,灑家用槍擋可以掂掂他的斤兩,厮鬥起來,心中就有個數。楊志便將韁繩一提,馬的兩隻後蹄踢了兩踢,灰沙飛揚。這馬的尾巴霎時像扯蓬一樣翻起。這匹馬是龍駒,慣在沙場作戰,知道主人關照不要再往前跑,霎時停止。

楊志將馬刹住,索超的馬從橫裏早掃過來,喊聲:"姓楊的,看斧!"一個泰山壓頂之勢壓將下來。

楊志兩手緊托住槍,用槍柄望準斧頭的留情結上擋去,喊聲:"且慢!"祇用六成功夫去架。呵唷,祇覺不妙,分量吃着是沉甸甸的,知道來者不是等閒之輩。這紫面孔比那小將,本領不知要高出多少倍! 他在大名府中過去是唯一開過小黃龍的。

楊志取個偷梁換柱之勢,將索超的斧蕩了開去。

兩人這一斧一架,在馬上兵家稱爲一個回合,在步下就稱爲一個照面。譬如這邊一拳打去,那邊一抬手架擋,也叫一個照面。

楊志、索超兩馬圈轉,齊到校場中心。兩馬相交,楊志在想:這一斧頭我不能讓他先出手了,我是先禮後兵,現在要索超看看楊家金槍的厲害。喊一聲:"索將軍,爾且看了。"把槍舞動,撥了幾下。槍鬚根根竪起,好像陽光四射,光彩奪目。

槍的用法,歸納起來爲六個字,喚作:提、封、逼、扭、吞、吐。現在楊志這一槍緊逼過來。索超喊道:"且慢!"把馬一偏,用斧頭望着楊志的槍頭架過來,祇聽"搭唥"一聲,震天動地。

索超覺得此人果然是個將才，力大無比。難怪方纔周謹不是他的對手。

這一架是第二回合。這樣一來一往，一去一回，各賭平生本事。四條臂膊縱橫，八隻馬蹄繚亂，在校場中兜來轉去。那斧頭是：直奔頂門；這金槍是：不離心坎。一個槍尖上吐一條火焰，一個斧刃中迸幾道寒光。這個弄精神，不放些兒空；那個覷破綻，安容半點閒。

當下楊志和索超兩個鬥到五十餘合，不分勝敗。兩旁軍官，四圍百姓看得喝彩不迭，都道："我們活了半生，幾曾看見這樣一對好漢廝殺！"

兩人鬥得性起，各要爭功。一個似巨靈神忿怒，一個似華光藏生嗔。有分教：黃泥岡上，聚七八個好漢英雄；梁山泊中，攢十萬貫金珠寶貝。

欲知後事如何，且聽下回分解。

第八回　楊提轄巧使石灰棒
謝總管惹惱壽星翁

話説楊志與索超，在校場中一來一往，一去一回，各賭平生本事，厮鬥正酣。四條臂膊縱橫，八隻馬蹄繚亂，兜來轉去，灰沙飛揚，兵器相拼，火星直迸。這索超的斧頭呢？前人有篇《斧賦》歌頌云：

> 手舉開山斧，揮舞左右分。斧升壓頂砍，倒退五花槍。前後披肩勢，攔腰捲風雲。上下多遮蓋，此斧鬼神驚！

那楊志的金槍呢？也有一篇《槍賦》爲證：

> 手起鑿金虎頭槍，馬前撥動閃金光。蛟龍擺尾遮攔勢，鳳凰點頭急三槍。流星穿月當胸刺，蜜蜂進洞刺太陽。水底波濤翻江勢，金盤撈月水中央。提弩封逼蛇出洞，楊家金槍天下揚。

四圍觀衆，没有一個不喝彩的。

都天王李順，翹着指頭叫好，説道："好久没飽這眼福矣！真是棋逢對手，將遇良才。"這兩人都有分量，不是好惹的。這條槍真厲害，從上頭飛舞下來，没半點空隙，給對方没個喘氣的機會。倘若兩人之中有一點差錯，那條性命就斷送了。

索超邊鬥邊想：人家都喚我爲急先鋒，任何場合，俺總喜歡搶在前頭。哪知今朝碰的這個對手，實在厲害，難於取勝。不敢怠慢，使出渾身氣力，喝道："呔！姓楊的，看斧！"望準楊志攔腰一斧砍來。這時，索超將中書相公的交代早已拋到九霄雲外。這一斧是致人性命的，倘若砍着，定將楊志劈成兩爿。從這部位砍去，擋住這斧的，是人的一根背梁大脊，怎擋得住？不是將人腰斬了嗎？

梁中書的軍令不是兒戲的，那麼索超怎樣想呢？他卻自想着：這斧真的劈了楊志，看來最多削職，不見得用正牌軍的命來償配犯的。今日伺候在中書大人身旁的軍官，齊是老同事，篤於情誼，同過患難，吃過泡飯，難道不會出來求情嗎？這就沒有什麼大不了的。俗話說的：一山不容兩虎。今日真的有你無我，有我無你。索超就惡狠狠地一斧攔腰砍來。

楊志看着索超臉色，知道他把中書大人的吩咐全忘光了，早有打算。這樣開打，倘遇他人，一時恐難應付；楊志卻是有其對策的。

說時遲，那時快，楊志霎時踏鐙，將馬頭帶轉。將軍酣戰之時，總是手足並用的。文人騎馬是策馬而行，將軍作戰就沒有這樣悠閒了。馬韁繩有一束是套在他的腳上的，腳上行動是控制馬的。這時楊志右腳一沉，馬頭便會向右轉來。楊志起手，持金槍望準斧頭點去，也是喝道："索將軍，休得無禮！"斧頭被槍點得往下一沉，隨手拿槍搖一搖頭，還是喝道："去罷！"金槍望準索超的咽喉三寸處來。這一槍喚作毒蛇出洞，又叫白蛇吐芯。這記生活也是厲害，是要致人送命的。尋思：我已經做掉了兩隻虎，今天要你再湊個數。縱然我死，已經賺了。

一槍過來，紫面孔想：喔喲，這個反擊來得厲害。索超趕快人往馬屁股上仰面朝天一仰一跌，這槍就從他的鼻尖上竄過去，槍風熱得非凡。

這時楊志倘若把槍一沉，來個海底撈月，那是索超性命休矣！索超嚇得一身冷汗，馬掃過去，索超挺身舉斧，喝道："青面孔的，看斧！"接着一斧橫掃過來。

楊志馬圈過來，喝道："且慢！"把槍一招，兩邊留情結與留情結架牢。這邊要掀翻，那邊要翻掀，兩人扭住一塊，兩馬隨着不住地打圈。

中軍官看着形勢緊張，忙來將臺稟報："大人，看來不能再行較量，雙方性起，在火拼了，不是比武。請大人定奪！"

圍觀的人，倒是看得出神，津津有味。有的說道："活到八十幾歲，還沒見過這樣精彩的廝打呢。"

赤髮鬼劉唐混在人叢之中，看得哈哈大笑，捋着赤鬚喝彩："蠻好，蠻好！這個青面孔武藝超群，功夫精彩！"

梁中書傳令中軍官鳴鑼休戰。

將臺便是一陣鑼響，嘭、嘭、嘭，金鑼響亮。

楊志聽到鑼響，急速勒馬。這馬像人一樣地，直竄站起來。功夫差的，這人在馬背上是吃不消的，就會跌下馬來。楊志起手把槍像柱子一樣向地撐着。這一撐就安如泰山，不會跌下來了。

索超的馬却未勒住，四蹄仍在奔馳，却要過來鬥赤腿龍駒。

馬與馬還想再鬥，楊志却已跨鞍下馬。

梁中書看着，捏一把汗，尋思：幸虧我早傳令鳴金，不然如何甘休？

兩人過來，齊來將臺，雙雙躬身行禮，靜候將令。

梁中書道："兩位武藝高強，非凡人也。"

索超聽了，心中很不舒服：怎麼不分個高低？便稟道："很巧適逢鳴金，否則，這姓楊的早已跌下馬了。"

楊志思想：這人臉厚，處處托大。斧頭有時擋不住灑家金槍，不是稍予留情，他的性命早已保不住了。

梁中書問道:"楊志,爾看如何?"

楊志尋思:灑家處處讓他,他自托大,怎能教人心服!八十萬禁軍教頭豹子頭林冲灑家還與他較量一下。便道:"索將軍説哪裏話來,灑家亦自想着,不是恩相傳令,這支金槍就將你逼下馬背來了。"

索超聽着,楊志的口氣比我還大,把眼睛一彈,喝道:"休出狂言!"

圍觀的人巴不得看他們打個水落石出,這下子,梁中書倒有些為難了。這兩人的武藝,在他心中是有分寸的。他是深於世故的,做人圓滑,不願明顯表態。留守司中悉是索超的同僚,今朝丢了索超的體面,嗣後辦事,便會感到辣手。楊志新來勢單力薄,你就認個輸吧,讓我有個落場,改日自會提拔,給你升官。所謂:忍得一時之氣,免了百日之災啊!

梁中書便向左右顧盼,兵馬都監李順誤會了他的意思,便道:"既然兩人互不服氣,定要比藝,不妨讓他倆一試。"

梁中書道:"馬有漏蹄,人防失手。兩虎相鬥,必有一傷。那麼,如何比呢?"李順獻計道:"兩人武器可改用棒,棒尖各繫一個白灰包,權作斧頭、槍頭。復命兩人各穿皂衣,就此爭戰,查看兩人體軀,誰人身上染着白點多者為敗。"

梁中書大喜道:"李將軍説得有理。"當即傳令準備。兩人各換皂衣,持棍立馬前來應戰。

楊志尋思:這下我可勝了。一是疑慮消除,不必謙讓;二是灑家擅長用槍,熟能生巧。但用石灰包,活了三十歲,還是第一次。

兩匹馬廝鬥了多時,嘴裏白沫飛濺,馬鼻孔內熱氣噴射,軍士擂鼓助威。

兩匹馬又掃開來,衆人祇見馬匹奔馳旋轉,人在挺棍打點。

兵家使用這類武器,喚作槍怕搖頭棍怕點,棍子狠的就是這點。兩馬盤旋打圈,一圈又是一圈。紅馬踢黑馬,黑馬踢紅馬,又咬又踢,連那馬尾巴也耀武揚威,使勁甩動。

幾個回合以後,梁中書便傳令鳴金。

馬上比棍,全憑眼快身捷,祇須點着,便占上風。所以這樣比武,看來緊張,實際內容是比較簡單的。什麼"鯉魚開背""白蛇吐芯"這些棍法,都用不上了。

金鑼響處,楊志立刻下馬,將棍子脫手擲地。

索超手快,挺棍趁勢向楊志背上連連兩點。眾目睽睽,大家看得清楚,梁中書自然覷見,將臺上諸將和四圍的官兵、百姓也都見了。有的說道:"這下子紫面孔不漂亮啊,急先鋒不值價啊,居然在搞這小動作啊。鳴鑼收兵,照例就不能再動手了。"

這兩匹馬有人牽去,兩人來到將臺,齊道:"叩見大人!"

楊志覷視中書大人如何發落。

梁中書道:"罷了,兩位請站立兩旁。"

向左右招呼道:"眾將官。"

眾人答應一聲:"有!"

梁中書道:"爾等來看!"

兩人都穿皂衣,着點處黑白分明:楊志大腿上着兩點,臂上着一點,背心着兩點,共計五點。

打回合時,對方出手擊中後纔染白點的。大家看時,索超身上是一點也沒有。那麼,誰勝誰負,似是很清楚了。

外面老百姓却在喊道:"青面孔祇有三點啊,背上兩點不能算的!"

梁中書尋思:這兩點是不能算的!但是三點已是輸了。幸虧這是石灰包,否則,真的使槍那就糟了。

梁中書便喚楊志道:"楊志,索將軍渾身皂色,你身中三白。

如此説來,你當甘拜下風。"

索超在旁聽着,不禁眉飛色舞,得意揚揚。

可是楊志心中明自,自有話説,尋思:大人休要看扁了人,虧我有些能耐,換了他人,是會敗在他手的,灑家並非如此。却是態度自然,不亢不卑,對着梁中書微微一笑,拱手稟道:"大人,且慢。"

梁中書道:"楊志,尚有何言?"

楊志笑道:"今日,灑家楊志勝了!"

梁中書聽了不解,不是早已説明:點少者贏,點多者輸嗎?輸了怎麽還要犟嘴呢?

梁中書喝道:"楊志,不得放肆,讓你説個明白!"

這時將臺上聲息全無,霎時冷靜下來,衆人怒目而視,對着楊志,沒有一隻面孔是和顏悦色的。

楊志思忖:他的臉上都已染了紅色,灑家也要給點顏色讓你們看看。

這時,索超暗自尋思楊志你就認個輸吧,賣個人情,明天我會請你喝酒的。

周謹看了,十分開心,思想:索將軍得勝爲衆將争了面子,也是替我出了氣了。

楊志便道:"大人,索將軍倘不服氣,請他將雙手高舉起來。讓大家觀賞一下吧!"

楊志這句話可算得柔中帶剛、肉裏藏刺的。衆人祇是不解。

梁中書道:"索將軍你高舉雙手就是。"

索超却是明白,這雙手怎好高舉的?索超這時真想有個地洞好躲。楊志現在不給一點面子於我,礙着中書大人吩咐,出於無奈,祇得將這雙手慢慢地舉起來。

誰知不舉便罷,這一舉却引起了場内外一陣擾動,一片笑聲,霎時傳播開來。

看的人尚不覺得,打的人早已有數。楊志身中這三點白都非身上要害之處。梁中書以爲索超身上沒有白點,勝負定局。索超心裏明白,希冀楊志今朝給他一點面子,日後補情。楊志却是英雄本色,哪裏會理睬這點。他與林冲能打若干回合,怎麼讓你索超盛氣淩人!

當時大家奇怪,連都天王李順也不醒悟。楊志怎麼説出這樣話來,難道教人雙手舉起,就算你是贏了,哪有這個道理?

實際,這是一記黑虎偷心,擊中要害。

急先鋒索超一時沒有辦法,祇好慢慢地將雙手舉起。這一刹那,衆目睽睽,都在聚精會神地看。粗看沒有什麽,細覷右腋一片雪白。懂得武術的都很明白:索超是右手持棍的,人家怎會打到你的右臂腋下呢?戰鬥時,兩腋是沒有盔甲可擋的。楊志被點到之處,既非身上要害,而且有着鐵甲護着,所以是不會出問題的。

衆人理會過來,所以哄堂大笑。

這時楊志侃侃而言道:"大人,今日比武,用的並非真槍。倘若真的,索將軍早已命歸黄泉了。"

楊志這一句話講得真率,却是一句撒手鐧,人家是無法也不必爲索超解釋的。

楊志又道:"這事請大家評議吧。"

索超聽得,面紅過耳,垂頭喪氣,祇道:"慚愧啊,慚愧!"却又尋思:今日,你揭我的短處,不留一點情面,他日你總要吃虧的。

大家看着索超的右腋窩裏是白白的,這點數就難以計算了。衆人轉怒爲喜,不住喝彩!

楊志因又稟道:"請大人定奪!"思想:中書大人是武藝精通,上馬管軍,下馬管民,精明能幹,誰輸誰贏,心中了然。兩旁軍官，雖欲蔽護索超，衹是無話好説。將臺四圍，一時冷場下來。眾人面面相覷，却怕得罪索超。

梁中書却想如何下場，如何不使索超難看，便説道："索將軍，爾看如何？"轉頭又問左右道："眾位將軍，爾等意下何如？"

索超情緒緊張，不禁一言脱口而出："果然被他數槍擊中，索超今日輸了！"

這話出口，梁中書便好落場，説道："索將軍深明大義！勝敗乃兵家常事，衹是楊志今日勝了一籌！"這叫快刀切豆腐兩面光。

楊志聽了也自歡喜，暗幸從此可以脱罪，三頓蘿蔔乾和霉米飯就可不吃了；也總算爲楊家爭了口氣。仗着自家本領升遷，纔是光榮的。想到其間，不覺一笑。

梁中書便喚楊志道："楊志，委爾爲官軍提轄使，明日點卯上任。"楊志謝過。

梁中書又道："留守司中，有不少官家子弟，拜爾爲師，學習槍、棒、劍、刀，爾可願意？倘有成就，説明師傅教導有方，還當重謝。"楊志承諾。

梁中書便將教練地點與人數説明。教練場所在府花園中。第一日教二十四人，次日教四十八人，第三日教六十人，至此爲止。由謝總管第一日引領前去。楊志又是應喏。

梁中書回首撫慰索超道："索將軍，比武禮讓爲先，楊志初出茅廬，所謂初生犢兒不怕虎，一時鋭不易擋；將軍偶一疏失，不足爲奇！今後比武，你就不必過謙了。"

索超聽了，也是高興。梁中書説此話，免得今後呼喚不靈。諸事料理已畢，眾軍打着得勝鼓回城。

梁中書離座出演武廳，前面馬隊，後隨步隊，當時有十六人大轎前來扛抬，前呼後擁，向着東部門前進。閒人漸漸散開。

圍觀人中有一位江湖流浪好漢，他是何人？他是上回中已提的劉唐。

劉唐在木栅前看覷楊志與索超比武，十分認真。看得清楚，心中明白。楊志今朝若用真槍，索超肯定喪在他的槍下，這人武藝自是高出索超多少倍。他與灑家誼屬同鄉，倘能與他結識，異日可以相互有個幫助。劉唐由此思欲打探他的消息。

劉唐有個鄉鄰，喚作張勇，在大名府中爲劊子手。兩人原是結義的光屁股弟兒。此人體格魁梧，力大如牛。走過三關六碼頭，見過紅眉毛綠眼睛。今見劉唐空着手來，怕是江湖淪落，來打秋風的。

劉唐説明原委，纔知他來打探消息。張勇有個結拜阿哥姓柳，在衙門中當虞候。官府中的新聞，他的消息是很靈的。

爲什麼要交代這劉唐呢？這部書中是缺少不了這個山西人的。沒有了他，十萬貫金銀珠寶的消息，就不會迅捷地通到山東鄆城縣了。楊志在押送途中，也不會出事。此乃後話，到時候看官就會明白的。

話説梁中書回轉衙門，尋思今日兩個好漢校場比試，這般敵手，如此精彩，是數十年來所未遇見。楊志武藝出衆，當此國家用人之際，正是當朝太師老丈人急需物色的。

他的丈人爲誰？就是當朝文華殿大學士蔡京丞相。蔡京寫得一手好字，瘦硬通神。徽宗皇帝對他十分寵信。徽宗荒於酒色，寵信奸佞，做皇帝不像樣子，藝術上却是内行。他的畫：人物、山水、花卉、翎毛，俱臻上品（現在北京故宫博物院中有一幅《聽琴圖》，其中松樹就是徽宗畫的，款是蔡京題的）。梁中書的妻子就是蔡京的小女兒。他有這個靠山，就可穩做高官，成爲不倒翁了。

梁中書伉儷倒也情篤，經常吟詩聯句。今日來到上房，和夫人談及演武廳事，誇説青面獸的本事。索超是大名府中叱咤宿將，却被他的金槍腋下多次擊中。這一絕招，確實驚人。值此朝廷多事之秋，理當重用。下官已命他爲管軍提轄使，明晨並喚他來後花園中教練軍官子弟。夫人乘興，可以垂簾瞻觀。如此這般一說後，夫人笑道："祗是奴家於刀槍劍戟，一竅不通。"梁中書深喜得了楊志，如虎添翼，夫婦兩人談談説説。

却説梁府中有個姓謝的老管家，資格很老，夫人對他十分信任。他自知曉楊志的管家楊忠曾來活動，獻上許多名貴禮品。中有一尊白玉老壽星，可稱無價之寶，大人十分歡喜。這寶貝的出處，謝管家見多識廣，却也知道。這是當年太宗皇帝御賜與楊六郎楊延昭的。這件寶貝的來歷説出來是會教人吃驚的。

這寶物出於湖北荆山。春秋時有位玉人，名喚卞和。他夜間路經此山，覷見山間寶氣閃耀，就知山間必有寶玉蘊藏。尋蹤探索，鑿得一璞，是個毛坯。卞和即以奉獻楚悼王。悼王視璞，祗認是塊石頭，自不識貨，却怪人家欺誑。欺誑有罪，傳令將他的左脚剁了。

卞和養息好了，拄杖回家。待到肅王即位，再度奉獻。肅王還以爲是塊石頭，便將他的右脚又剁了。

卞和乘車抱璞回家，不遇知者，終日哭泣。世上難道竟沒有一個識寶的！俗話説"獻寶，獻寶"，典出於此。

待到楚宣王時，卞和眼見兩位大王已薨，不甘心寶物埋没，情願再去一手，還要獻寶。

這個楚王却和他的祖父、父親態度兩樣，尋思卞和既不爲名，又不爲利，已削雙足，還來獻寶，圖個什麼？諒是愛惜寶物，效忠國家。便集文武百官商議，有臣建議：將這璞玉外層小心開剥，便知端的。

這璞不鑿猶可，鑿好適在夜間，是塊羊脂白玉。遠看如玉壺春冰，近看似瓊臺瑞雪。質地温瑩，氣象縱橫，滿室都發出光來，奪目侵人。

宣王深感委屈了這位老人家了，因而給予重賞，頤養終身。

這塊荆山之玉，後世鋸分爲三：一份雕成了這白玉老壽星。一份刻爲"受命於天"的玉璽，各代帝王珍藏。這玉璽傳至三國時，孫堅在漢宮劫收，争奪之時投之於井，在井口撞缺一角，後用黄金鑲嵌，稱爲金鑲玉璽印。這主要的一份，當時鑿成玉璧，這就是歷史上傳爲美談的藺相如完璧歸趙的和氏璧。

楊忠把這白玉老壽星開後門行賄中書大人，中書得此寶物，借花獻佛，作爲壽禮，正好獻與當朝太師老丈人，因而十分器重楊志。其中原委，謝總管是知道得清楚的。可是總管並未獲得楊忠的好處，由是心中早不舒服。楊忠已去，這股氣便出在楊志身上，楊志却還不知。真的大風始於青蘋之末，而盛於土囊之口。涓涓之水，可以滔天；小事積得多了，常會引起大的禍患。俗話説的：合力同心，可建玉鳳高樓；挾嫌謀私，難於路旁築室。直教：楊提轄押送金銀擔，赤髮鬼聚義東溪村。天上罡星來聚會，人間地煞得相逢。

欲知後事如何，且聽下回分解。

第九回　留守司楊提轄傳藝
太師府梁中書送禮

　　話說謝總管對於梁中書的搜刮十分熟悉。梁中書有個手法：每年中秋，在大名府中總要舉行萬寶鼇山會。命令富豪人家供寶，任人觀賞，粉飾太平。歸還之時，有的乘機賤價買了；有知趣的，看他激賞，索性就奉獻了。而今又受了楊忠行賄，取了那尊白玉老壽星，借花獻佛，作爲慶賀老丈人的壽禮。謝總管自己却未撈得一些油水，由是心懷不滿，忿恨楊志。思想：楊志乃世家之子，必然尚有寶物藏着。因此意圖敲榨。所謂：上梁不正下梁歪也。

　　謝總管年紀五十餘歲，處處却擺架子，索賄受賄，瞞上欺下，人家自不敢惹他。這人生就一對三角眼，垂着鷹爪鼻，顴骨凸出，面目可憎。走起路來，鵝行鴨步，走了幾步，眼睛向人瞄一瞄，是個實足的壞東西。

　　今日，他穿月洞門，經小天井，過迴廊，一徑來到楊志的歇處。

　　這是一間斗室，楊志正在房中收拾行裝，思想近日際遇，不禁喜形於色。祇有一件，還不稱心：祖傳的雁翎寶刀，尚封存在開封府的庫中。身爲提轄，這件軍器，正用得着。思想尋個機會，能夠物歸原主。倘有機會，得上東京，拜見鄧蛟大人，就可商

84

量這事。

祇聽咳嗽一聲，楊志知道客來，當即起迎，這謝總管早已踏步進來。

楊志與謝總管，即日在校場回衙時見過一面，所以認得。楊志連忙招呼道：“謝總管，楊志有禮。”

謝總管也還禮道：“楊提轄，自己人麼，不必客氣。”說着就在楊志坐的位置坐下。

楊志尋思：這人托大，在灑家房中，一個總管怎麼可以坐主人的位子呢？難道留守衙門的總管，還不懂得這點規矩嗎？楊志對他倒是有些看法，想他此來，諒是通知灑家關於教練的事的。要作哪些準備，交代一下。

誰知謝總管東拉西扯，說了許多話，這事一字不提。楊志便問道：“總管光臨，有何見教？”

總管道：“楊提轄，請勿見外。這裏是我的家，我有興時說來就來，說去就去的。尊籍山西，我在北京，我們兩人真的有緣千里來相會啊！你說對嗎？有緣總是要結結緣的。”

楊志聽着這話不三不四，什麼意思？便問道：“此話怎講？”

謝總管想，這話一時怎能直說呢？便道：“北京的人，都知山西楊家天波府的赫赫威名。先朝楊老令公、楊老令婆，八虎闖幽州的故事，早已家喻戶曉，誰不敬仰。茶肆瓦舍也有藝人說唱傳說。你是將門之後，臉孔上還是有着標記的。對啊！”

楊志聽他說話，諒是灑家新任提轄，無非說幾句好話，口角春風而已。那麼，聽他說下去吧。

總管復道：“提轄，你的相貌長得好。濃眉托月，兩眼炯炯有神，有壓人勢，是大將之才。最可貴的，你的性格，灑脫開朗，博施濟衆，仗義疏財。”

楊志頷首，說道：“你的眼力真不差也！”

　　總管却想:這話我説對了。這山西人正是少爺脾氣！自然大手大脚的。便道:"楊家財勢滔天,派頭本是不小。拔一根毛,比人家的手膀還粗呢。我姓謝的不喜歡啥,祇愛白玉壽星,翡翠觀音、貓眼戒指、犀角酒杯,自然也是好的。這些東西,從天波府看來,一向認爲是蹩脚的,我已看作稀世之寶了。"

　　楊志這時纔聽明白,這個傢伙獅子大開口啊！天波府確曾藏着稀世奇珍,灑家離鄉時也取出四箱財寶,特上東京獻禮。可是今日,一無所有。祇得抱歉道:"謝總管,灑家説來慚愧。今日囊中空虛,却無可贈。在東京時,已是窮途潦倒,將那祖傳的寶刀都賣了。"

　　謝總管聽着,這事不能勉强,因冷笑道:"我是和你開玩笑的！明日事多,十分歉疚,請自去便了。"説畢,頭也不回,悻悻然就走了。

　　楊志理會,分明總管前來勒索。留守司衙顯赫,與天波府比,還是小巫見大巫呢。

　　楊志生性剛强,人來勒索,即使有錢,當是一文不予。

　　謝總管乘興而來,敗興而歸,懊惱得很！

　　楊志並不放在心上,明晨自去後園傳授棍棒好了。

　　當晚,梁中書與蔡夫人商量,挑選二十名子弟,喚他們去練習武藝,異日派個用場。又詢問夫人是否前去。夫人推説女流,多有未便。梁中書道:"垂簾看觀就是。"蔡夫人道:"那麽,妾身遵命就是。"夫婦兩人議畢就寢。

　　梁中書聽得譙樓四更鼓過,披衣起身,傳令掌燈。天色未曉,四家院在前引路,衆管家亦提着燈籠隨從,後面還有丫頭跟着。穿過陪弄,出月洞門,徑向後花園去。簷下二十四盞明角燈照得盛亮。

　　大人駕到,護院老師忙着出接。家院告禀,諸事齊備。不久,蔡夫人亦車到,就坐,丫頭侍奉。梁中書踱步四圍巡視,這學藝的二十人,齊是穿着皂色衣袴,腰間繫着藍色絲帶伺候。護院老師今日無事,便在兩廂站立。

梁中書在太師椅上坐定。椅子放在簾前,簾後坐着夫人。梁中書動問:"楊志可已來前?"

老師輕輕搖首。

梁中書想:楊志不諳衙中規矩,在天波府做慣少爺。今日讓他自在,喚人去請。第一天就不計較。明日再遲,下官便在話中點醒與他;倘若接連三日,就要記過訓責。

梁中書吩咐四個總管,前來幽香閣傳楊志來。四人遵命,急步前來。楊志早已梳洗等待,祇自不認路徑,難於行走。中書大人已自關照謝總管去引領,誰知他未獲得孝敬,哪會前往。

楊志心中祇自納悶,靜候就是。見四人來,閉户跟隨,出月洞門,徑向後花園來。

四人回稟,楊志上前施禮。梁中書向人叢眺視,怎麼不見謝總管啊!詢問謝總管可曾前來引路。楊志也是搖首。

梁中書道:"自今日始,提轄請你教育這二十個兒郎。"

喚諸兒郎跪下,叩拜師傅。

這是禮節,學藝定要向師傅跪拜的。無規矩不成方圓,天地君親師,師父的地位是高尚的。一日爲師,終身爲父。梁中書教訓了子弟一番,這二十位小伙子蕭然前來拜師,高呼:"師父,師父!"

楊志自思:在家祇聽人稱少爺,今日却見人來拜師,愧不敢當!楊志却道:"曾聞父老傳訓,師嚴然後道尊!大人,聖人説'學而時習之',業精於勤荒於嬉,管教須從嚴否?"

梁中書道:"提轄説得是!玉不琢,不成器;冰凍三尺,非一日之寒。嚴師纔能出高徒啊!"

楊志先向中書大人打個招呼，中書深以爲然。嗣後，楊志警戒弟子，中書便不見怪。這話簾後夫人也自聽得，亦深敬佩。這事是楊志未知曉的。

楊志便向兒郎們道："馬上弓射，馬下棍棒。將這十八般都嫻習了，上可以衛社稷，下可以緝盜賊。馬前馬後，防衛武器，刀最方便。從今日始，先教單刀。衆兒郎們，灑家先自表演，大家看着：各執單刀，先自端立，擺四平步。這刀上三下七，用力緊握，然後出步，其名喚'護鷄步'。這步一隻脚膝蓋曲起，這一曲既可保護自己，伸去便可攻擊對方。這個動作是當年達摩祖師在山岩石上看到村中一隻老母鷄保護小鷄，和天上飛下的老鷹鬥時而悟出來的。有隻老母鷄帶着五六隻小鷄，忽見一隻老鷹翅膀一斜，從雲霄直竄下來。這老母鷄並不示弱，緊緊將脚一圈，等着老鷹飛下。一脚踐踏上去，噗的一聲，這脚喚作'金鷄腿'。老鷹猛地被抓，抖了幾抖，就抖死了。所以，這記生活，看來輕鬆，却是十分屬害！

楊志指點，護院老師在旁同樣凝神諦聽。楊志傳這金刀，前人有《刀賦》爲證：

> 刀起寒光閃閃，刀落冷氣颼颼。前一刀猿猴獻果，後一刀獅子拋球。上一刀大鵬展翅，下一刀駿馬難溜。左一刀龍潛深水，右一刀虎撲高丘。若問此刀誰人傳？楊家金刀把名留。

楊志傳授金刀，將這刀的相撲動作一一交代清楚，一招一式，分析得十分透徹。

梁中書坐在太師椅上，目視耳聽，應接不暇，十分欣慰！簾後夫人看着、聽着，也在點頭。這刀法之妙，連外行人也看出來了。

楊志出手先打一路，使兒郎們看個全局。然後一刀刀打去，喚兒郎們一刀刀學。眾兒郎初習，自然不能乾淨利落，却能知道怎樣練了。梁中書看得滿意。

楊志又道："這刀學過，次習盾牌。一手持刀，一手執盾。刀盾齊下，翻身持刀，循着盾牌滾去。然後出刀，阻擊敵人。或站或滾，或滾或站，連連打滾，連連出刀。人家無法下手，却又防不勝防。盾刀功夫，全仗腰健手脚靈活。"

大家要求師傅表演一番，楊志便去牆上，取下一牌。這牌喚作'虎豹頭'。但見他持盾執刀，霎時打滾出刀，喊道："兒郎們，看仔細了。"前賢於此，撰著一篇《盾牌賦》云：

> 盾牌翻身輕如鳥，太保肩旗顯英豪。刀槍不入虎豹頭，
> 鐵牛犁田割仙草。七角手轉牌擋背，浪裏行舟水上漂。盾
> 牌滾滾貔貅圓，天馬龍駒脚可保。犀牛望月降龍勢，神龍潛
> 水棍頭搖。獅子搶球麒麟讓，鷂子翻身魚龍逃。單刀撩撥
> 千斤力，偃月迎風十八刀。

楊志一邊演示一邊説："這十八刀，如急雪迎風，身子不時需要着地滾的，故稱'掃蕩十八刀'。這十八刀的飛舞，記記都與盾牌配合，纔能可攻可守，滴水不漏。"

梁中書驚得忽從椅上立了起來，十分贊賞。

楊志還説："讀書既要博覽，又當精通，纔能觸類旁通。學藝也是一樣，譬如畫家：人物、山水、花卉、翎毛，樣樣要精。祇攻一門，路子不寬。軍官祇擅一件兵器不夠用的，怎能相互配合，隨機應變？"

梁中書正是聽得出神，贊賞楊志。這時謝總管從人叢中鑽了進來，笑道："楊提轄，你不夠朋友啊！讓我等候多時，不曉得你一個人已先來這裏了。"

楊志正在揮舞刀盾，明知他是刁滑之徒，有心捉弄於我，這時却是無暇與他理涉。想着老祖母的慈訓，祇是一笑而已。

其實，謝總管這話是説與梁中書聽的，怕自己遲到，不引楊志前來，會受處分！

梁中書聚精會神，關心提轄如何教育子弟。謝總管來，並未理會，祇道："兒郎們，師傅的示範與教導領悟了嗎？"

衆人答道："理會一些，難度很大。"

梁中書便向楊志和衆兒郎道："先學單刀，接習刀盾，逐步落實。兒郎們務必勤學苦練，仔細揣摩，切忌囫圇吞棗，三日捉魚，兩日曬網。倘能學得楊提轄三四成的本事，已經不差了，當重重有賞！倘若虛擲韶光，一無成就，理當重責！"

梁中書請提轄先回休息，以示教師之意。

楊志今日並不十分吃力，回房洗滌，品茗閒坐。

那二十個兒郎在後花園，持盾執刀，練習起來。

梁中書與夫人便回上房，兩人齊是器重楊志，武藝超群。閒談之中，提及泰山古稀壽辰。蔡夫人向梁中書道："相公，家君今年七十大壽，六月十五日是正日。尚書六部——吏部、禮部、户部、兵部、刑部、工部以及學士、待制、都統、都督齊往慶壽。相公今日爲一方主，掌握國家重任，兼爲乘龍快婿，當有表示纔是。"

梁中書道："夫人，下官早作準備，已經使人收買了十萬貫金珠寶貝，準備送去，其中就有白玉老壽星一尊，翡翠觀世音一座，極爲名貴，乃稀世之寶。還有端硯一方，硯上有眼百隻，每隻眼上綴一蜘蛛，浮雕得六脚騰空，栩栩如生。硯上水紋，爲馬尾紋。光滑如孩子肌膚，水放下去，經久不乾。書寫之時，既不傷墨，亦不損毫。硯上銘刻四字，稱爲'蘭亭寶硯'，早聘名工巧匠，配置紫檀硯盒。送上京師，以報泰山提攜之恩。"

蔡夫人聽了歡喜，説道："多謝相公。"梁中書道："夫人説哪裏話來,下官理當略表寸衷。"

看官:這梁中書上獻的金屬並非一般金銀,而爲紫金、烏金、白金一類。都已打成首飾,鑲上珠玉,真的價值連城。泰山最愛書畫,禮單之內羅列名人書畫數十件,中有傳世的顧愷之的《洛神賦圖》和《女史箴圖》,題爲隋展子虔作的《遊春圖》,悉爲稀世之珍。張旭、懷素的草書,筆墨淋漓,馳騁飛揚。顏真卿的《顏氏家廟碑》,方中有圓,直中有曲,剛中含柔,行家崇爲神品。

梁中書又道:"衹是從大名府南下,前往東京,道途迂回,極爲遙遠,須走一月以上。旅途之中,有不少險惡所在:如金鷄嶺、白沙堤、潭雲峰、赤松嶺、黑龍潭、餓狗溝、黃泥岡等地,都是强人出没之區。去歲奉獻禮物,不到半路,盡被賊人劫了,迄今尚未破案。這遭萬一有個差池,如何是好? 因此,放心不下。"

夫人道:"相公所慮甚是! 妾身也曾思考:目前帳下,看來衹有楊志武藝高强,能夠當得此任,可以差遣,不知他的心思如何?"

梁中書道:"夫人説得有理,與下官想到一條路上去了。"

商量已定,梁中書便傳楊志前來。

家院徑至幽香閣,招呼道:"楊提轄,大人有請。"

楊志答應一聲,隨着家院來見。

梁中書以禮相待,夫人回避,入簾静聽。楊志虛坐,梁中書却請寬坐。

楊志道:"是!"

梁中書道:"再寬坐些!"

賓主謙讓一番。過去做客的,不能滿座,一屁股坐在椅上,是受人輕視的。衹能略占椅沿,挺胸端坐,不偏不倚,目不斜視,纔是正派;倘若眼睛骨溜骨溜,那成什麽體統?

楊志問道:"大人傳諭,未知有何見教?"楊志明白,傳唤定是有事。

梁中書道："楊提轄，實不相瞞。東京太師今年七十古稀大壽，壽辰爲六月十五日，今日已屆五月初旬。有些薄禮，却爲金珠寶貝，内用錦匣裝置，外加繩索捆縛，稱爲'生辰綱'。意欲上獻慶賀，祇恐旅途之中被强人截劫，因思委託提轄護送。提轄若能與我妥送詣京，太師定有重賞，我也自抬舉你。"

楊志聽着，却自思量：我從東京發配來此大名府，險阻艱難，備嘗之矣。前在金鷄嶺上遇見强人銀眼虎鄧虎，一番惡鬥纔勝了他。這番護送這些財物，看覷的人必多。俗話説得好：强中還有强中手。怎能擔此重任？

楊志想罷，便道："大人，獨木難成林，單絲豈成綫？楊志勢單力薄，這樣重任，怎敢承擔？"

梁中書道："是啊，提轄言之有理。這二十個兒郎，初習武藝，什麽也談不上；都是你的學生，却能和你同心協力，爲你吶喊助威。這樣力量就不孤單了。再加謝總管和兩個虞候一同前去，人就不少，共有二十四人啊。謝總管是老家人，飽經世故，可以主持一切，你便護衛金銀財物就是。"

楊志聽説唤謝總管去，感覺這事不妙。這人雖是初識，一兩次接觸，已可看出他的爲人。嘴上長着一撮鼠鬚，眼睛小得像粒緑豆，骨溜骨溜。祇是逢迎鑽營，占些好處便宜。由他主持一切，權在他手，豈不壞了大事？楊志聽後，祇是搖頭，堅辭道："大人，這副擔子，小人是萬萬挑不起的！"

梁中書詫異道："這是爲了什麽？你的武藝，大名府中是數一數二的，自己還信不過嗎？"

楊志解釋道："非也！兵來將擋，水來土掩。這話灑家理會。强人長着三頭六臂，灑家自有能耐可以對付的。祇是這謝總管，灑家就難以指揮。旅途之中，倘遇不測，兩人意見相左，大人的老家人，小人怎敢爭論？灑家向東，他說走西；灑家跑馬，他要乘船，祇是唱對臺戲，那時如何是好？這兩虞候，自然也不會聽灑家的。"

梁中書道："原爲這事，這却好辦。下官叮囑老家人、虞候以及衆兒郎，聽爾指揮便是。"

楊志明白，梁中書雖是囑咐，祇恐是句空話。可是這樣一說，便是再難推託，祇能答允。但又問道："大人差遣，不敢不依。祇不知這壽禮如何打點？"

梁中書道："着大名府出十輛太平車子，每輛車上各插一面黃旗，上面寫作'獻賀太師生辰綱'如何？"

楊志回道："大人，這又是萬萬使不得啊！"

梁中書道："這又是爲了什麼？"

楊志道："這樣做法十分招搖，分明在說，車上所載全是金銀珠寶呢！豈不着了古人說的'慢藏誨盜，冶容誨淫'嗎？"

梁中書道："既委提轄經辦，如何安置纔妥？"

楊志道："若依小人說時，不用車子，也不插旗。將禮物分裝爲十餘擔，兒郎們扮裝成做生意的客人。曉行夜宿，挑着悄悄地送上東京，豈非回避了人的耳目？"

梁中書道："提轄高見，就是如此辦理。我當另書一信，在太師前保薦，讓你平升三級。萬一路上出事，那就唯你是問！嚴懲不貸！"

梁中書又將謝總管和兩個虞候喚來，再三叮囑道："明日是端午節，爾等慶賞端陽，吃過粽子，與這二十兒郎扮作行商模樣，分擔這十餘挑禮物。旅途之中，一切行動遵從這楊提轄的指揮，不得違忤，事成重賞。"

謝總管聽了十分生氣，尋思：俺是老家人，怎能聽那配犯指揮！這配犯心高氣揚，不曾把俺看在眼裏；又門檻極精，不塞俺的靴筒;還要俺來奉承。真是豈有此理！可是礙着中書大人囑咐,衹有喏喏連聲,哪敢説出半聲不是。

自此上路,謝總管與楊提轄彆扭多端,産出許多事來。直使得:東溪村裏,聚三四籌好漢英雄;鄆城縣中,尋十萬貫金珠寶貝。

正是:石碣村中三阮撞籌,東溪莊上七星聚義。

欲知後事如何,且聽下回分解。

第十回　青面獸押送金銀擔
赤髮鬼醉臥靈官廟

　　話説梁中書委託楊志護送着生辰綱,前往東京,吩咐謝總管和兩個虞候同行,相幫照料。旅途之上,一切聽從楊志指揮。謝總管以老賣老,放肆慣了,祇是礙着中書大人再三叮囑,不敢不依。次日淩晨,走出角門,先來府衙前石獅子旁等候。

　　梁中書吩咐將壽禮抬出。這些禮品安置於行囊之中,層層貼好封條。又備一封書信,面呈當朝太師,説與楊志知道。

　　當即喚人,將一匹青鬃馬牽了過來。謝總管看罷,知道這馬是中書大人贈與楊提轄的。見這馬上,繫着三根皮鞭。謝總管心裏暗忖:這三根皮鞭當是給楊志這個配犯指揮和處分用的。看了益發生氣,思想需要早作打算。留守司中人都是向着他的,祇要出了大名府,就可瞞上不瞞下,就是我的天下。謝總管還未動身,已經打着主意,私下拉攏兩個虞候,一切都聽他的,便好擺布楊志。

　　這時留守司中衆人齊來歡送,唱諾道:"楊提轄,旗開得勝,一路順風!"

　　楊志拱手作別,笑道:"勞神四位總管,回稟大人,楊志謹慎小心,懇請大人耳聽好消息吧!到京銷差,很快就會喚差官快馬回程來稟報的。"

　　楊志辭別眾人，趲趕行程。這時天氣漸熱，他想爭取能在二十五日前趕到，較爲順利。便招呼眾伕子道："列位祇得辛苦些了，請快——趕——路啊！"

　　眾人應道："提轄！咱們有數了。"

　　楊志騎在馬上押隊。謝總管看時：他是威風得很！這下，謝總管更見恨了，尋思：這匹青鬃馬該由我來騎的，他是配犯，怎相稱啊，真的一跤摔在青雲裏了。恨不得將他拖下馬來。可又不能，看他馬頭上還懸着三根皮鞭，這是中書大人的旨意所在，我姓謝的看來不便與他爭論。可是現在出了大名府，我就不吃他這一套了，管他這媽媽的！謝總管走着，一路心中嘀咕。

　　楊志這一夥人扮作伕子，駕着禮物，登山渡水，悄悄地直往東京而去。

　　梁中書眼見楊志等一夥人已從大名府中出發，他爲確保這批禮物安全抵京，便與幕僚商量，特下手諭，移書沿途所屬各州各縣戒嚴靖盜，必須雷厲風行。倘若怠忽職守，懲治不貸。先將道路鋪平，免了意外。因此，這時各州各縣捕快都頭都有事情可做了。各處出動，晝夜搜查。梁中書認爲這樣一來，禮物晉京，可保萬無一失了。

　　這事不曉得早被一人從他的鄉鄰張勇口中探悉。這人是誰？便是慣在江湖上流蕩，跑遍五湖四海的赤髮鬼劉唐。他是通過張勇，從留守司中虞候那裏獲得的。他惱恨這些金珠寶貝，是梁中書刮盡民脂民膏，藉以孝敬太師丈人，再謀升遷。這些不義之財，取之何妨！祇是單絲不能成綫，一人不成氣候。祇能通個消息，齊集些人來策劃。因此，急急離了大名府，走個捷徑，望山東鄆城縣來。

　　離鄆城縣東二十里地，有個村莊，喚作東溪村。這東溪村的保正，姓晁名蓋，人稱"托塔天王"。平生仗義疏財，專愛結識江湖上英雄豪傑。這晁保正，劉唐原是與他有着交誼的，現在得了這個消息，所以不遠千里，星夜趕奔前來。

這日劉唐已抵鄆城縣境，却是中午時分。連日辛苦，多走了路，祇覺饑腸轆轆。思想再奔二十里地，會晤保正，打擾與他，多有不便，不如覓個小鎮，胡亂吃些，塞飽肚子再去。

劉唐走到一個名喚十里坡的小鎮，見鎮上商店林立，房屋櫛比，有家店簷前挑出一扇酒旗，迎風飄蕩。劉唐尋思：這樣正好喝酒。前人於此，有首《西江月》詞贊道：

> 小店開得清雅，煎炒爆熬蠻快。開壇酒氣醉三家，醉倒紅日西下。洞賓曾送寶劍，昭君解下琵琶。太白一醉不歸家，過客停車下馬。

小二早已看見劉唐，前來招呼。這人頭上壓着一塊泥紫巾，身上穿着粗麻布短衫，毛巾搭在肩上。他是老闆喚他專門守在店口招徠主顧的。這裏的酒飯店開了幾家，同行競爭，就需要人拉客。這人面上總是堆着笑的，從早一直笑到晚上；睡到床上，面孔纔好落篷。這肌肉老是笑着，也會感到酸痛的，反倒成了苦差使。倘若不笑，老闆查到，還要扣他工資。如若生意清淡，顧客流到別家，月底年終，老闆隨時可以歇他生意。現在看見劉唐走來，見這人酒糟鼻，一看知道他是喜歡喝酒的。趕忙迎了過來，嘴裏還在唱着：

> 身背三尺布，招徠好主顧。奉了店主命，小二就是我。

小二説："爺啊！内有雅堂。這裏好酒好菜多着呢，任客挑選就是。過了這十里坡，前面就沒有飯店了。請啊，請啊！"

"嗯——蠻好，蠻好！"劉唐在想：你不招徠，灑家也要來吃的。一脚跨進門檻，看看店内桌子許多空着。劉唐揀個座位，坐了下來。

小二問道："爺啊,吃點什麼?"

劉唐隨口説道："小二官,不論——"意思想説不論好壞,熟菜隨便揀些就是。小二心中有數,走到露臺,叫了兩菜一炒和一湯來。又問:"爺啊,打多少酒?"

劉唐説道:"灑家喜愛汾酒,先打一角,然後再加。"

倒酒來後,劉唐滿飲一杯。這酒濃洌清澈,劉唐自斟自酌,煞有味道,連連稱贊,宛如飲了玉液瓊漿一般。打了一角,又添一角又一角。白酒性烈,霎時喝得臉熱,眼睛倒有些睜不開了。忽見櫃頭上邊掛着一大串熟肉,劉唐斜眼覷視,感到有趣,詢問:"這是什麼東西?"

小二聽了,幾乎笑了出來,説道:"這是一隻熟豬頭啊!兩隻順風還翹着呢。爺啊要買,要吃多少,就割多少。"所謂順風,就是指豬耳朵。

小二聽着劉唐的問話,知道這爺是從外地遠道來的,便和劉唐開句玩笑,説道:"這叫:對——你——笑啊。"

劉唐一看:真的,這豬頭的兩腮肉都鼓起來呢。不禁點頭道:"蠻好,蠻好!"還問:"可以吃嗎?"

小二道:"味道好得很呢!"

劉唐道:"那麼,就切一大塊來吧!"

小二隨手裝了兩大盤來。

這下劉唐有酒有肉,胃口大開,一歇工夫,吃得飽鼓鼓的,腰子彎下來,嘴裏迫得就會溢出來了。想着有要緊事得去幹,便喚小二算賬。賬房先生算盤一打,説道:"客官吃得便宜,纏二兩三錢半。"劉唐伸手胸前摸出三兩放在桌上,説道:"不必找了,餘下充作小賬。"

小二思忖:這人衣衫破舊,面貌不揚,性格却很爽朗。連聲道謝,隨手還給劉唐打盆面水來,絞把手巾,説道:"爺啊,洗洗手,揩把面,涼快涼快!"

劉唐出店,小二笑着招呼道:"爺啊,走好,一路小心!"

劉唐道:"曉得,曉得!"便向恰纔來的路上跑去。

小二見了,連忙喊道:"爺啊,你走錯了。東溪村該掉個頭來,向這邊走的啊!"

劉唐掉轉身子走去。出了十里坡,一過鎮頭,人家少了,盡是田野荒郊。劉唐酒喝多了,跌跌撞撞,有些身不由主起來,勉强前行。看着前面道旁是大片蘆葦水沼,尋思:灑家不識水性,倘是一不小心,滾入泥中,那就不好辦了。

正在躊躇,却見前面路旁有一破廟。劉唐自思:連日奔波辛苦,不如暫入廟內歇息,接接氣力,便跌跌撞撞前來。抬頭看時,廟門上砌着的水磨磚上鑴着貼金的"靈官廟"三個大字。劉唐推開廟門,一脚跨進去,見這廟內院落及大殿滿地狼藉,骯髒得很。前人有詩爲證:

> 本境靈官廟,廟門朝南造。踏進廟門檻,東邊牆頭塌,西面石階倒。供桌上一層灰塵,香爐裏出滿野草。菩薩斷了臂膀,腰裏草繩旋繞。莫說百姓時遭難,就是靈官也倒灶。

這樣的所在,祇有叫化子和落難人纔會來打頓的。四面牆壁,受行灶熏得墨黑。劉唐尋思:這廟雖髒,灑家已是疲倦,就顧不得這許多了。跨過天井,走上大殿,抓把稻草,稍稍抹去灰塵,就在拜臺上跪下,祝告一番:"菩薩,弟子劉唐,路過寶刹。祇因酒醉,權借一息。菩薩你看可好?"抬頭看時,自言道:"好啊,靈官已答應了,説是蠻好!"自得其樂,取下包袱,權作枕頭。荒野之中,散手散脚,酣睡一會又有什麼關係? 劉唐自己想着:灑家是白天吃太陽,夜裏吞月亮長大的,踏扁的燈籠殼子有啥呢? 强盜不會來偷賊爺爺的，放心大睡就是。

劉唐用拳頭托了太陽穴，手臂撐着，一隻脚自蜷着，人卧下去像一面弓。這樣睡法，看來尋常，却有它的講究。倘有人來動他，劉唐張眼，伸出便是一腿。原來蜷着是爲着伸的。這一腿踢來着力，比拳頭打得還要厲害。劉唐想着還要趕路，祗想睡他半個時辰。誰知連日辛苦，今朝又喝了酒，身子躺下，眼睛一閉，就糊塗大睡，酣聲如雷。

這時，廟外大路上有十來個人走來。領隊的是縣裏的雷橫、朱仝兩都頭，一個喚作步兵都頭，一個喚作馬兵都頭。這馬兵都頭朱仝是個長條子，身長八尺四五，長眉，眉梢連到鬢角。面如重棗，目若朗星。一部虎鬚髯，長得已過肚臍。這人十分喜愛這鬚，三日兩頭在梳，還用鷄血來搽。夜裏睡覺，不悶被頭。倘若蒙在被内，日子長了，鬚會發黄的，梳了會掉下來的，他用錦囊藏着。閒逸無事，明窗净几，他就取出，把它放在白錦上欣賞，成爲癖好。人稱"美髯公"。這人年輕，饒有家財，吃喝嫖賭，揮霍成性。先是出賣古玩，繼而變賣家產，弄得孑然一身。敗子回頭，倒清醒了，現在鄆城縣中當個都頭。

那步兵都頭雷橫，是個矮大塊頭，身長七尺五，紫棠色面皮，長着一臉扇圈鬍鬚。豹頭大眼，膂力過人，能跳兩三丈闊澗。江湖上人喚他爲"插翅虎"。爲打死人，吃過官司，刑滿釋放。尋思職業難找，不如留在衙門，當名士兵。由於工作勤懇，擅於翻牆越脊，升爲步兵都頭。

這縣尹喚作時文彬，爲官清正，作事廉明。近日接到上憲公文，傳諭肅靖盜賊，務必雷厲風行，好讓生辰綱平安過境。於是升廳坐堂，呼喚朱仝、雷橫兩個都頭巡捕。兩人領了縣尹旨意，率着士兵下鄉。四鄉放出風聲，倘有敢於作案者，嚴懲不貸。地方上一時肅然。

雷橫與朱仝商量道："縣裏慣偷,俺等熟悉。倘有盲流前來作案,又將如何?"

朱仝道："兄長説得極是! 我們不如辛苦一些,各處查查,倘遇嫌疑人犯,將他繩捆索綁,先捉起來,但等壽禮車輛一過,放走未遲。"

這夥人來十里坡是有個緣由的:他們得到眼綫的報告,説是城裏有人和賊接綫,這賊名叫白勝。人家常在夜間作案,他却總在白天,所以江湖上稱他爲"白日鼠"。今日有人説他在一家小店喝酒,喝酒以後是向東溪村這方向去的。朱仝、雷橫因而循着這條路徑,出十里坡向東溪村來。與劉唐前脚後脚,走着同條路。

衆人來到靈官廟,祇見大門開着。都頭訪案總是機警的,雷橫便道："大哥,這座荒廟四處是蛛網灰塵,怎麼會有新來人的足跡呢? 我們務必進去巡視一下。"

衆人到了天井,果見大殿之上,睡着一條大漢,鼾鼾沉睡着。朱仝看時,這人形貌醜陋,確有可疑。對雷橫道："兄弟,快去把他唤醒!"

雷橫過來,起手望準劉唐背後就是一拳。劉唐着力,便向神桌下滾去,霎時酒醒。劉唐尋思:看這路角,不是前來搶奪灑家東西的,他却心中自有主張。

朱仝高聲喊道："來啊!"霎時外面就有不少人擁了進來,應道："在!"

朱仝道："快把這人用繩索捆綁起來。"

劉唐思想:這夥人哪一個是灑家的對手? 灑家祇需一個"金剛掃地",一脚掃來,那就穩教你來者一個個元寶翻身。

恰纔交代,劉唐的這一腿踢來厲害,名"老虎蹲蛋",又叫"削地龍",是他的看家本領。他這一手是用以自衛,防人來抓他的。

他學這本領時，是用木樁練的。一腿掃出，木樁斷了，隔日換粗樁，隔日再粗些，換到後來，一根鐵棒被他掃着，也自斷了。劉唐却自想着，灑家這時不便回手，怕是誤了通報生辰綱的大事。看着來人行事，灑家再作對付。

眾人將劉唐捆綁起來，朱全問道："你是何人？"

劉唐道："灑家喚作劉小三。"

又問："何處人氏？"

答道："山西人。"

眾人聽時，這人怪聲怪調，知道諒必是個闖賊，喝問："來幹什麼？"

劉唐說道："探望娘舅。"

眾人問道："他叫什麼名字？"答道："晁蓋。"

喔唷，是晁保正？朱全對着雷橫看看，尋思：打狗要看主人面啊，這就魯莽不得！晁保正爲人仗義疏財，他的外甥怎能虧待呢？一轉念間，就這樣吧！押到東溪村去，倘是假的，保正認時便知端的。

雷橫却不以爲然，道："大哥，莫聽他的謊言。這人在說話時，東張西望，眼睛總是骨碌碌的，分明是個歹徒。"

兩人意見不同，所以，沒有將他鬆綁，祇是押着他走。

朱全吩咐眾人，他的包袱不要妄動。祇是問道："你可是賣棉紗帶的？"

劉唐道："是啊，是啊！"

兩人一路却自想着：晁蓋祖籍鄆城，是一方望族，怎會有這等貧寒的親戚呢？齊道："來啊，快把這條漢子押走！"

劉唐問道："往哪兒去呢？"

雷橫道："往東溪村！"

劉唐聽後尋思：向東溪村去，最好沒有。灑家不喝這酒，這東溪村早到了。現在你們推着灑家走，這多舒服啊。

且説晁蓋，是鄆城縣東溪村的保正。年紀四十上下，還没娶妻。他衹是終日打熬筋骨，拜的老師是和尚，喚作圓通長老。這長老是達摩祖師單綫嫡傳，不僅打拳，而且練功。和尚教他練功，門類頗多，有：頭功、脚功、點穴功、金鐘罩、鐵布衫、易筋功、八段功、鐵尾功等。諸般好學，衹是練童子功，有個戒條：終身不能娶妻，否則前功盡棄。晁蓋同意，長老就把這功傳授於他。這功授畢，長老圓寂。

東溪村的對面，隔河就是西溪村。堪輿家言：東溪村有皇氣，將出大將；西溪村的秀氣，盡給東溪村拔過去了。西溪村人詢問：“可有破法？”答道：“衹要鑿個寶塔，壓在溪水東端的龍頭上，便可鎮了這風水，把這裏皇氣移到西溪村來了。”由是西溪村人夜中悄悄地鑿個寶塔，放在溪的東頭。東溪村人突然見此寶塔，哄傳開來，探悉原委，原來如此。晁蓋聽了大怒，喝道：“大丈夫做事，光明磊落！”晁蓋運足功夫，推了一推寶塔，衹見這塔搖了兩搖。看者喝彩！晁蓋道：“待俺試試，能否把塔托起？”晁蓋身子蹲了下去，雙手插進石塔座底，運足鐵罩功夫，將塔托起，挺身到了胸部。

這時再向上托，需要一脚後退一步，纔能托過頭頂。晁蓋移步，將塔托起。衆人又是齊聲喝彩。晁蓋托塔徐徐起步，走了一段路。徑到溪的西端頭西溪村界，然後將塔又穩穩地安置下來，笑道：“物歸原主，這塔就還了西溪村吧！”

西溪村人看到晁蓋膂力過人，有此能耐，本村人哪一個能夠比得上他？衹得灰溜溜地，不敢再吐半句話。從此，這事平息，“托塔天王”的威名從此傳開了。

現在，晁蓋恰是端坐在大廳上，此人立地八尺開外，頭上戴着紫緞員外巾，身穿紫緞開背衣，下蹬粉底薄靴，兩邊有十多個人侍候。大廳中間，懸着匾額，真書"寧遠堂"三字。正中懸着《春山行旅圖》。左右兩副對聯，都用珊瑚貼金箋紙書寫。一聯是：

> 眼前憂樂誰無意，天下溪山此最雄。

又一聯是：

> 雲外神仙應識我，溪邊風月最宜秋。

晁蓋身在江湖，心繫魏闕，胸中別有一番抱負。

這時忽見家院前來稟告："有兩都頭來拜。"

晁蓋問道："可是朱仝、雷橫？"

答道："正是。"

晁蓋吩咐恭請，下階歡迎。

朱、雷兩人進院，先將皂帽摘除，手中托着。這是古代規矩：都頭投莊，不是緝捕，例須將帽除下；否則，容易引起誤解。

晁蓋便道："兩位都頭駕到，有失遠迎！幸乞恕宥！"

朱仝、雷橫讓道："不敢，不敢！在下有禮奉還。"

三人挽手而行，到了草堂，賓主坐定，家院獻上香茗。

晁蓋動問："都頭前來，有何見教？"爲何動問？晁蓋是此鄉保正，他的地界上可能出事，他就必須知道。雷橫向着朱仝看覷，意思是說：我的性情粗疏，這事就由你說吧。

正是：偶因巡邏遭羈縛，不使英雄困草莽。魯莽雷橫應墮計，慷慨晁蓋獨憐才。

欲知後事如何，且聽下回分解。

第十一回　東溪村劉唐通消息
分水墩吳用説撞籌

　　話説鄆城縣衙兩個都頭帶了一夥人，在靈官廟將劉唐捆綁了，押到東溪村晁保正莊子上來。衆人到了東溪村，朱仝都頭懂得規矩，喚當差的在莊外楊柳樹下歇息，自己和雷橫先進，將帽除下。晁蓋迎入草堂，賓主坐定。晁蓋動問道："兩位都頭駕到，專程還是路過？願乞雅教。"

　　朱仝道："專程、路過兩説都行。過門不入，自失體統，理當拜謁。若説專程，倒是奉着縣尹鈞旨，着我與雷橫兩個，領着部下士兵，特來鄉村各處搜捕賊盜。祇因當朝太師要過壽辰，他的女婿留守使大人要送壽禮，諭示下來，定要雷厲風行，肅清盜賊。恰有眼綫報告，有個可疑的人在十里坡上喝酒，循此方向而來。不意在這靈官廟中捉住。盤問之下，他説却是保正外甥，在下不敢疏忽，特將這條漢子押送前來。"

　　晁蓋聽罷，心中暗吃一驚，尋思：我無此等親戚，怎會成他的舅舅？接問："是何姓名？"答道："喚作劉小三。"又問："哪裏人氏？"答道："山西人氏。"

　　晁蓋眼珠一轉，心中已經明白：這人諒是劉唐。劉唐曾把白勝引來，白勝有些手脚不净，我曾告他：莊上東西不可翻動。白勝倒也義氣，没見越規舉動。祇是現今眼綫甚多，曾囑劉唐不要再引白勝來了，他來有些事却不好辦了。

晁蓋和劉唐等人是有些往來的。晁蓋有個脾氣：深惡官場腐敗，搜刮民脂民膏；却專愛結交江湖上的英雄好漢。他知道官府中人上下交征利，小官怕大官；但是爲了金銀，還是拼命鑽營的。當時有首民謠云：

> 做官莫做小，做小要煩惱。若撈金和鈔，還是做官好！

因此晁蓋一知貪官污吏消息，總是讓他們露醜，奸計不能得逞，竹籃子打水一場空。因而與劉唐這類人有些接觸。現在聽了朱全所說，由這人的面貌、年齡、身材和口音揣度，心中便已確定，就承認道："兩位都頭，寒家確是有個姐姐。父母在堂時，許與時來鄆城行商的劉大；嗣後生意蕭條，劉大與我姐姐回歸山西大同去了。聽說生下一子，面貌醜陋，爲了好養，乳名喚作小三。這兒頑劣，出入賭場，姐夫這份薄產，都花掉了。家中鬧得不得安寧，姐夫姐姐被他活活氣死。今日他却有這面目再來見我，想不到兩位都頭已先撞見。來人！快把他帶進來，狠狠地打他一頓。"

朱全抱歉道："保正息怒，令甥未做歹事，祇是醉臥靈官殿上，我們看了似覺可疑，故而將他拿下，押來祇是爲了驗證而已。"朱全一聲吩咐下去，喚人將劉唐推押上來。

劉唐進院便想：灑家見着莊主，這事就好辦了。心照不宣，晁蓋便會保護我的。在路，就喊起來道："啊，舅父在哪裏？在哪裏？"

晁蓋一眼看見，走上前來，對準劉唐當胸就是一拳。劉唐是流蕩慣的，在江湖上走，有些三脚貓功夫，三十六路腿都嫻熟。什麼掃蕩腿、金雞腿、合盤脚這些他都懂得，祇是人受綁着，難以動彈，如何能避，人就倒退下去，嘴裏哼出山西調子來了：

"啊——咦——壞！"

朱仝看見晁蓋發火，忙來勸解，對着雷橫瞬瞬眼睛，招呼劉唐道："兄弟，你委屈了，對不起啊！這叫不知者不罪啊！"又喚士兵將他的綁鬆了。

劉唐自然會意，向着兩位都頭看覷，心想你說不知不罪，灑家一記拳頭已吃着了。

綁已解，劉唐走到晁蓋面前，雙膝跪下。晁蓋罵道："畜生，你這敗家子，好端端把我姐夫家的一份家業全敗壞了！今日你還有這臉皮來見我呢！真的氣死老夫也。"兩人在演雙簧，做工倒很好的。

家院端上香茗，劉唐牛飲，連喝數杯。晁蓋似餘怒未息，還是喝道："小三，你看你這等狼狽，壞了舅家門風。"

劉唐掛着眼淚說道："賭場失意，總想翻本；不料越翻越輸，終於把家業全輸光了。今朝想向舅舅打個接濟，借些錢，回歸老家，開爿小店，聊以度日。請舅舅念着姐姐情面，幫個忙吧！"

晁蓋還是喝道："銀兩沒有，你要拳頭，倒有一雙！畜生，真的該死！"

朱仝便向晁蓋勸道："保正，再饒他這一回，借些錢予他，做個小本生意。倘衹是遊蕩，小偷小摸，被我們抓牢，日子是不好過的。"

晁蓋纔道："看在兩位都頭分上，明早借你些錢，與我早早滾蛋！"吩咐家院領他前去沐浴，更換衣衫。

劉唐回頭還說："在靈官殿還有幾十支棉紗帶忘在那裏。"

晁蓋道："這個就不必去拿了。快去沐浴、換衣吧！"

晁蓋回頭吩咐後軒備酒，款待諸位。晁蓋坐了主位，朱仝、雷橫坐了客席。晁蓋又囑抬出一壇酒來，大盤大盤的肉，請衆士兵吃。衆人狼吞虎嚥，一掃而盡。酒飯已畢，晁蓋招呼賬房先生,包若干紅包,五兩一封,贈與每個士兵,説是這小意思,送與諸位吃杯茶的。這五兩銀子在北宋時説:實際是足夠吃兩三年茶的。朱仝、雷橫,晁蓋送的更是豐盛了。晁蓋辦事,是放得開,收得攏的。雷橫、朱仝謝道:"保正如此厚待,真不敢當啊!"士兵也齊道謝。看着天色不早,晁蓋出院歡送,朱仝、雷橫領着士兵自回城去。

晁蓋回到後軒,劉唐重新出來相見。這時劉唐頭戴方巾,身上穿着竹葉海青,腰繫絲帶,足上蹬着靴子。晁蓋看到劉唐,不住發笑。

劉唐也自笑道:"小甥今年三十六歲,舅舅今年四十歲,這是兩個輩子? 一個是大外甥,一個是小娘舅,年齡怎會這樣相近的? 倘若細細盤算,這個機關就將泄露了。"

晁蓋輕聲道:"此非説話之所,且進書房坐談吧。"

兩人書房坐定,劉唐道:"此來恭喜大哥。"

晁蓋道:"喜從何來?"

劉唐道:"今番特來報個喜訊啊。"

晁蓋不解道:"此話怎講?"

劉唐就將在大名府中探得的信息,細細告訴了,並道:"這樣的不義之財,取之何妨啊!"

晁蓋又追問道:"此話當真?"

劉唐道:"有些親見,有些耳聞,真的翔實可靠。"遂將楊志落魄,東郊爭鋒和梁中書賞識、提拔、倚重,以及委託護送諸事描繪一番,晁蓋聽得清楚,便道:"此事得要仔細考慮啊!"

晁蓋聽罷,轉念楊志是將門之子,一條金槍是楊家看家本領,誰能敵得他過? 這人馬上、步下功夫都好,北京比武,誰都不是他的對手。這小小鄆城縣,俺祇識得幾人。這人護送,如何敢向他的手中奪肉爭食? 一兩人幹不得,多少人也幹不得! 如何是好？需要從長計議，再三叮囑劉唐，此事重大，切切不可走漏一點風聲。

劉唐應道："這個自然。灑家打掉牙齒，也祇好咽向肚裏的。"

晁蓋躊躇片刻，便道："俺倒想起一個人來了。"

劉唐問："是何人？"

晁蓋答道；"是吳用吳學究啊！人稱他是"智多星"。有了他，纔好從長計議呢。"

劉唐問："這個道理，請兄長細細道來。"

晁蓋道："這位學究比起人家，多着一條心腸。滿腹經綸，四書五經、六韜三略，都是爛熟胸中。可是仕途坎坷，祇中個秀才。每次鄉試，名落孫山。現在村中做個蒙童先生。以是心懷憤懑，花朝月夕，不免有些牢愁。"

劉唐問道："何以稱他爲智多星呢？"

晁蓋道："暫且不講大道理，説件小事情吧。離此不遠十里坡上，有個小小的壞蛋。"

劉唐插口道："這十里坡，灑家恰在那裏喝過酒的。"

晁蓋道："這壞蛋人家唤他'沙殼子'。生性暴戾，經常到酒家去尋事，翻臺子，敲竹槓，作弄人家，説三道四。這人是販鷄鴨蛋的，走起路來鵝行鴨步，搖搖擺擺。人惹了他，就要倒霉。這事傳到吳用耳裏，吳用道：'不用怕他，過兩天待我教訓他一下吧。'"

晁蓋接着道："有人把這話告訴了沙殼子，沙殼子罵道：'去他媽的，老子教他吃屎。'人家又把這話告訴吳用，吳用一笑置之。一日，沙殼子在賣蛋，走到一户人家，後門啓處，走出一位文質彬彬的先生，前來招呼道：'賣蛋的，我要買啊，這籃蛋有多少？'沙殼子道：'兩百多個。''兩百多個，還多幾個？没有確數，人家買不來啊,要點個數。'沙殼子道:'可以,怎樣點法?'那位先生就去搬一張凳來,喚他雙手圈着,把蛋一隻一隻地送上去,報數共計兩百二十二隻。這時有個小孩出來叫道:'我肚子餓煞哉,要吃飯啊。'拖了先生往裏面走。那沙殼子蹲着,没法把蛋放回籃裏,喊道:'快些回來!'等了一頓飯的工夫,好不容易,這先生纔跑出來,對沙殼子道:'小孩吃了,我還没有吃呢。'揩着鼻子哼道:'饑腸轆轆啊。'説着又進去了。過了多時,纔提了隻籃收了這兩百多隻蛋。這時小孩又跑出來,拿着個白糖包的豬油餅。先生見了火冒三丈,説是剛吃過飯,還要吃餅,奪到手裏,把餅丢了。沙殼子肚子很餓,搶着拾起便吃。剛剛吃完,祇見門内有人叫道:'啊呀! 這餅是藥老鼠的,揉着砒霜,那能吃啊!'沙殼子聽罷,趕緊嘔吐,祇是吐不出來。便哭喪着臉道:'祇得等死了!'先生却道:'還好,這藥纔吃時,有個秘方可以急救。那牆角上見放着隻糞缸,這清水糞是可以解毒的,藥到病除。祇怕你不肯吃,怪髒的啊!'沙殼子想:還是性命要緊,没奈何祇得吃了。先生轉身,便打小孩。小孩逃了進去。沙殼子居然蹲在糞坑沿上喝尿,拼命地喝了幾罐。思想討碗水漱漱口,没有人肯給他,就去河邊捧水。誰知跨出後門,這先生拍着他的肩膀道:'沙殼子,你在十里坡説,要教吳用吃屎,今天委屈你先吃喝了。'沙殼子聽了,啼笑皆非,要吐也吐不出來,却對吳用道:'我認識你,你的心腸比起人家是多一根的。'從此這人,待人接物就收斂了些。'智多星'的綽號也就這樣傳出來了。"

劉唐道:"那麼,派個莊客速去請吧!"

晁蓋道:"爲人當要講個禮貌! 兄弟在此稍候,俺當登門拜訪。"

晁蓋振衣出莊,過回龍橋,來到吳用的書館。外邊竹籬,裏廂茅舍,是個幽静所在。

吳用執卷，正在觀書，看到"以正守國，以奇用兵""變化無常""順時而發"諸語，吳用不覺出神，忘了户外賓至。

晁蓋看吳用時，頭上抹着梁方巾，身穿藍麻布海青，頷下三綹青鬚。八尺以外身材，三十上下年紀。前人於此有首《臨江仙》詞，贊揚他的好處：

> 萬卷經書曾讀過，平生機巧心靈，六韜三略究來精。胸中藏戰將，腹内隱雄兵。　謀略敢欺諸葛亮，陳平豈敵才能，略施小計鬼神驚！名稱吳學究，人號智多星。

晁蓋來訪，吳用喜道："保正是什麼風吹來的？真使蓬蓽生輝。"

晁蓋道："適有小事，欲邀兄長寒舍一叙。"

吳用便隨晁蓋來至莊廳書房。晁蓋將劉唐介紹與吳用認識。吳用曾聽晁蓋過去説過劉唐的掃地十八滾功夫了得，今日相見，十分欣幸。

晁蓋屏退左右，囑説未經呼唤，不得擅入。三人坐定，吳用動問："是何要事？"晁蓋與劉唐相互補充，將楊志押送生辰綱事原委説了一遍。

吳用沉思：此事非同尋常。初是考慮如何對付楊志，接着考慮劫了以後如何安頓。這區區東溪村莊客雖衆，如何幹得了這驚天動地的事？楊志那條金槍，是穆桂英親自傳授的。鄆城縣中找不出他的對手啊！

劉唐聽了吳用的考慮，有些焦躁道："如此顧慮，豈不應了一句俗語'蒲鞋出須——空、空、空'嗎？"

吳用却又伸出三個指頭，點向自己的太陽穴道："話又不要這樣説啊！喔喔喔，我倒想起來了！"

晁蓋問是想起何事。吳用道："此事祇可智取，不能力敵。

若冀成就,需要有這三位兄弟參加。"

晁蓋問是何人。吳用道:"就是石碣村中的阮氏三位兄弟啊。這三位兄弟看來是脱了帽子、没有腦子的;可是要幹這樣一件大事,却省不了他們啊!"

晁蓋問道:"可是阮小二、阮小五和阮小七啊?"

吳用道:"是啊!兄長也曾聽説過的。這三人啊,人家請也請不動他,我倒與他們有着情誼的。"

晁蓋道:"如此,事不宜遲,敢勞臺駕一行。"

吳用道:"石碣村在水邊,靠近東平湖。那裏湖泊、港汊縱横,請保正備一小舟,即可前往。"

晁蓋當即吩咐下去。吳用登舟,向着鄆城縣東北方駛去。

這石碣村離東溪村有着百十里路,這舟連夜行駛,次日晌午時分,便到這村的水邊。村前有條河港,過去便是偌大一個湖泊。煙波上下,祇見白茫茫的一片,有詩爲證:

> 白茫茫一片汪洋,霧騰騰逐浪顛狂。陰沉沉半輪冷月,冷凄凄蘆荻荒凉。天接水,水接天。不是神仙府,總有蛟龍潛!

這港與湖泊分界處,長出一片地來,是個分水墩。墩上立着石碑,大書"石碣村"三個大字。村民都是打魚爲生的,港汊裏一排排盡置着魚簍,用以活水養魚。數十户人家中就有阮氏三雄。

小舟停泊,把攬繩繫在樹上。吳用招呼舟子在舟内等待,自己先上岸去。

這村,吳用數年前曾住過,所以不須詢問,到石碣村,便投向阮小二家來。

小二家是一幢三間門面的茅廬,中間是兩扇蝴蝶門。蝴蝶門開着,門上攬着矮踏門。吳用走到,便知這是阮小二的家了。

祇見蝴蝶門開着,矮踏門是關的,這屋一間不過幾椽,吳用一望就見堂面,堂中一間就是起坐。那時大户人家堂屋稱爲客廳,中等人家叫客堂,小户人家是起坐。

吳用見阮小二這時坐着正在吃酒,自得其樂。這人年紀五十上下;手臂和肚上盡刺着花,頭上黃髮打着個髻。他家哪來白玉簪子,便用半段筷子插着。阮小二是浮生碌碌,最愛杯中之物。人家一日三餐——早、中、晚,有時喝酒;他是興致來時便喝,半夜三更也會起來獨酌! 酒氣沖天,熏得鼻子通紅。頷下留着一撮鬍鬚,疏疏幾根。

吳用看見,慌忙招呼:"啊——,二兄! 吳用來了。"

阮小二轉頭一看,果是教書先生來哉。是什麽風吹他來的啊? 要緊放下酒杯,去閂,將矮踏門拉開,哼道:"昨夜燈花爆,今朝喜鵲來! 我道是誰? 原來是學究先生來哉! 你是無事不登三寶殿的! 來來來,請坐,快坐! 這地方小,不像你家,琴棋書畫擺得琳琅滿目,我這兩壁空空,祇好將就些吧。"阮小二隨手端過一隻小凳來,這凳面子是用繩子纏的,這叫上什麽山,砍什麽柴啊! 小二家中是端不出椅子來的,自然一時也是烹不出香茗來的。祇聽他説道:"吳學究,我去倒水。"就用銅勺在湯罐裏撈了一勺水,打在碗裏,説道:"慚愧,慚愧! 將就將就些吧!"

吳用忙來接道:"哎,自己人,何必客氣。"喝了一口,放下,表示熱絡,並不嫌棄主人。

阮小二爽快得很,開門見山,急問道:"學究老遠跑來,所爲何事?"

吳用道:"非爲別事,久不嘗鮮,我想買點鰷魚。市價昂貴,且不新鮮,故特買舟前來;同時也會會故人。祇需六七斤就夠了。"

阮小二道:"吳學究,別的魚都有活的,唯獨這鰷魚没有。"

吳用道："捉不到嗎？"

小二頻頻搖手道："不！捉魚我是內行。今天就網到好多條，有十來斤重。"

吳用道："這魚哪裏去了？"

小二長歎一聲道："這裏有個暗門，你們讀書人哪裏會懂得呢？需要靈靈市面。鄆城地方貴人常辦酒席，席上鰳魚是少不了的。這魚尚未起水，那些嘍囉早守着了。好像出的價高，這買魚錢却要到他府上賬房中去算的。結算時須塞私用，實際等於白送。祇有自認晦氣，否則，便會弄得鷄犬不寧。故而你來無魚，感到十分抱歉！"

吳用道："人家已經捷足先登，也無所謂。這裏景色壯麗，白浪滔滔兩眼花，青山綠水難描畫。我是喜歡到這裏來玩玩的。"

小二道："學究來了，哪能讓你空手而回呢！心中有數，明日留下就是。"

吳用道："多謝承情。"

這時戶外有個人踏了進來。這人下身紮條短袴，頭上圍着一條手巾。生就一張青皮蟹殼臉，眉毛向兩旁倒掛的。大踏步直闖進來，嘴裏哼着：

> 浮雲不薄人情薄，蜀道非難世道難。

"老子在賭場裏輸了錢哉，朋友家一處也借不到，越想越火，真的操他的祖宗！"

小二知道，小五來了。他的綽號喚作"短命二郎"。

小五見了吳用，說道："學究，教人想煞！春天來時，倒要請你寫副對聯門上貼貼。今天來有事嗎？"

吳用道："祇是想買鰳魚而已。"

小五也自歎道："不巧啊不巧！鰳魚恰纔給衙門奪去了。老七處不知可還有呢?"遂向小二道:"賣魚的錢我都結交了賭客,此來想借二哥的錢去翻本呢。"

小二道:"我是貪吃兩杯苦酒的,哪有錢經得你一而再,再而三地借啊。去翻本嗎?我沒有錢!"

小五失望道:"那我這遭竟白跑了。早知如此,就不來了。還是不捉魚的好!"

吳用道:"魚還是要捉的。打魚爲生,不打怎麽謀生呢?"

小五道:"捉來的魚,都變了錢;結果,孝敬了賭神。沒吃沒穿,還不如不捉魚啊!"

吳用道:"魚要抓的,你就別去賭場了!"

一陣風來,吳用忽見遠處蘆葦叢中,有隻小舟搖將過來。這人頭上戴着一頂遮日黑油紙箬笠,身上穿着土布背心,腰繫着一條麻布裙子。這人就是阮小七。三人中,他的酒量最大,本事也最好!他不像短命二郎,脾氣强得不得了;也不像老兄阮小二,今日有酒今日醉。爲着道義,他敢用性命去拼。人家盡怕他,因而綽號喚作"活閻羅"。

這樣三阮兄弟,都和吳用會晤,談談説説。酒逢知己千杯少,談到入港,引出智劫生辰綱的事端來。直教:東溪村裏,七籌好漢當時聚;黃泥岡上,萬貫資財指日空。

欲知後事如何,且聽下回分解。

第十二回　東溪村保正聚義
黃泥岡總管鬧事

話説吳用與阮小二、阮小五閒談,祇見蘆葦叢中有隻小舟搖來,這人便是活閻羅阮小七。大鼻闊嘴,肩寬腰圓,身材長得魁梧。他在這三兄弟中,水性最好。

但見他霎時就從舟中跳上岸來,看着小二家中有客,是學究吳用,喊道:"啊呀! 吳學究,多時不見!"邊説邊走到了座旁。

兩兄弟問道:"今日回家,怎的見遲啊?"

小七着惱道:"我是越想越火啊!"

小二問道:"爲什麼呢?"

小七道:"咱們不必再捕魚了。衙門中人這幾日撈得好處不多,十分作梗。揚言要封港了。這個行當就要官辦! 咱們靠山吃山,靠水吃水。這幾十户人家,封了這港,還吃什麼啊!"

小二道:"你不要弄錯了,謠言甚多! 三人説着九頭話呢。"

小七肯定地説:"不、不,牆上不是明貼着告示嗎? 明日起就封港,這是針對咱們這石碣村的。"

小五喊道:"好啊! 他們不讓我們吃飯,我們就不讓他們大便!"

吳用道:"怎能得罪他們,官府的臉像張枇杷葉,毛得很呢——説翻就翻,十八變啊!"

兩兄弟道:"別嚕囌了,裏面坐着説話!"

小七走進來道:"俺怕什麼?槍挑有個洞,刀砍留條縫,有什麼好怕的!"

吳用道:"這就叫作官逼民反啊!"

小五道:"老七是打魚能手,生不逢辰,碰到封港,不如投奔梁山去吧!"

小二道:"兄弟,你真醉了。怎麼説出這没天理的話來?吳學究你不要見笑啊。"

吳用道:"不要緊的,人家常説:逼上梁山。有什麼不是呢?在下並非外客啊。"吳用追問道:"爲什麼不早投梁山呢?那裏可是不怕官司不怕管的啊。"

小五道:"學究有所不知,那梁山寨主喚作王倫,愛穿白衣,人稱白衣秀士。他和學究是同行啊,也是手無縛鷄之力的。山上還有兩個頭目:一個喚作摸着天杜遷,一個喚作雲裏金剛宋萬,兩人武藝都是平常。王倫這人,心胸狹窄,生怕人家奪了他的寶座,安不得人。祇見矮子,不看長人。前番那個東京八十萬禁軍教頭林冲前來投奔,受盡了他的骯髒氣始得收下。從此斷了英雄好漢上山這條道路。"

吳用道:"山寨不肯招賢納士,怎會興旺發達啊!"

三兄弟道:"是啊!我們兄弟看着學究仕途蹭蹬,不能施展胸中之才,也是在抱不平啊。"

小五道:"就才學論,我説學究狀元考不上,中舉人、進士當是綽綽有餘的。爲什麼祇落得兩袖清風、一籌莫展呢?這還不是學政瞎了眼嗎,還能説野無遺賢嗎!"

吳用道:"如今腐敗成風,士人中也多脅肩諂笑,媚上欺下的人,盡盜虛聲,自然令人悲憤。"

三兄弟道:"學究先生,我們一樣感到這世道不公啊!這樣朝綱需要整頓一下纔是。”

吳用道：“是啊！就一件事説吧！百姓在水深火熱之中，饑寒交迫，却有人將這十萬貫的金珠財帛作爲壽禮，上獻太師呢！這十萬貫還不都是民脂民膏嗎？”

三兄弟聽着，眼前好似打個閃電一般，霎時一亮，問道：“學究，你在説着什麼？”

吳用將聲音放低道：“北京大名府留守司大人，現將十萬貫生辰綱，從河北送上東京皇城。在途已走了許多天了，經人探悉，他們走的路程，是要經過鄆城縣的。”

三兄弟道：“讓他們窮奢極欲去，太便當了，不如將這不義之財途中劫了！”

吳用道：“祇怕没人有這膽量。”

小五道：“學究你把人看扁了。我死也不怕！看着餓死，不如拼死啊！”

小二道：“看這銀兩，盡沾着百姓的血汗啊！”

吳用道：“這種銀兩該劫。祇是人少，成不了事。押送這金銀擔的，是個武藝超群的高手啊！”

三兄弟問道：“是怎樣一條漢子呢？”

吳用道：“這人是將門之子、楊老令公之後，人稱青面獸。一條金槍，睥睨一世。”

三兄弟道：“這裏人少，天下盡多英雄豪傑呢！”

吳用道：“在下還認識兩位英雄：一是鄆城縣東溪村的晁保正；一是山西人，人稱赤髮鬼劉唐。”

三兄弟聽了，道：“是保正嗎？不妥，不妥！保正總是魚肉百姓的，官府也有津貼，怎能與虎謀皮呢？這樣，豈非誤了大事！”

吳用道：“兄弟有所不知。這個保正是仗義疏財的好男子，一生祇恨貪官污吏。他是經常周濟貧寒的。”

小七問道："那姓劉的呢?"

吳用道："這起生辰綱的消息,就是他從大名府中探得,千里迢迢,到鄆城縣來報告晁保正的。"

三兄弟道："原來如此,我們就去拜會這兩位英雄吧!"

吳用道："好吧,在下備着小舟,咱們一同去吧!"

小七道："鱘魚就來不及捕了。"

吳用道："這就不用掛齒了。"

衆人乘舟,來到了東溪村晁蓋莊上。吳用首先進去,踏入書房,先見保正,道是三阮兄弟一同前來。晁蓋出迎,三人同進書房,賓主隨意坐了。晁蓋介紹阮氏三雄與劉唐相見,三雄問道:"梁中書輸送生辰綱事可真? 幾時過境?"

劉唐道："多少是親聞,有些還是親見。"便又一五一十地仔細説了一遍。至於何時過境,晁蓋屈指一算,看來還有十日上下。

衆人正在談論,祇見一個小廝奔向前來,報道:"員外,莊前有個道人,硬要求見主人化齋。"

晁蓋道："給他三升白米就是,何須徑來問我?"

小廝道："小人已給他米,他罷手不要,硬要闖進,拜見主人。言語衝撞,已有幾個門丁被他打了。"

吳用聽着,吃了一驚。慌忙出來看時,見人叢中,一個矮子,還在指指戳戳。這人頭上戴頂雞籠帽,身上穿着玄色皺紗袴衫,當胸繫着二十四檔紐扣,腳下穿的是薄底快靴,嘴上七上八下長着十五根短鬚,年紀三十出頭。他是個慣偷,江湖上有點名聲,喚作白日鼠白勝,爲人倒有義氣,保正與他有些熟悉。

吳用喝道："姓白的,緣何亂竄來此?"

白勝道："吳學究,本不想來,這位道人不識路徑,喚我領來的。"

吳用喝退衆人，説道："道人是客，理當以禮相待。"

看那道人：頭上綰着雙髻，身上披着八卦道袍。絲條上懸着一把鵝毛扇，連腮鬍子隨手捋着。

吳用上前，動問道長法名。那道人道："貧道一清道人是也。"

吳用轉身向晁蓋説道："這道人看來有些蹺蹊，他是白勝領來的。"

晁蓋道："白勝領來，其中可能有個緣故。"就請相見。

一清道人踏步入内，劉唐見時，驚訝道："原來是公孫兄，久違了。"

公孫勝道："是啊，貧道有禮。"

晁蓋看着這位道長與劉唐熟識，道："公孫兄，請到書房坐茶叙話。"説着挽手而行。

來到書房，晁蓋又與阮氏三雄介紹。公孫勝是一位雲遊四方的道人，平日難以覓其行蹤，常在名山大澤中出没。因此江湖上人呼他爲"入雲龍"。這次，他到東溪村，是白勝引進的。

白勝笑道："我不引領，怕大家一輩子不會見面啊！因爲他是龍啊，飛龍是在天的。"

賓主坐定，晁蓋問道："道長光臨寒舍，有何見教？"

公孫勝道："小道眼見紫氣東來，特來向天王道喜的！"

晁蓋道："原來如此，小可也有所聞了。"

公孫勝道："如何知悉？"

晁蓋道："問劉唐兄便自知悉。"

公孫勝聽着，自然明白。因爲這生辰綱事，江湖上有心人早已關心着的，大家又各通了氣。白勝聽得，説道："如此甚好！"

晁蓋看着白勝在座，話鋒轉向白勝道："白勝的輕身功夫了得！能在一隻置水的大碗口上踏着兜上幾圈，水不潑出；兩脚凌空,倏忽竄上高樓。可稱是江湖一絕。"白勝急欲入夥,晁蓋却想:不曉得用得到他否?

　　吳用沉默片刻,道出一個智取這生辰綱的辦法來。説道:"這人唱曲賣酒,隨機應變,可以喚他扮作一個賣酒的。"

　　吳用又説道:"戲法人人會變,各有巧妙不同,却是不能稍有破綻;否則,一着失算,滿盤全輸了。"

　　於是衆人各施妙思,議論一番。八仙過海,各顯神通。江湖上稱道這次聚會,是上應天理,下通人情,題個名字稱爲"七星八斗":阮氏三雄、吳用、晁蓋、劉唐和公孫勝,稱爲七星;加個白勝,稱爲八斗。

　　晁蓋站起來道:"江湖上有個禮數,古書所説'盜亦有道',咱們有緣相會,志同道合,需要對天盟誓,訂個生死之交。"

　　看官:江湖上最重義氣,有福同享,有難同當。於是殺豬宰羊,供設香案,衆人齊道:"今日之會,實非偶然。保正哥哥仗義疏財,四海仰慕,江湖上素負威望,理當領先。請先坐下。"

　　晁蓋道:"諒俺小子,何德何能,怎敢占上?"

　　吳用道:"保正哥哥,名至實歸,當仁不讓,休推辭了。"

　　紅燭高燒,對天盟誓。跪拜之後,於是分次坐着。晁蓋祇得坐這第一位,吳用坐了第二位,公孫勝坐了第三位,劉唐坐了第四位,阮小二坐了第五位,阮小五坐了第六位,阮小七坐第七位,白勝坐第八位。

　　晁蓋吩咐鋪陳筵席,舉杯歡宴。

　　阮氏三雄和白勝腸枯已久,今日放杯痛飲,酒醉飯飽。

　　公孫勝是道長,祇是進一素齋而已。

　　會宴已罷,衆人在書房中一邊品茗,一邊商議。有的説:"這生辰綱端午日自大名府啓程,須走二十餘日,六月初旬纔詣鄆城。"

有的説道：“他們在趕路，五月梢便可到達。”

一個説長，一個道短，難以確計。衆人便推劉唐迎頭接上，暗中打探，便知實情。休息一宵，明晨便行。議論未畢，衆人審視，早已不見劉唐的蹤影了。

次日，劉唐回程轉來，衆人爭着詢問。劉唐笑道：“天從人願，這護送的楊提轄和押銀的謝總管在路，互不服氣，争争吵吵。楊志性急，趕着衆人走得要快；謝總管祇是嫌其勞累，喚衆人多多休息，寬些日子。現在這夥人已過金鷄嶺，正在白沙墺上行走。明日未時，將走至黃泥岡上。這時天氣最熱，嶺雲烘日，野樹無風。我們可先在那兒埋伏，趁着爛石煎沙時候，衆人正是勞倦，蜂擁上去，將他們洗劫一空。”

吳用眼睛一瞟，斥道：“此語不妥，休得魯莽！八人怎能圍住二十餘衆？自是寡不敵衆。且楊志武藝超群，我等無法抵禦。就算白勝的‘拿’功，劉唐的就地十八滾，阮氏三雄祇識水性，都派不上用場。此事祇能智取，不可力敵！”

晁蓋問道：“計將安出？”

吳用道：“不如我們六人扮作販棗客人，車上放着兩隻箱子，箱內盡置棗子，推車上嶺。在此烈日之下，於林蔭處歇涼。白賢弟挑一擔酒，來岡上賣。公孫道長仍是雲遊模樣，路過山岡，引得那一夥人上鈎。吃了蒙汗藥酒，大事便可告成。”

吳用問白勝道：“藥可備就？”

白勝答道：“不僅藥已備就，藥餅和那鷄鳴還魂香等也準備了。倘有不喝酒的，嗅了這香，一個噴嚏，也可把他們蒙倒。學究放心，還有這一招呢。”

計議已定，吳用叮囑嚴守秘密。

次晨七人出發：晁蓋等兄弟六人，頭上戴着闊邊遮蔭草涼帽，用劉海帶頭頸裹繫好，身上穿着青布短衫。下面赤脚，穿雙麻筋草鞋,腰裏纏着一塊長布,當腰挽一個結。六人各推着獨輪車,車上兩邊箱子各用長長的細麻繩將箱子緊緊捆綁,肩上頭、頸裏各用千斤帶套好。悠悠地早早出離東溪村,向着那黃泥岡山嶺險峻處推上去。

天氣炎熱,樹上蟬兒叫個不停。田土都已龜裂。黃泥岡上由於峰高林密,尚見青色。來到黃泥岡,六人把車停歇。坐在石上樹蔭下,避暑納涼,不住地扇着草扇、閒談。

歇一會兒,忽聽人聲喧嘈,果有一夥客人來到。這夥人由騎在青鬃馬上的那個青面孔漢子指揮着。那些伙子有二十餘人,都是十八歲至二十五六歲左右的人。年輕力壯,跑得渾身汗濕,氣喘吁吁。到了嶺頭,思想暫停片刻,歇息一下,接接力,透口氣。

那騎青鬃馬的正是楊志,揮着馬鞭,大聲喝道:"此處是盜賊出没之所,不是耍的。難道你們的性命都不要了嗎?"把他們像鴨子一樣拼命地趕着。

謝總管這時也很累,揮汗如雨,心裏十分怨怒。祇恨這個配犯,胡作非爲,不近人情,不肯讓人稍稍歇息一下。

酷暑難行,看着烈日當天,全無半點雲彩。前人有篇《熱賦》單道這熱天云:

> 野樹無風,嶺雲烘日。萬里乾坤如甑,一輪火傘當天。四野無雲,風寂寂山折海沸;千山灼焰,嘩剝剝沙融礫爛。空中鳥戢翼,倒顛入樹林深處;水底龍解角,直鑽入泥土窖裏。

據説這是北宋最熱的一年,熱得怎麼樣呢?城隍廟前的錫葫蘆,被這太陽曬着,一滴一滴地滴下來。有些節省的老太太,將石階沿揩乾净,倒些菜油,就地可以煎豆腐。

　　這黃泥岡，古來就是個險脊猛惡去處，却也是一個風景點。岡上原是一片叢林，傳説是唐代尉遲敬德植的。古木參天，遮着烈日，盤根錯節，露在地面，便於行人歇息。日子久了，不少樹根，都已經被坐得發亮，逗着過客注意，總願意在這兒坐上一刻片時。大樹底下好乘涼，這句話是有道理的。

　　楊志這一夥人來到黃泥岡上，謝總管一路被烈日曬着，心中悶得惱火。到了這時再也耐不住了，尋思：這個配犯，小人得志，擺足架子。祇是催促着人趕路，鞭子打在人家身上，自己幾時懂得痛癢。你是跨在馬上，逍遥自在得很，哪曉得人都是十月懷胎，父母生的？謝總管心中不住地嘀咕。這時眾人意欲稍息一下，但害怕楊志，齊來請謝總管説個人情，做個好事吧！

　　謝總管自己正在叫苦，却見這夥伙子要他前去説情，尋思：這點肩架，理應擔當的。謝總管急步走到楊志馬前，起手攔住説道："楊提轄，你看熱氣蒸人，囂塵撲面，眾人抬扛，奔走得苦，讓他們在林蔭稍坐片刻，歇息一下。寧可夜間寬走些路，何如？"

　　楊志聽罷，眼睛一彈，喝道："這是什麼所在？謝總管想是明白的。倘有好歹，誰擔當得起啊！"實際楊志騎在馬上，不住顛簸，也是辛苦的，何嘗不熱？祇是在這險峻去處，豈能麻痹大意？所以祇是不斷地吆喝！

　　這遭，謝總管是無名火起了，尋思：我在留守司中，中書大人還沒有對我有過這種態度；你倒煞有介事，真的訓斥我了？

　　謝總管這樣想着，舉脚重重地向着地上連連蹬着，譏諷道："姓楊的，你今做了官啊，誰都不在你眼裏了！正是：一朝權在手，便把令來行。"

　　謝總管又道："人家怕你，我却不怕。你是騎馬的，要走，好啊，請便！我們都不願走了。"嘴裏説着，還去招呼大家："來、來、來，我們尋個蔭涼所在歇息一下，回留守司去，大人處由我交代，不與爾等相干！”

衆人聽了，一致喊道：“謝謝，謝總管！”

楊志騎在馬上，看着謝總管起哄，心中暗忖：中書大人當初怎樣叮囑你的，這等地方是可以唱對臺戲的？把俺的老底翻出來，伕子都拉過去。正想下馬將他鞭打幾下，轉念：這事弄僵，難於收拾。又想：休歇一下，不見得一滴水滴在肚臍眼裏，真出了事。那麼，祇好自己落篷，不如給這總管一點面子吧！説道：“總管既如此説，讓大家稍坐片刻，就要趕路的。”

衆人聽了，自是歡喜，説道：“謝謝楊提轄，謝謝楊提轄！”

楊志尋思：灑家這顆心，自離大名府到現在，一直是掛着的。到了東京，纔得放下。大家休息，他也跨下馬來。摸摸馬背上的毛，也已透濕。馬蹄着地，地上的石頭，被馬踏着，也會迸出火星。這時要是吸煙點火，是不需火刀火石的。

楊志將馬牽進樹叢，馬也高興。它的背上，蔭涼多了，馬尾不住地在擺動。

衆人聽得楊志一聲同意，便把東西齊停放在大路上，都向樹蔭走去，一個個坐下，有的坐石板，有的坐樹根。

楊志將人馬拴在樹上，看覷着衆人的動靜，却見稍稍遠處，隱隱亦是有人坐着歇息。楊志便又招呼衆人道：“爾等聽了！”

衆人答道：“提轄，提轄！”

楊志道：“此非久留之地，略坐片刻，就要動身。”楊志長歎一聲，自去尋個所在，在竹林裏坐了下來，探下風帽當扇扇着，解開衣襟透透氣，他的衣襟也盡濕了。

楊志獨自席地坐着，涼風習習，耳邊聽得樹上蟬兒“知了——知了——”叫個不休。楊志身負重任，放心不下，尋思：受了中書大人委託，他器重我，纔壓了我這副重擔；倘有疏誤，如何交代？便喚一個虞候，前去覷視。

虞候倒想：牛吃稻草鴨吃穀，是各歸各的，何必多管閒事。但想着受他管束，衹有前去看覷。

楊志時刻警惕，不知衆人勞倦之下，這一坐下，越坐越懶。適有酒買，又想喝酒，越喝越饞。這十萬貫金珠寶貝，却輕易地被江湖好漢截劫去了。直教：二龍山上，嘯聚幾個仗義英雄；梁山泊中，又添一夥擎天好漢。

欲知後事如何，且聽下回分解。

第十三回　楊志誤飲蒙汗酒
吳用智取生辰綱

　　話說楊志護送着生辰綱金珠寶貝，來到黃泥岡上。祇因天熱，衆人要求歇息。楊志考慮山勢險峻，是個强人出沒之區，便吆喝不准；謝總管跟得累了，十分惱火，不從提轄指揮，擅自主張。楊志無奈，被逼同意。衆人就將東西放下，就地休息。或倚危石，或坐樹根，霎時如釋重負，輕鬆愉快。楊志倒是心頭壓着擔子，獨自尋個僻處悶坐。隱隱看到前面樹下有人在聚談，楊志警覺，便喚虞候前去看覷。

　　虞候走到衆人面前，搭訕道：“客官從何而來，往何而去？”

　　這些人正是晁蓋一夥。晁蓋答道：“自鄆城來，向東京去。”

　　虞候又問道：“做啥生意？”

　　晁蓋指着車上的棗子，道：“小買賣。”

　　虞候道：“看來，我們是同路人了。”

　　劉唐這時將棗子一把把地吃起來。他吃棗子熟練得很，一顆連着一顆，丟進嘴去；那一顆一顆的棗核却會連續地吐出來的。衆人也都對着這青面孔看，看着他臉，宛如鼎彝，祇見斑斑的銅綠，却無絲毫笑容。

　　虞候走回，說是那裏坐的是過路的販棗客人。楊志就此放心，却又有些饑餓，感到乏力，不便擅動買棗子吃，祇是默坐而已。

這時，許多伕子圍坐在謝總管旁，渴望舀些水喝，不過没處去盛。衆伕子就請謝總管講個故事，謝總管就胡吹起來，道："這裏是古戰場，黄巢從長安開始，殺人八百萬，一直殺到這裏。"又説："這裏的樹是唐堯的兒子種的，大禹治水，到過這裏，住了三年。"東拉西扯，衆人聽來，倒是津津有味。

忽聽一串鈴響，衆人看時：那邊大道上樹蔭中，白騾子上騎着一位道長，打着髮髻，插着白玉簪子，兩眼炯炯有光；頷下一把紫鬚，飄灑胸前。身上披着一件對襟月白緞道袍，的的地前來。那如意雙梁鞋子上襯着白襪，腿子在動蕩着。騾背上放着一個綠色包袱。這道長摸着騾毛已濕，看着這騾子不能再跑，便下騾來，把它繫在樹上。一聲咳嗽，哼道：

靈峰峻峭疑無路，岩谷幽深別有天。

謝總管無意眺望，見得迎面來了一位道長，因問前去可有道觀宿店。這道長摇了摇頭。再問可有酒肆。又是摇一摇頭，並不説話。爲什麽呢？因爲天熱，開口不見四兩肉啊！謝總管是個出名的酒鬼，平時是——

座上客常滿，樽中酒不空。

他在家中，一日三飲；偶有飲六次都不止的，衹喝得鼻頭緋紅。再問酒時，道長纔開口道："回頭走十餘里，在青石橋旁，有酒鋪啊。"

總管道："我們經過，怎麽没見？"道長道："怎麽没有？那裏門首掛把掃帚，掃帚者，燒酒也。山裏人不識字，所以不寫酒旗。"

謝總管聽得發笑，這酒店竟錯過了，回頭走是不可能的。

謝總管開了話匣，動問："道長貴庚？"

道長説:"你猜來。"

謝總管道:"順風之數吧?"

道長搖搖頭。

謝總管道:"莫非帶個'稀'字?"

又是搖頭。

謝總管說道:"那麼'耄'字八十,'耋'字九十?"

道長還是搖頭。

"那麼期頤一百歲吧!"

道長說道:"再往上推。"

大家驚駭,猜不着了。

道長說道:"貧道虛度已一百零八歲了!"

眾人見他並未老態龍鍾,心想,人家七十不過夜,他還雲遊天下呢。

道長與謝總管對話時,斜眼覷視楊志,見他還是板着臉皮,獨自坐着。

這時黃泥岡下走上來一個挑擔的,手搖小鼓,"不隆咚咚",一路喊着"賣酒來!"小鼓左右垂着兩條小綫,繫兩塊鐵,兩邊好搖,發生"咚咚"聲響,搖鼓宛如在喊賣酒。

大家聽說賣酒,眼睛突出來看:此人像隻猴子,生着一隻橄欖頭,兩條細眉毛,一對小眼睛。眼白多,眼黑少。鼻頭灰溜溜,嘴唇薄薄的。嘴上還翹着鬍鬚,上七下八。頭上戴一頂草帽,身上穿一件白顏色馬甲,下邊繫着一條青布短褲,腳上套着麻筋草鞋。肩上架着一根朱紅漆檀木扁擔,挑兩桶酒。扁擔兩頭是白銅包角,前後酒桶上放着酒盤,盤中放着鹹菜炒肉絲和葱油餅。但聽他一路唱着過來:

赤日炎炎似火燒,田中稻苗半枯焦。農民身上汗如雨,王孫公子把扇搖。

謝總管向這道長説道："老道長,恰纔你説這裏没有酒店,怎麽會有賣酒的人來啊?"

道長道："客官有所不知,山下有一村莊,四圍種着桃花,唤作桃花村。村邊有個潭,名桃花潭。唐朝大詩人李白,有一首《贈汪倫》詩,寫的就是這裏:

> 李白贈酒(乘舟)將欲行,忽聞岸上踏歌聲。桃花潭水深千尺,不及汪倫送我情。"

這道長故意把"乘舟"改爲"贈酒",因爲乘舟是要有河的,嶺上哪裏有河啊! 其實桃花潭也不在這裏。這道長吟這詩,無非是要惹人酒興而已。道長自稱一百零八歲,人家看他肌膚豐腴,臉色紅潤,吟起詩來,朗朗上口,覺得他是有道術的。

謝總管聽罷,向衆人道："我説此地古跡很多,誰知李白也到過。"又問道長:"汪倫踏歌送行以後怎樣呢?"

道長道："當地酒坊,便取這桃花潭水,釀了一百二十罐桃花酒,將罐沉入桃花潭底。"

謝總管又問："後來怎樣?"

道長道："後來這酒坊主人生了三個兒子,第三子稱爲桃花郎。桃花郎有個後裔叫三郎,三郎將這沉潭的酒取出,從此賣酒爲生。這酒窖了這麽多年,色澤澄黄清澈,香氣馥鬱芬芳,滋味甘鮮醇厚。濃得黏手,一滴入口,香聞十里。真是:

> 一杯入口,足底生風;二杯入口,兩腋有力;三杯入口,飄飄欲仙。

現在這三郎挑酒來賣,奇緣啊奇緣!"

道長話纔説完,放騾欲行。

謝總管被他説得嘴饞,真的垂涎三尺。酒鬼怎禁得起人家説酒話呢!

那"三郎"嘴裏在喊,擔子卻已停了下來。用毛巾揩汗,露出廿四根肋骨,根根突出,活像一隻蟑螂乾。

這時眾人轉過頭來,先向楊志望望。楊志覺察,霎時眼睛彈着,眉毛豎着,快要發作。

再說那幾個販棗客人,見有人來賣酒的,齊圍過來。劉唐第一個就奔出來,喊道:"啊,亂兄!"——山西人喊"老"聽起來聲音是"亂","賣什麼東西啊?"

三郎道:"賣酒的。"

"什麼酒啊?"

"桃花酒。沉浸濃郁,呱呱叫!"

劉唐道:"蠻好,蠻好!灑家要吃。"

三郎道:"你要吃,先付錢。"

劉唐從搭膊中掏出二十文錢,揭開酒蓋,拿着木瓢就來舀酒吃。

販棗客人陸續擁向前來,搶着買酒,這桶酒就吃得差不多了。

謝總管這一圍人都坐在下風頭,聞到一陣陣的酒香,尋思:開壇十里香,這桃花酒確是異乎尋常。今朝耳聞其名,鼻聞其香,衹是未嘗其味啊。

劉唐喝得滿意,連着那六個人也搶着來付錢打酒。

這邊二十餘人看得更是嘴饞了,衹是不敢向楊志去要求。大家衹得又向謝總管說了:"讓我們去買碗酒來喝吧,請你開開金口,做個好事,再向提轄討個情面。我們口渴得嘴唇已經裂開,喝些酒,解解渴,挑擔也就有勁了。"

謝總管肚中思忖:這配犯氣焰囂張,不犯着去碰他。中書大人親口交代,在路要聽他的。弄僵了,回去不好交代。自己卻也嘴饞,轉念:恰纔說得過火,不如客氣些吧。俗話說的:"若要好,老敬小。"謝總管走了過來,唱個喏道:"楊提轄!"

楊志知道他來有事,問道:"何事?"

謝總管道:"天熱,大家汗流得多,希望喝些飲料,防暑好嗎?見有酒買,讓他們也喝一口吧!"

楊志聽着謝總管這次説話和氣,雙眼一轉,向那賣酒的看去。一眼就知這人信不過:獐頭鼠目,賊頭狗腦,衹怕酒中有詐,放了蒙汗藥。又思量:自己已讓大家歇息,給了總管面子,他怎能得寸進尺呢?

楊志便道:"總管,此事不妥!旅途酒醉,怎能行走?荒郊之中,闖出禍來,不是耍的!傳灑家的話,倘有不聽話的,擅自買酒,先吃這三百鞭。"説着,將鞭子向地上猛擊一鞭,打得金星直迸。

謝總管想:這許多人都對我看,現在希望成爲泡影。我請示你楊志,是抬舉你啊,誰知你是天生不識好歹的。今天這酒是吃定了,看你如何?就傳言道:"每人可買一碗,不得多飲!倘若過量,重責皮鞭三百!"

衆人聽得,又齊聲道:"謝總管!謝總管!"

楊志聽得,思想這事壞了!總管話已説出,衆人一轟而上。衆怒難犯,把人都打壞了,如何挑得動擔子?楊志無奈,旋轉身來,鞭子抓在手裏,反剪着手,仍去竹林坐下。

於是大家擁過來買酒。三郎一看,心中歡喜,説道:"好運,好運!"隨手將後桶的酒傾些倒來前桶。

楊志看得清楚,思想這就不對了!爲何要將後桶的酒傾到前桶去呢?分明在搞手腳。於是立刻起身,走到賣酒的面前,雙手攔着喝道:"且慢!"

三郎正想舀給人喝,聽得吃喝,如同霹靂一般。衆人回轉頭來,對着謝總管看,不解這是爲了什麼。

楊志道："列位,這酒喝不得的!"

衆人問是爲何。

楊志道："這酒家將酒騰來倒去,中間肯定有蹊蹺。"

大家想喝,又傷腦筋了,心想:這酒倘下蒙汗藥時,賣棗客人如何喝得?這酒賣了半桶,一頭輕了,一頭重,若不倒半桶過來,輕重不勻,怎好挑啊?哪有什麼蹊蹺?大家看得嘴饞,又有謝總管的答允,所以還是争着去買。有的還買葱油餅吃,有些餅裏夾些肉絲。

謝總管自己要買酒吃,就説:"爾等但喝不妨!"

大家亂哄哄地奪勻買酒。

楊志見説話没人聽,無可奈何,祇得後退一步,仍向石上坐去。

三郎見機,對着楊志指指戳戳,不滿意道:"這青面孔一直板着臉,怕這怕那。我們是將本求利的,豈容他把這桃花潭的佳釀名聲弄壞,我不賣了。"挑着要走。

謝總管大聲道:"你放心賣,我們願吃!"

大家齊説:"對對對,買買買,你不要擺架子了。"

三郎道:"不看在諸位分上,早不賣了。我這買賣,是祖傳的;這嶺上,方圓十多里地,哪個不知道呢!"還道:"真的要買,錢要先付。"

謝總管道:"連我一共二十三人。"

三郎點點人頭,説:"不錯。"

每人各買一碗,看看桶内還有餘酒,謝總管想:雖然説話頂牛,關係不便弄緊張,還要顧着人情,趁勢做個落場勢吧。便捧着一碗送與楊提轄,説道:"大家都喝了,没有事的。你也喝一碗吧。"楊志連連搖手辭謝。

謝總管道:"天氣太熱,喝口酒來解渴。"再三勸請,楊志就此喝了幾口。

大家坐在樹下，繼續乘涼。

謝總管解開包袱，付了酒賬。不覺自言自語起來：“啊呀！這酒衹吃了一碗，怎麼腦子裏感到渾濁濁的？這酒後勁好大啊！面孔上也是熱辣辣的，拔脚起步衹覺没有力量。”招呼眾人，索性再坐片刻吧。

楊志也覺有些頭暈，看着山上樹枝在摇，按着嘴巴，連連打了幾個哈欠，眼皮挣扎不住，衹想閉攏來，人還是坐下來了。

這邊有人還在糾纏這賣酒郎，把剩下的餅和牛肉全買掉了。

看那道長，也已喝了兩碗酒，吃了七個餅。看他自得其樂，年輕人都自慚相差甚遠，思想：神仙與酒總是有緣分的。

大家還在談論，有的打哈欠，有的剔牙齒。一個説道：“老兄啊，我的眼睛怎麼望出去，大樹一棵棵多起來，你的頭也摇晃成三個呢？”

另一個答道：“我也不好……”一個噴嚏，人就跌了下去。

一個合撲，倒在地上動也不肯動；一個去攙：“啊呀！我也不行了。”

這夥人橫七竪八，一個一個地，都倒了下去！

兩個虞候喝得更多一點，藥性發作得也快。人家衹吃一碗，他倆一人吃了兩碗。一個喊道：“啊呀，不對！怎麼搞的？”覺得鼻頭裏癢癢的，人似在跳舞，眼面前金蒼蠅亂飛，“啊呀，不好，不好哉！”人便跌了下去。

另一個説：“老張啊，往日裏你的酒量好我許多，怎麼今朝我還没醉，你倒先倒下去了。來來來，起來，起來！”想去扶他，哪知身子一彎，也是跌了下去。

楊志衹喝幾口，有些中酒，却還清醒。看着眾人倒下，知道不妙！再看吃酒的棗客，一個未倒，驚喊道：“上當了！”楊志咬牙切齒,吼道:"嗨——哒! 你這賣酒的,不懷好意,定是這酒裏放了蒙汗藥了。來來來,吃我一拳!"這拳若是三郎吃着,他是吃不消的,一霎時就可把他二十四根肋骨打得粉碎。哪知這賣酒的有着輕身功夫,祇是隨便一晃,跳得很遠,楊志這拳打去,便落個空。

這三郎倒還指着楊志笑道:"喔唷,青面孔,你不要這樣凶啊,我是怕肉癢的!"又拍手道:"看啊,看啊! 你也快要倒了,倒了!"

楊志聽着,惱火極了,大聲吼道:"呀——呀——"一個"哒"字還沒出口,人已仰面朝天跌翻了。

大屋將崩,獨木難撐。看官:大凡吃醉的人,就醉在兩隻脚上。楊志本來還能撐住,接着舉脚去踢,這脚一翹,人就不能平衡,所以霎時倒了。

這賣酒的三郎看着,又是哈哈大笑道:"色不迷人人自迷,酒不醉人人自醉。你們都是自己倒哉!"

這賣酒的,正是白日鼠白勝,是個有名的義賊,輕身功夫呱呱叫,有賦爲證:

> 通草身軀藕絲首,楊柳條上蕩千秋。草上能行千里路,蜘蛛網裏翻筋斗。蜻蜓尾上躲一躲,麻雀背上打拳頭。身騎蝴蝶街上走,烏龜背上瞎兜兜。有人問我何處去? 鵝毛扇上找朋友。

恰纔扮道長的正是公孫勝,其實纔四十四歲,吹牛説是一百零八歲了。那販棗的,正是晁蓋等六人假扮的。

這時,晁蓋指揮衆兄弟搬運財物,霎時就緒,大家説道:"大哥,我們走吧!"車輪轆轆,往東而去。

東溪村在黃泥岡西,爲何向東? 祇因楊志還在眼睜睜地望着,故意兜個圈子,淆人耳目。

走了一夜,回到村裏。將箱中財物一一清理。祇見黃灿灿的金子,圓滾滾的珠子,白花花的銀子,綠油油的翡翠,紅彤彤的珊瑚瑪瑙,五光十色,燦爛滿目。還有書畫古玩,一時不須詳述。

且説楊志睁眼看着,風雲突變,心緒紛亂,感慨萬千。自己這夥人都已倒在地上,生辰綱洗劫一空。生不逢辰,命途多乖,以何面目見人?中書大人在校軍場中衆目睽睽之下,抬舉我,委以重任;此行終於失事,如何回大名府復命報答?路上那謝總管祇是作梗,黃泥岡闖了大禍,他回北京,必然把這一盆血水潑在我的頭上。灑家祇有銀鐺入獄,最後身首異處。楊志想到這裏,不禁高呼:"蒼天,楊志命苦!"若逃罷,大人知悉,必然下海捕文書,天波府老家自不能去。既是辱没祖宗,也恐累了老祖母大人。楊志一再思量,無情無緒,愴然淚下,把脚蹬蹬,蹒跚地走下岡去。又一時無目的地,祇如浮萍一葉,四海漂流而已。

過了一個時辰,黃泥岡上,謝總管和那伙子們陸陸續續醒過來。謝總管趕緊四面張望,青面孔在哪裏?却是不見蹤影。再看金銀財寶,也是空無一物。謝總管這一驚也不小,宛如雷轟山崩一般,站着的人頓時又跌了下去。他眼前一片漆黑,也是大聲吼道:"啊呀!上當了啊!"尋思:恰纔那一批人確是強盜,原來這幫棗客和那賣酒的是一夥的,我怎會一點没有警惕?楊提轄的話還是對的,祇是他已逃了。我們可是没法都逃走啊!謝總管思前想後,靈機一動,尋想:不如將這一盆血水,都倒在他的頭上吧。我們一口咬定是他和強盜私通,從而財物被劫,楊志入夥。這樣纔得保全自己,免了這場災難。

謝總管便與衆人商議,衆人也説:祇有此法。

這夥人來時,如老牛拖車,走得很慢;現在回去,哪有心緒逗留,急急如喪家之犬、漏網之魚。曉行夜宿,趕回大名府去。

不多日子,回到留守衙門。梁中書突然見他們來,也自吃驚。這樁公事,怎麼辦得這樣神速啊?謝總管先進去,哭喪着臉,説道:"啊呀,奴才辦事不力!原來這個配犯楊志與強盜是串通一氣的。"如此這般,説了一通。

梁中書一聲長歎,思想:我是用錯了人。珠寶被劫,十分痛心!祇得辦理善後諸事:一面申報朝廷和當朝太師,一面傳諭地方,通緝楊志,從速破案,必須去惡務盡。

從此楊志凜凜一軀,堂堂一表,也是有家難奔,有國難投。

直教:寶珠寺中,剪除凶僧歹徒;二龍山裏,嘯聚好漢英雄。

欲知後事如何,且聽下回分解。

第十四回　楊提轄搭救劉雲翁
崔小二逞凶竇家店

　　話説楊志這一夥人，來到黃泥岡上，爲着避暑解渴，中了人家的計，飲了蒙汗藥酒，楊志眼睜睜地看着生辰綱被洗劫一空，自思凜凜一軀，堂堂一表，正盼望着青雲直上，却弄得有家難奔，有國難投。眼看禍將及身，將脚連連蹬着，長歎一聲，躊躇四顧，祇得走下岡子去了。正是：

　　　　雙手劈開生死路，一身跳出是非門。

　　楊志這時轉念："三十六計，走爲上計"，趕路啊，趕路！一脚高，一脚低，跟蹌跑去。他心中焦急：倘被官府捉牢，祇有一死；跑得越快、越遠越好！一口氣跑開，跑得精疲力竭，汗流浹背。他思想：鳥獸尚且戀生，何況是人？

　　楊志足足跑了一夜，直到東方發白，迷迷蒙蒙，不知道跑到了哪裏，祇見四郊亂草叢生，荒冢累累。路旁有條小溪，逶迤而過。溪裏長着蘆葦，密密茸茸，遠遠近近。楊志尋思：這時可以歇息一下，倘有人追，葦邊一躲，縱使濕了衣衫，却可避人眼目。

　　忽地，那邊樹林傳來一陣喊叫，打破沉寂。楊志抬頭看時，不覺吃了一驚，喊一聲"啊呀！"好似有樣東西，不住地在擺動搖晃。仔細再看，認出有個老人正好上吊。這個老人把那塊墊脚石踢了，身子就搖動起來。

楊志急忙一個箭步，竄跳上去。伸着雙手將那上吊的人捧着上聳，這老人的頭就從繩圈裏鬆了出來。

楊志悠悠地把他放在地上，起手撫摸，鼻孔裏還有一絲遊氣。楊志便將老人腹部推挪，連聲喊道：“老丈醒來，老丈醒來！”

幸虧救得及時，這老人一口氣漸漸地回轉，發聲“喔——唷，哎……”慢慢地兩隻眼睛張開來，見是一個青面孔，思想：怕已到了陰府地獄，這是判官罷！可是耳朵邊有隱痛，摸摸繩痕尚在。老人不解，起手揉揉眼睛。

楊志問道：“老丈，爾是何人？緣何走此絕路？”

老人聽了，淚如雨下，説道：“我是活不下去了，所以上吊！”

楊志道：“天無絕人之路！你要講個明白，或許可以與你解憂！”

老人道：“小老兒是青州人氏，姓劉，單名一個雲字。是開雜貨鋪的。生下一女，年方十八，三年前許與鄆城縣人，過了一門親事。今年男家催促成親，後又推説郊野盜賊蜂起，不便行旅，祇能延遲。小老兒怕這婚事有變，闔家商量，決定把店暫時停歇，牽着一頭驢子，將女兒金花送上城去。誰知路過二龍山麓，跳出來幾個青面獠牙、赤髮紅鬚的強盜。他們見了小女美貌，搶上山去，揚言搶她做個壓寨夫人。老伴前去攔阻，吃了一刀。小老兒也被他們打昏在地。待醒來時，看到老伴屍首，小女不知去向。小老兒妻死女散，逃了出來，蹣跚走到此間，想着女兒被掠上山寨，她性剛強，絕不肯從，必然撞死。小老兒生也乏趣，還不如一死了之！”

楊志問道：“這批強盜是如何樣子？”

老人道：“都是和尚。”

楊志聽着，七竅冒煙：出家人慈悲爲懷，竟會做出這等事來！

可惱啊可惱！好端端地把一戶人家拆散。又問這些人盤踞在哪座山上。老人道："聽説是二龍山。"楊志又問："二龍山離此多遠？"老人搖首道："英雄，這個，我不知道。我已走了兩日路程！"

楊志聽了，想這山頭離此至少還有兩百里吧！便喚老人回青州家中去，再去鄆城，没意思了。老人道："路上還要吃宿，囊空如洗，怎回家啊！"

楊志道："老丈，區區小事，可以幫忙！"就從囊中將藏着的紋銀掏了出來。

老人道："萍水相逢，却蒙英雄慷慨解囊，如何對得起啊！"

楊志道："何必客氣，灑家的命也是多餘的，銀兩就不要了。"

老人自不全懂他説這話的意思，衹是跪下叩頭，動問尊姓大名，好回家供個長生禄位，報答恩人。楊志却不肯説。

老人打開包袱，藏好銀兩，打個結，肩上背着。老人千恩萬謝，拜别楊志，自回青州去了。

楊志倒是"救了田鷄餓了蛇"。他没想過，别人活了，自己苦了。這時饑腸轆轆，看到山坳裏，有扇酒旗懸着——不是酒旗，實是掛着一把掃帚，意思是説這裏賣"燒酒"。

楊志走了過來，見店前長着一棵大槐樹，四人合抱不住，樹根暴出泥土。天氣炎熱，樹下納涼最好。俗話説：樹大招風。楊志走得渾身是汗，吹一吹風倒也涼爽得多。

回頭見店堂內有着四五張桌子，青龍牌上寫着"太白遺風"四個大字，櫃內放滿酒壇，高脚凳上坐着一個三十來歲的女人，鬢上插着野花，腰繫粉紅綢帶。這女人瓜子臉兒，手裏搖着一面青銅鏡在照，面朝裏，背朝外。顯然這位便是老闆娘。她從鏡中看到楊志走進店來，是一個青面孔的大漢子，便知道生意來了，身子便悠悠地轉了過來。

櫃檯上一端擺着酒菜，有大蒜頭、醬辣菜、熏青豆、豆腐乾、牛肉、糟雞、皮蛋、熟蟹等下酒物，花色俱全。顧客要酒要菜，可以慢慢地品味。

楊志跨進店堂，就在中間朝南一張桌子坐下。老闆娘招呼："來啊!"小二應道："來——了——"這小二頭上繫着青花白地巾，身上穿着夏布馬甲，下身是豬肝色褲子，拖着一雙草鞋，年紀二十來歲。慌忙過來接待："嘿嘿，客人，用什麼菜啊?"

楊志道："好酒好菜，盡管拿來。灑家肚子餓了，要飽餐一頓!"

小二道："客官! 我店還賣花雕，多年陳的。北地賣的南酒，十分出色。這酒北人喝着，會嫌淡些! 可是到了嘴邊，的溜滾圓，滋潤得很。酒到嘴邊，就滑下去了。這酒喝了，三日後酒味還回出來，香飄十里呢!"

楊志道："你說得好，王婆賣瓜，自說自話。你說好不算好，要人家說好纔好呢。你就把這好酒打上來吧!"小二很快端上來幾個冷盆和一壺酒。楊志喝了一口，果然清香撲鼻，不禁道了聲"好酒!"又問："還有什麼佐餐?"小二道："還有豬肉包子。"

楊志道："好!"尋思：餓了多時了，飽吃一餐，馬上跑路。這裏不可多留，衹怕謝總管回到大名府，梁中書知道這事，很快發作。自己是首當其衝的。當地人來緝捕，路徑熟悉；自己路途陌生，宛如甕中捉鱉，易爲人拿獲。因此，關照饅頭快點出籠。

小二道："客官，你酒還沒吃夠呢。"

楊志道："一齊吃吧。"

小二不多時就將一隻蒸籠捧了上來，一籠十隻。楊志看着，怕吃不飽，但想吃了再說。於是一面喝酒，一面吃這包子。

小伙子看着這個客人有些慌張，軋出些苗頭來，就對老闆娘做做眼睛道："阿姐，看上去這個傢伙沒有花露水的，不如叫他先亮亮相看。倘若拿不出銀子，到此爲止；若拿出來，繼續供應。"

老闆娘道:"兄弟想得周到。"從前吃客多是先吃後付錢的。

小二過來搭訕道:"嘿嘿,青面孔客人,酒菜味道怎樣?可滿意啊?"

楊志道:"好得很!"

小二道:"我們這裏鄉下規矩,和城裏有些兩樣。鄉下是先付了錢纔吃的,而城裏卻大方,吃了再付的。客官,請你先把銀子亮一亮吧!"

楊志道:"反正一樣,先付你錢就是。"邊說,手向胸前囊袋摸去。一摸沒有。咦,奇了! 這許多錢到哪裏去了? 眼珠一轉,喔,明白了,剛纔搭救老丈,紋銀悉贈與他了。現在吃了人家東西,自是付不出錢了。真是慚愧啊慚愧! 想着自己做少爺時從來不帶錢的,吃了盡管走,後邊跟班自會代付的;一般又都是記賬,這區區小事,哪會放心上呢! 今朝卻是窘了,楊志不由得説道:"小二,請你放心就是。灑家姓楊名志,一時大意,忘帶銀兩,請將灑家的名字掛在賬上,改日加利奉還就是。"

小二道:"啊呀! 小店將本求利,客官萍水相逢,哪個認識你啊? 這樣吧,你就取件東西來抵押吧!"楊志聽到抵押兩字,不禁舊事湧上心頭。他尋思在東京時,爲着賣刀,闖出禍來,嗣後,風波迭起,弄得這步田地⋯⋯

小二看着楊志拿不出銀兩來,派頭還蠻大,是存心吃白食的,想給他一點教訓。便出手一拳,望着楊志打來,此名"黑虎偷心"。

楊志看出這人略通武藝,但衹是三脚貓功夫。見他拳頭打來,便側身避開,其名喚作"脫袍讓位"。小二順勢又是一脚飛來,楊志人又一蹲,起着三個指頭來個"海底撈月"。小二要緊將脚圈起。

老闆娘看得清楚,心想:你要開打,須到外面葡萄棚下去打;

在裏邊打，店裏的臺子、凳子、瓶瓶碗碗，不是都要被打壞嗎？老闆娘坐在高凳上喊道："不能在這兒打啊！"

小二會意，起手招着楊志道："你這青面孔，有種的敢到外邊來嗎？"楊志尋思：怕你作甚！竄出店面，人還未站停，小二早已一腿掃來，其名喚作"雀地籠"。這腿如被掃着，楊志的兩隻脚是要報銷的。

楊志雖是惱火，自忖理屈，就避讓開來。却見小二並不罷手，接連打來，楊志便有些心頭火起，尋思再不給你點顏色看看，是不行的了。於是高喊一聲："呔，你這小二，看了！"說着兩手望着小二腋下斜過去，其名喚作"左右開弓"。這一記生活，不是開玩笑的，如着實中了人，馬上就要摔倒。

小二頓時警覺，面孔轉色。他年紀輕輕，没經過這樣場面，祇覺得這招式有着分量，自知不是這青面孔的對手，祇得喊道："姐姐，快來幫忙啊！"

老闆娘一想：這小二平日蠻橫得很，今朝碰到損頭貨了。她看得清楚，這客官是客氣的。祇是還你一手，俺兄弟都已被打得忙個不停；再不幫時，兄弟性命危險！她便在櫃檯裏冒叫一聲："呔！你這個人好不講理，少了我們的錢，還要出拳打人！"

楊志看時：這老闆娘生就一副鵝蛋臉，頭上梳着天女髻，身上穿一件墨綠色短衫褲，腰裏還圍着一條百褶短花裙，腰身纖細，生得俊俏。

老闆娘雖是女流，拳棒功夫相當好。一看兄弟不敵，就在櫃檯上探來對雙刀，手臂一撑，從高凳子上來個鯉魚跳龍門，點出櫃檯。又一縱，來到棚下，喝道："青面漢子，看——刀！"說着，刀鋒往楊志劈來。

楊志一看，懂得這是"八卦太極刀"。灑家在天波府，首次學刀，老祖母就是教我這刀法的。當時，我祇十來歲，這刀如何打，

如何避,都曾教過。衹是還没有用過,今朝可以一試了。衹看那刀打來,煞是威風:

> 雙手執刀氣勢雄,刀鋒虎虎影無蹤。追刀退刀人不識,真刀背刀去如風。中分太極無人曉,人離刀卷貫長虹。乾上坤下神仙配,八卦刀法甚精通。

這八八六十四刀,左右開弓。刀舞動時,前頭、後頭,一會兒東,一忽兒西,稍遠望去,白光閃閃,寒光一團。如有人朝裏邊潑水潑墨,也一點不會濺在身上。正是:來如雷霆收震怒,罷如江海凝清光。

楊志曉得,這女子的功夫比小伙子要好得多;可是她已要出了看家本領,在灑家看來,還不如楊家的啓蒙武功呢!

老闆娘揮舞着這八卦太極刀,精神抖擻。雖也燿如羿射九日,矯如群帝驂龍,可她一刀也没劈着楊志,不禁面孔漲得緋紅,香汗淋漓,不由尋思:這青面孔真厲害啊!

楊志却在想着:灑家的真功夫還没拿出來呢!楊志隨手操起一條長凳,上架下擋,充作武器。兩個人打在一起,戰在一塊。老闆娘漸漸失却了進攻之力,衹能憑着雙刀來架。

小二思想:今朝阿姐怎麼手軟,不見進攻,衹能招架呢?平日的能耐到哪裏去了?輸是小事,倘被那板凳敲着,腦殼打開,不是耍的!姐夫這時怎麼還不來呢?

小二正在焦急,旋身來看,哎,姐夫終於來哉!這來人四十來歲,豹眼粗眉,兩耳招風,頷下生着連鬢鬍子,頭上圍着玄色襆頭,打着一個猴子結,身上穿件紫色差褵衫,腰裏繫着玄色腰帶,帶上插着一口雪白鋥亮的鋼刀,刀柄用藤紮好。下穿麻筋草鞋,背上背着包,正走過來。

小二趕緊喊道:"姐夫!快來——吧!"

　　此人姓曹名正,他不是山東青州人,是河南汴梁人。爲人正直,路見不平,敢於拔刀相助。闖了禍,從家鄉逃到此地來。他是屠夫——殺豬的能手,豬到他的手裏,從一刀放血開始,剝起皮來,用現在的時刻計算,祇消十分鐘,是個快手。人家却要費一兩個鐘頭。他氣力大,不論是人是畜,被他抓牢,是逃不掉的。這刀,一天到晚插在帶上,江湖上因此稱他爲"操刀鬼"。

　　曹正遠遠地聽到喊聲,四處張望,原來是小二在喊。曹正問道:"兄弟,你喊什麼?"小二道:"姐夫,大事不好! 來了一位大漢,吃了白食,還要打人! 我打不過,姐姐也快輸了。"

　　曹正尋思:來者不善! 我娘子崔氏打他不過,她的本事比我好,我怎麼辦? 趕到場前,人往樹上一跳,再看時:果然家主婆祇有招架之功,不住叫"哎呀,乖乖!"曹正尋思:你怎能如此喊? 這不是在長他人志氣?

　　兩人打得正酣,楊志的凳子打得祇剩一塊板了,四個凳脚已被削去,索性把這木板向着空中擲去。崔氏看見:咦,怎麼搞的? 人忽一呆。而楊志呢,却來個空手奪刀。這一招,倘若兩人本事相當,那是休想;必須一方武藝遠勝過對方,纔能得逞。楊志雙手功夫一運,來一個"雙峰插雲",嘴裏喊着:"且慢!"崔氏思想:有你這樣的笨胚? 你說且慢,人家就會慢了? 縱使你是學過鐵皮功的,我的刀祇要往下一拖,稍一沉下,不怕你的臂膀不斷。誰知楊志這是虛張聲勢,待她刀將到時,右手就向背後一藏,飛起一腿,脚尖正向着她的下巴踢去。這一踢如何? 祇聽"哎喲!"一聲,人便蹬蹬蹬蹬,站不住,向後退去。人站不穩,仰面朝天跌了下去,雙刀脫手。

　　楊志跟上起脚,將她的腹部踏住。女子大叫:"啊——唷!"楊志舉起拳來,正想打下,心想:這樣一個纖細女子,經得幾拳?

　　這時曹正尋思:祇有以禮相待,軟柴可以捆硬柴嘛。趕緊奔走過來,喊道:"英雄,高抬貴手!"

楊志聞言,舉起的手便放下來,問道:"怎樣?"

曹正道:"她是我的渾家,我是她的當家。小人回來遲了,多有得罪,有眼不識泰山。喏喏喏,就此陪罪了!"

楊志是吃軟不吃硬的,把脚一鬆,慢慢放開。女子起身,面孔從頭紅到脚尖。尋思:老娘是從來占着上風的,今朝出洋相了。

曹正問道:"仁兄,适纔怎麼打起來的? 俺開的不是黑店,也不用蒙汗藥,將本求利,怎會得罪客官啊?"

女子説是如此這般。曹正便埋怨渾家道:"緩急是人所常有的,怎麼爲了一籠饅頭,就可待慢客官啊!"

曹正又問:"不敢動問英雄尊姓大名?"

楊志答道:"灑家山西人氏,天波府楊志是也。"

曹正道:"天波府的威名,四海之内,誰不仰慕。當年八虎闖幽州,代駕出征,真是家喻户曉、婦孺皆知的。英雄是將門之後,今得拜識,真的三生有幸。"曹正便唤渾家、小舅子,都過來重新見禮賠罪。

楊志笑道:"江湖上説'不打不成相識',今日應了。"楊志因見女子的八卦太極刀耍得嫻熟,問是那位師傅教的。

曹正搖首道:"説來慚愧,没學到家啊!"

楊志追問:"師父是哪一個啊?"

曹正歎口氣道:"説來羞煞小人! 我與渾家崔氏的師傅,是東京八十萬禁軍教頭林武師便是。"

楊志高興地説道:"好啊好啊! 你的師父灑家是認得的。"

曹正歎道:"可憐俺的師父,受着高殿帥衙内的陷害,幾乎喪了性命。虧得開封府尹清廉,知他冤情,纔得從輕發落,發配滄州,領罪三年。高俅還不放他,迫得他上了梁山,纔得了安身立

命之所。祇是寨主量窄，不願招賢納士，林師傅還是受了不少
委屈。”

楊志聽着曹正談吐十分真切，引起話頭，也便説道：“灑家也
曾路過梁山，會過林教頭。他的棍棒遠勝灑家，灑家甘拜下風。”

曹正便問楊志緣何到此。楊志就將賣刀、發配諸事，從頭備
細説了。又道：“今從黃泥岡來，慌不擇路，連夜跑了多日。不知
這裏是什麼所在？喚作什麼地名？”

曹正道：“這地喚做竇家店，離二龍山三四十里路，屬於青州
地界。英雄權在小店住幾時，再做計較何如？”

曹正與楊志商量，終教：青面獸夜探寶珠寺，花和尚失陷二
龍山。

欲知後事如何，且聽下回分解。

第十五回　操刀鬼指點二龍山
　　　　楊提轄夜探寶珠寺

　　話説楊志自生辰綱失事，慌不擇路，連夜奔走，跑了多日，來到青州地面。恰遇操刀鬼曹正及其妻室崔氏、小舅小二，打成相識，把酒暢談。曹正動問：提轄緣何來此？楊志將黃泥岡上諸事，備細説了。曹正深爲惋惜，便問今欲何往。楊志長歎一聲道："天南地北，宛如浮萍一葉，祇是到處漂泊而已。"

　　曹正道："我今想得一處，可以去得。"

　　楊志問道："哪裏？"

　　曹正道："就是離此不遠，祇三四十里路的二龍山。此山險峻得很，盤旋曲折，勢似兩龍。龍首踞於山麓，龍尾翹在山上。山上用水，是從那龍嘴裏潺出來的。這龍頭下有水池。米芾寫過一塊匾額——'人傑地靈'，就鐫在池前的石牌坊上。風景非常幽美。這地山連山，山套山，山疊山，山環山，崇山峻嶺，古木參天，霧鎖雲封，猿猴出没。山上有座寶珠寺，是隋朝印度和尚來此開山的。這和尚法名定海，德高望重，由是寺内香火旺盛。誰知去年來了一個强盜，帶來一批小嘍囉。殺散了寺裏僧衆，把這批小嘍囉，剃光了頭，充當和尚。這强盜自己却不削髮，前額頭髮剪短，後髮披在肩上，套上金箍，披着袈裟，説是帶髮修行。他頭頸裏懸着一串四十八顆人的骷髏頂骨做的佛珠。姓鄧，單名一個龍字,江湖上稱他爲'金眼虎'。"

　　楊志忽地想到,他到大名府前,殺過一個强盜,諢號稱爲銀眼虎鄧虎。這兩强盜看來是兄弟吧。

　　曹正又道:"這批人占山爲王,强搶民女,殺人越貨。方圓百幾十里地,受其毒害。小人想剪除他,祗恨力不從心。鄧龍這惡棍厲害,我與他較量,結果大敗。我的渾家、妻舅一起去也打不贏。提轄到來,真是萬幸! 前去殺了這批强盜,占了這個山頭,却爲百姓造福!"

　　楊志道:"灑家這幾年飽經滄桑,識得人世炎涼。斬惡務盡,救民水火。既有這等去處,何不把它奪來作爲安身立命之所?"

　　曹正看着楊志意志堅決,勇往直前,十分高興。

　　楊志又説道:"奪了寶珠寺,扯出一面'替天行道'大旗來,豈不極妙! 如今爲富不仁的人盡多,有錢能使鬼推磨啊,哪裏有個公道! 做大王的也要做個公道的大王啊!"

　　曹正道:"俺這店啊,原名寶家店,已有百年歷史,方圓十多里地的人都曉得。受盡了官吏的剥削、欺凌,到俺來掌店,不得不學些武藝防身,這店也改名爲曹家店,以免官府窺覷。提轄,你當了這山寨主,我這店就不開了。燒了這店,帶了家眷,便來投奔入夥。"

　　楊志道:"灑家與掌櫃相識前,便從一個老人口中,知道這批和尚幹了不少壞事,不是東西。"

　　曹正問楊志是怎樣知道的,楊志就將在松林搭救老人之事説了,又道:"他的姑娘怕在山上受苦呢! 這姑娘看來就是鄧龍帶着嘍啰搶去的。所以,灑家一定要剪除這批惡賊。"

　　曹正翹起指頭,不住稱贊楊志説話擲地有聲,不愧將門之子啊!

　　楊志道:"趁熱打鐵,我們説走就走吧!"

楊志大喊一聲："曹掌櫃！"

曹正回敬一聲："楊師叔！"並且説道："師叔與我師傅同輩，今後該是這樣稱呼啊！用得着我的地方，一定出力！"

楊志道："不入虎穴，焉得虎子。現在就去，先借灑家一條棍子。"

曹正道："槍不好嗎？爲何要用棍子？"

楊志道："剛纔你就説過，鄧龍那條棍子是天下無雙的，灑家要看看他的能耐！"

曹正問道："要多重的？"

楊志道："祇要三十斤的就可以了。"

曹正取出一條鑌鐵燒棍來，掂一掂道："師叔你看如何？"

楊志取過，來到葡萄棚下耍弄一番，説道："正稱我手。"

曹正問道："幾時回來？"

楊志答道："不論勝負，明天要回來的！"正是：

> 明知山有虎，偏作打虎人！

曹正夫婦和小舅送至大樹底下，楊志帶着棍子，抱拳一拱，辭別衆人，邁開大步，蹬蹬蹬蹬，循着二龍山大道前去。

這段路程，走了兩個時辰就到了。此時紅日西墜，楊志口渴起來，見路邊有條澗水，溪水潺潺，錦鱗游翔，清澈見底。楊志兩腳叉開，身子俯下，雙手捧水來喝，頓覺精神一振，涼爽直透心田。再洗洗臉，覺得渾身清涼。尋思這等清涼世界，却被壞人占着，真是可惜。

楊志飲了些水，提棍上山。漸走漸近，山巔寺院黄瓦，時隱時現。再往前行，山路益見峻峭崎嶇，盡是鳥道羊腸。他曉得這是強盜出没的淵藪。

正在想時，忽見一個胖大和尚的影子閃了過去。楊志心中明白,這個不是鄧龍,疑是鄧龍手下的嘍嘍和尚。他痛恨這些强盜十分猖狂,想着:劉老丈不是遇見了灑家,早進鬼門關去了,還不是他們造的孽嗎?

楊志頓時惱火起來,喝道:"賊禿! 往哪裏走!"人一竄,兩脚跳出三丈多遠,望準光頭,取個"泰山壓頂"之勢,一記悶棍當頭打來!

那和尚頭也没回,視若無事,還是走着。楊志這記棍子打去,那和尚祇是用棍隨便一擋,棍便擋住。

楊志尋思:我的兩膀有着千斤之力,他怎麼隨便就能擋住?

楊志連着又是一棍,對準和尚脚邊掃去;和尚又是隨便一擋,楊志的棍子便又蕩了開去。

楊志這時想:來者莫非鄧龍? 曹正説的,這棍子確實屬害,真得領教! 這地林深木茂,綠葉掩天。天還未黑,樹林裏面已經黑幕重重。楊志倒是有些驚駭,咦,奇怪! 却有這等本領,可惜,走了斜路。再看那和尚舞棍時,知有來歷,豈可小覷! 前人有篇《棍賦》云:

> 此棍傳授出少林,老僧挑擔出山門。上一棍,雪花蓋頂;下一棍,塵土飛騰。左一棍,蒼龍擺尾;右一棍,枯樹盤根。前一棍,仙人指路;後一棍,猛虎撲林。

兩人棍來棍去,打了二三十個照面,未分勝負。

楊志這時弄得迷惑不解:倘是鄧龍,聽曹正説,這人的形貌又不像;若非鄧龍,那他的小嘍嘍會有這樣本領? 看來與他打個平手,已經吃力;倘上山去,那裏强盜更多,寡不敵衆,灑家勢必吃虧。這真奇了! 這嘍嘍有這本事,曹正怎會不説起呢? 他還讓鄧龍當寨主嗎?

打着,打着,祇見對方棍法一轉,楊志識貨,這和剛纔打的兩

樣,懂得:

> 此棍傳授在少林,五臺山上打僧人。棍起愁雲黯淡,棍落威風凜凜。上風魔,雲遮日月。

啊!原來是風魔棍!這棍傳説當年少林寺的達摩祖師祇是單系嫡傳一人,在圓寂前纔將全套付與,並不任意傳授。目今會使這棍子的就灑家所知,祇有同鄉山西人鐵判官一人;其他,沒聽説過。那末,他是誰呢?

楊志想到這裏,當須弄個明白,不可再莽撞了。就收了棍,人往圈外一蹦,問道:"爾是何人?"

那人上面光頭,頷下垂着鬍子。也就喝道:"呔!爾且聽了,灑家非旁人,人稱花和尚魯智深的便是。"

楊志聽時,驚得呆了,尋思:灑家有個朋友,喚作魯達,聽説在五臺山上出家,尚未知其法名。故又問道:"師父莫非就是提轄魯達嗎?"

魯智深聽了,也自驚駭,尋思:咦!灑家自從打死鎮關西鄭屠之後,便在五臺山上出家,長老賜名智深,從此就沒有人呼喚我的原名。他却這樣稱呼灑家,聽他口音,是山西人,却爲何來尋事?不禁回問道:"呔!爾是——何人?"

楊志聽罷,哈哈大笑道:"灑家非旁人,天波府楊志便是。"

魯智深聽説是楊志,十分高興,把棍甩了,走上前來,抱拳一拱道:"啊呀!大水衝壞了龍王廟,一家人都不認識了。原來是楊家兄弟,灑家正是魯達。"

楊志尋思:正好緣分,不想今日重逢。灑家這風魔棍,前十六棍是他教的,經梁山時,和林教頭交鋒,祇要了十五棍,不知他教了林教頭幾節?便就此問了魯智深。

魯達道:"林冲與灑家在菜園結拜,原想把這棍法全授與他;

不料他受高俅陷害，發配滄州，因而祇教了兩節。"

　　兩人他鄉相遇，分外親暱。魯達便問楊志怎會在此。楊志道："説來話長。"就從上京求官、受困招商，直説到黃泥岡失事、來到青州地面，寶家店結識曹正，意欲剪滅二龍山強盜的經過，説了一遍。

　　魯智深聽罷，哈哈大笑道："灑家在十字坡聽張青介紹，青州有座二龍山，現在被幾個大盜占據，荼毒地方生靈。灑家前來剪除。祇是礙着這山岡巒起伏，盤旋曲折，雲封霧鎖，人跡罕至。中間祇有一線天是個峽谷，險峭非凡，是個通道。山間來往，有時仗着雲梯。灑家闖到半路，山上強盜不肯下來厮打，祇是將滾木矢石，紛紛擲下，灑家無法上山，緣是暫避，另作計議，不想在此遇了兄弟。"

　　魯達、楊志拾起棍子，轉出山套，一同回到寶家店，已是初更時分，店門關閉，從門縫中還見燈火。楊志起手敲門，曹正夫妻在床上聽得，想是楊師叔回來，拖了鞋子，便來開門：

　　　　我道風吹松，原來人叩門。

　　楊志先上前來道："啊，曹賢弟，灑家與魯智深一同來了。"

　　三人坐定，曹正問道："怎會碰頭的？"

　　楊志道："在山徑上撞着，還以爲他是寶珠寺的強盜呢。免不了與他一場惡鬥，真正好漢。"

　　魯智深道："不想與楊提轄，將門之子相遇，真不容易對付啊！"兩人謙虛一番。其實魯達的武藝要略勝一籌。他一生教了三人：一是林冲，學了他的棍子；二是武松，學了他的醉拳；三是楊志，後來在二龍山兩人相處最久，他的看家本領全傳與他了。這不是名師出高徒，而是各有本事，虛懷若谷，多方向人家領教啊。聞道有先後,術業有專攻。武藝交流,也當是轉益多師的。

於是三人商量怎的攻打這二龍山。魯達開言道:"灑家纔來,曹賢弟是當方土地,熟悉山上情況,請先介紹一下吧。"

曹正道:"二龍山三面是山,要進這山,祇有從前山山谷的一綫天這條路上去。可這山道,山頭堆滿滾木。木上還澆桐油,滾木抛下;同時,還放火箭,滾木着火,山谷頓時四邊着火。攻打的人,那就十分危險。以是官兵也不敢輕易到來。山上有三個强盜,各有本領:第一個喚作金眼虎,姓鄧名龍。這人的一雙眼睛,眼白盡是黄的。第二個喚作灰刀楊泰。第三個叫雲裏手莫成。這三人分別稱爲大大王、二大王和三大王。他們對外説手下有百多個嘍囉,實際祇有五十餘人。鄧龍脾氣暴躁。生意差時,暗打主意,在深夜之時,活活將瘦弱的嘍囉用麻繩勒死,開剥燒人肉吃。小盜恐慌,經常逃跑。因此,祇剩四十餘人。他們靠着這山險峻,有恃無恐。"

魯達聽罷,拍着額頭道:"好險啊,灑家倘若碰着桐油燒山,天大的本事也完了!這一綫天,真的一夫當關,萬夫莫開啊!"

楊志道:"後山能夠上嗎?"

曹正道:"不行。後山有條溪澗,蘆葦叢生,四下有許多弓箭手守着。蘆葦裏亂箭齊發,人都不知道是從哪裏射來的!這箭有着劇毒,一着了箭,命就送了。如何打得上去?"

楊志聽了這番説話,就問魯兄如何上山。

魯智深道:"我的體胖,原爲一百八十斤;今歲立夏稱時,重到兩百斤外。寬闊些的溪澗就跳不過了。"

楊志便道:"既如此説,讓灑家今夜自後山上去,探個虛實。曹賢弟爲灑家引路,魯兄長暫時守店,何如?"

三人議定。楊志改換夜行服飾,渾身皂衣,背着一口鋼刀。曹正領路,一前一後,便向二龍山去。走後山路,稍近一些。兩人走得輕捷，連竄帶蹦。虧得曹正熟悉路徑，不走彎路。祇費一個時辰，便到後山。兩人立定，曹正手指着道："這裏已是後山的溪口。"

楊志審看，這溪澗足有兩丈多闊。這地原有一座木橋。白天行走，夜間就用千斤索把它吊了起來。小盜晚上輪流值班。二十個人一班，隔兩個時辰一調。年來無事，就放鬆了。夜夜空守，等於虛設。值班的人從此逐漸減少，廿人減爲十人，減爲八人、四人到兩人。近日已經没人看守。

楊志估計：這樣的河面，可以一躍過去。他知曹正的功夫自然不及，就向曹正道："賢弟在此等候，看着灑家躍過河去，探了虛實再議。"便將腰間鷥帶扣緊，人在河邊兜了十多個圈子。這圈子越兜越小，最後運足功夫，飛身一躍，跳過河去，落腳站穩。一看，已過河三尺有餘。

曹正看到楊志飛身已經過河，暗暗稱贊，險些喝彩喊出聲來。想着楊家聲名，如雷貫耳，今日一見，果然名不虛傳。

楊志不知這橋在此有着千斤索的。否則，將索斬斷，橋放下來，曹正也可過來。

楊志便循路上山，向寶珠寺去。

楊志再走，山徑有叉路，不知走哪條路好。正想問詢，恰巧山上下來一個嘍囉，手持着鑼，頸裏插着一盞燈籠，腰間還繫更板，嘴裏却在嘰咕，意思是説打更辛苦，颶風下雪都要奔走。這時二更已敲，恰點三更。

楊志自喜，人向樹叢躲着。山路凹凸，嘍囉一時没有覺察。楊志待他走過，先去摘鑼，嘍囉突地站住，跪下懇求："英雄饒命！"

楊志問道："山寨中有多少人？"

嘍囉道："二十餘人。"

楊志道："不止此數啊？"

嘍囉道："大王時常吃人，這幾天又逃跑了一些人！"

楊志又問："山上有幾個大王？"

答道："三個。"

又問："此去寶珠寺，走哪條路啊？"

答道："一直往東，過了南天門就快到了。"

"真的嗎？"

"不假，英雄饒了我吧！"

楊志思想：不能饒你！你若敲鑼，上山不便。說了實話，也不能一刀把你殺死。眼睛一轉，有了。說道："祇是委屈你了。"

嘍囉道："這倒可以！"

楊志就將這嘍囉捆綁起來，縛在樹上。還道："請你吃隻木鴨蛋吧。"

楊志就從身邊摸出一隻，嘍囉道："換小的吧。"

楊志道："小的沒有。"

說書的關照：木蛋有大中小三號，大的像鵝蛋，中的像鴨蛋，小的像雞蛋。

時已三更，辰光急迫。楊志將這嘍囉嘴巴掰開，一拳頭，把那隻木鴨蛋全部打了進去，這樣就吐不出來了。說句笑話，這叫真正的"橫擺蛋"。嘍囉這時祇能看，却不能喊。直到明天有人路過，纔能將他解救下來。

楊志一徑來到寶珠寺的後院牆，一縱，跳到牆上。看這天井很闊，大雄寶殿上燈火通明。楊志提刀，睜眼向殿上端視，見這些強盜正在逍遥作樂。當中坐着金眼虎鄧龍。

楊志尋思：劉老一家就是受這些人殺害的，灑家憑這把刀，就可懲治他們。不禁大聲喝道："呔！狗強盜，爾等惡貫滿盈，快，繳出這狗命——來！"

　　鄧龍聽到聲音,吃了一驚!喊道:"屋上有人!"尋思:再大的本事,插翅也難飛到這裏啊!深夜屋上怎會有人大喊大叫呢?如確有人,那他是來有路,去無門了!

　　楊志便要與三個大王廝殺,刀來鞭去,混戰一番。

　　直教:英風凜凜,掀翻寶寺鬼魔王;武藝堂堂,撼動龍山夜叉將。

　　正是:祇將冷眼觀螃蟹,看爾橫行到幾時?

　　欲知後事如何,且聽下回分解。

第十六回　金刀將喪身分贓廳
花和尚討戰寶珠寺

話説楊志夜探二龍山，闖到寶珠寺，遙見大殿上燈火通明，這三個大王適在飲酒。楊志大聲喝道："狗强盜，惡貫滿盈，灑家來拿爾的狗命！"

鄧龍忽地聽到喊聲，驚吼道："啊！屋上有人啊！"

楊泰聽得，趕忙離座，竄到露臺上來。

鄧龍招呼道："賢弟，爾要留心！"

楊志在屋面上站着，楊泰知道來者並非黑道上的人物，高聲喊道："大膽奸細！速來刀上領死！"

楊志飛身而下，楊泰趁他人在半空，脚没着地，橫刀向空一劈，意在斬斷他的雙腿，喝道"去——吧！"一刀劈去。

楊志看出，這個歹徒凶狠，便一個鷂子翻身，翻向楊泰後面，楊泰一刀劈空。

楊志笑道："嘿嘿嘿，强盜，來來來！"

楊泰趁着月光，人旋轉來，又往楊志腰裏劈來。

楊志來一個"老馬圈槽"之勢，倏忽避開。倘若被劈着，脊梁骨就斷了。楊志打足精神，喝道："休得逞强！"取一個"大和尚開山"之勢撲來。

楊泰懂得，這叫把脉，曾嘗過味道，要緊一滾，就勢用三十六路掃蕩刀蕩過來。

楊志喊道：“賊子，去吧！”楊志背朝楊泰，楊泰還未覺察，哪知楊志刀頭一彎，人向前縱，後脚一縮，踢着楊泰肋骨，再向他肚臍上反身一刀，來一個“禪杖挑開地獄門”。楊泰要緊抓刀，刀進了去，想拔出來，因爲刀口朝上，十隻指頭碰上刀鋒，就一隻一隻地掉了下來。

楊志再來一個“五龍擺尾”，把人拖出，楊泰連肚皮裹的下水都跟出來，熱氣騰騰的，人直撲撲的，仰面倒下，成爲一個空心大佬官，五臟都喬遷了。

金刀將楊泰死了，鄧龍吼聲連連。又尋思楊泰一向自稱金刀天下無敵，今天不僅失敗，而且死得很慘，不禁一聲狂叫：“好……啊！”雖氣過了頭，仍吼道：“你這青臉孔漢子，傷了我家老二性命，我跟你拼了！”說着，人就跳將過來。

小强盜們看了，倒很開心。爲什麼呢？因爲楊泰沒有人緣，在他眼裹，人家都是蹩脚貨，衹有他好。一不稱心，就打人家。由是小盜們今日嘴裹不説，心裹却很高興，感激楊志，爲他們除了一害。

鄧龍正想去搬傢伙，三寨主莫成搶過來道：“大哥，這傢伙我來對付。”

鄧龍暗忖：二弟的刀法好得非凡，尚且喪命。便道：“莫賢弟，你要當心了！”

雲裹手把脚一踮，要緊跳出。渾身皂色打扮，裹着一件二十四檔密門紐扣的緊身服，下穿薄底快靴，頭戴着飛雲帽，當中綴着個英雄結。這三大王善用雙鞭，輕功很好，倏忽便跳過來，喊一聲：“呔！你這傢伙，方纔殺了我的二哥，看鞭！”

楊志倒退一步，看他鞭來：

　　　　此鞭出手賽長虹，落手揮舞打英雄。凌空葉落風雲起，風花遍地映山紅。鳳凰展翅雙鞭打，餓虎吞羊吼如風。妙手連環分左右，果然奧妙歎無窮。

莫成雙鞭插雲般一記打將來，楊志用刀去架，那鞭已及時收轉，反向楊志腋窩裏打來。

楊志刀背朝上，刀刃朝下，喊聲：“且慢！”思忖：我向來不甘落後，今日豈讓你逞凶風？刀法也就來了變化，火星直迸，先將鞭子蕩開來。楊志尋思：今朝不給你占半點便宜。刀急舞時，莫成一呆。但見：

刀起摩雲蓋頂，刀落枯樹盤根。左青龍探爪，右白虎翻身。前龍門點睛，後孔雀開屏。刀舞梨花片片，刀盤柳絮紛紛。冷颼颼，一團白雪；光閃閃，萬點寒星。

楊志這刀舞得水泄不通，莫成暗暗吃驚：“喔唷……”冒出一身冷汗，使勁以雙鞭去架。但楊志功已運好，銳不可擋。莫成知道今朝碰到高手，汗流浹背。

楊志的刀下來，莫成用個“偷梁換柱”之法去架，頭上的雞籠帽已被削去，白玉髮簪被打得粉碎。

鄧龍睜眼看着，暗自驚道：“這這這……這便如何是好！”見老三要吃虧了，不免心生焦急。邊上兩個頭領要緊走過去，說道：“寨主爺，看上去三寨主要吃虧了，今天硬碰硬，怕不行啊，不如賣個交情吧。楊泰已死，這個位置就讓這青面孔補上好嗎？寨主爺啊，如虎添翼。這樣，便是我們二龍山的光彩了。”

鄧龍說道：“此話有理。”尋思：二寨主死就算了，這事衹好我來落篷。從來沒討過饒，這也出於無奈。

鄧龍前來，唱喏道：“啊！兩位兄弟，請聽鄧某一言！”

兩人聽到寨主招呼，暫停廝殺。

楊志捧刀，向右一閃，站着。

鄧龍拱手道："這位英雄,武藝超群,小可欽佩! 小寨這第二把交椅空着,請英雄入夥,坐這交椅何如?"

楊志眼珠一轉,思想:這二龍山山勢險峻,山路奇陡。山上堆着大量滾木石塊,祇幾個人,雖是勇猛,實難攀登攻取。不如將計就計,回店再與魯兄商議。

楊志當即將刀翻身,刀尖朝下,刀柄朝上。

看官:你道楊志這是什麼意思? 這個規矩,江湖上人都懂,表明就此收場,算是自己人了。譬如舊時,常有吃講茶的,祇要把茶壺的嘴相互對着,行家一看就明白了,算是自己人了。那時,連養隻鳥都有講究,喚作"強盜畫眉賊百靈"。畫眉好搶,百靈要偷。譬如說,人家掛着隻鳥籠,你走過去問道:"這鳥大毛幾根?"人家答道:"沒數。"又問道:"小毛幾何?"答道:"還沒數過。"再問道:"吃什麼水? 什麼肉啊?"答道:"不知道啊。"這幾句話一說,對方就可將籠搶去,托了就走,你是沒話好說的;否則,就會出事。内行老鬼就搶不了,他懂得這行語,會對答如流的。譬如說:流氓上去,他會籠口朝外,自稱老大。譬如你問道:"這鳥大毛幾根,小毛幾何?"他就馬上回答道:"大毛三十六,小毛七十二。"你問道:"這鳥籠有幾根絲? 籠口有多大?"他會答道:"籠子一百零八絲,籠口三寸三。"再問道:"吃什麼水?"他就答道:"上山水。"又問道:"吃什麼肉?"他就答道:"豬頭肉。"這一套就是黑話。

楊志這時將刀轉下,說明承認是自己人。

鄧龍就向莫成道:"莫賢弟,過去向英雄賠個不是!"

莫成想:算我倒霉,祇好雙鞭插向肩上,走前去,抱拳一拱,唱喏道:"啊,青臉英雄,方纔多多冒犯,請別生氣啊!"

楊志搖搖手道:"哎,哪裏,哪裏。"山上的情況,楊志在寶家店時已有所知。他便當胸合十,做得如同和尚一般。

兩人唱喏，莫成道："請問英雄貴姓大名？"

楊志聽罷，自覺慚愧，真的辱沒了祖宗，所以把頭搖搖，歎口氣道："兩位寨主，灑家姓楊名志，人稱青面獸的便是。"

兩個強盜聽了，齊吃驚道："楊賢兄，喏喏喏，有眼不識泰山，多有得罪！請坐，請坐。"楊志並不客氣，入廳就向上首靠背椅上坐下，莫成坐在下首，鄧龍坐在中央。

鄧龍吩咐嘍囉，將楊泰的屍首拖出埋了。小嘍囉看到這青面孔本領如此高強，大家服帖。

鄧龍就問道："楊賢兄，怎會來到此間？"

楊志直道："啊呀，寨主，灑家楊志久在江湖遊蕩，昨晚路過竇家店，在那小店進餐，看到那店冷冷清清，生意蕭條。無意之中，得悉寨主手下嘍囉蠻不講理，毛手毛腳，吃了人家的抹抹嘴就走了。那店小本經營，折騰不起，以此前來講理。恰纔誤傷了楊泰，多有得罪！喏！灑家賠禮就是。唱個喏吧，所謂：一喏謝天下啊！"

楊志說來頭頭是道，鄧龍思忖：這話不錯，山下有個小店，山上頭目和小嘍囉經常前去打擾。可是強盜不搶，還叫強盜嗎？鄧龍把頭點點，說道："我們自有難處。"又想：眾人川流不息地去，這店是吃不消的。便招呼道："眾兄弟，從明日起，不許再去小店胡鬧！"大家也就答應一聲。

鄧龍道："楊賢兄孑然一身，請坐這把交椅，就在山上定居下來吧。此處有着空的好房間呢。"原來那老和尚圓寂後，他的房間還空着呢。

楊志道："我有東西留在竇家店中，要去取來。"

鄧龍道："不妨，明日派人去取就是。"

楊志道："不行，這是祖傳的寶物，須灑家自去取。今晚去店，明日便可上山的。"

鄧龍便喚嘍囉準備燈籠、火把相送。

楊志與眾人來至二寨門,拱手分別。

鄧龍回到大殿,却也高興,失了一鹿,得了一虎,與莫成聚談,均感興奮。

楊志邁開大步,直奔大寨門。繞到河邊,把氣一逬,一個猛虎出洞之勢,望準河的對岸躍去。到了對岸,看得曹正坐着在等待,暗暗稱好。就將經過,一路談了談。

兩人出了二龍山套,回到小店敲門。魯智深和衣而臥,聽見聲響,將眼睜開,説道:"來了,來了!"開門迎接。

三人進了店堂,把門關好,圍坐敘談。楊志將探寺、厮鬥之事説了一遍,直説到被邀入夥。"灑家想這山道險窄,進攻不易,還是智取爲妙。故推説回店取物,明日回轉山寺。"

魯智深道:"明日你先回山,午後,灑家便打上山來。"

楊志道:"魯大哥,祇是委屈你了。開打多時,你要佯作打敗,那時將你捆綁,押上山寨。有灑家在,他們不會殺你。尋個機會,殺了鄧龍,便可奪得此寺。這些小嘍囉是無所謂的。殺了鄧龍,祇是換個老闆而已。"

大家稱讚楊志門檻很精,怎麼會在黃泥岡失事呢?

楊志道:"這也叫作吃一塹,長一智啊!"

魯智深道:"灑家理會得了。那班劫取生辰綱的朋友是有策略的智取,其中定有人在設計與指揮的。"

曹正道:"不説別的。我們也是智取,一舉成功吧!到時我也上山來聚義了。"

楊志道:"到時請你當三寨主。"

曹正道:"不不不!第一,我輩分最小;第二,武藝不行。人貴有自知之明,當個頭領就可以了。"

楊志道:"明天,我和你一同上山去。"

曹正道:"強盜是恨透我的,怎麼辦?"

楊志道:"這不要緊,灑家説你開的店小,經不起他們白吃,當面懇求大王,他們就不會再來胡鬧了。他們礙着灑家,没有事的。"

曹正心中有了個譜,就喚崔氏起身做飯,讓大家吃個飽。

東方發白,枝頭鳥叫。

楊志打好包袱,背在肩上説道:"曹賢弟,上山去吧!"又向魯智深道:"魯大哥,你可遲一些來。"

曹正跟着楊志出店,二人來到二龍山頭寨門前。小嘍啰望見,異口同聲地道:"二寨主回來了!"大家迎上前來。

楊志道:"是啊,灑家依時回來!"

山上問道:"後面跟的是誰啊?"

楊志道:"是那小店裏的老闆,紅鼻頭曹正。"

大家知道這事,一路並無攔阻。

到了大殿,鄧龍、莫成兩位寨主早在恭候迎接。楊志唱個喏,介紹曹正道:"喏,這位老闆也要入夥。灑家同意,將他帶上山來,不知兩位寨主意下如何?"

鄧、莫兩人道:"二寨主既已答應,我倆自然同意。"

曹正道:"再隔兩日,我回店去,將店歇了,帶着眷屬都上山來。"

大家高興得很!

鄧龍吩咐嘍啰,準備兩處房間。曹正住在廊下普通一些的,楊志就安排去梅花仙館居住。這原是方丈室,楊志隨着小嘍啰前來,先是幽幽竹徑,走過去,便是粉牆青瓦,樸素淡雅的一座宅院。楊志穿進月洞門,看着花木明麗,真的:曲徑通幽處,禪房花木深。好個清涼世界!與家園的飛椽高聳、金碧輝煌相比,又是一番天地。眼前這院怎麼好法?有賦爲證:

方丈庭院，方向朝南。雪白粉牆，地上方磚。棕色地毯，踏着軟串。廣漆裙板，卍字欄杆。冰梅和合，琉璃鑲嵌。劈對月洞，滴溜滾圓。四季花草，時常更換。幾枝梅花，九曲龍盤。裏向一隻，花梨書案。大理石嵌，氣勢天然。紙墨筆硯，文房古玩。兩方舨棱，一色漆染。茶几單靠，玲瓏好看。雲南痰盂，江西茶碗。八寶屏風，天花泥滿。銀杏匾額，梅花仙館。韓幹畫馬，中堂手卷。奔騰萬里，神妙耐玩。紫檀擱几，光潤耐看。瓶梅天竹，盆栽香櫞。十景書櫥，琅嬛委宛。鼎彝玉器，裏向擺滿。天花板上，都有風圈。山水紗燈，須頭幾串。一隻炕床，又大又寬。四面碧紗，清涼美觀。

小嘍囉説道：“這方丈室，老和尚圓寂後，二寨主還是第一個來住呢！需要什麼，呼喚就是，外面有人伺候着的，用飯也有人來請的。”

楊志到了這裏，喚小嘍囉自便。尋思看覷一下周圍環境，便走出來，穿月洞門，登高遠眺，觀覽全寺風貌。但見：

二龍雙山大叢林，鐘鼓樓高左右分。殿角飛簷連櫛比，參天松柏入青雲。金門玉户祥光現，經樓佛閣盡飛金。東西客堂多潔静，方丈禪室寂無聲。大雄寶殿珠光佛，玉樹長幡琉璃燈。六根未净開殺戒，大好禪寺盗占盡。英雄看到傷心處，兩行熱淚沾衣巾。

楊志觸景生情，感到世態炎涼，不如六根清净。但這佛地何來清净？回到仙館，祇見一壁櫥架，盡藏經卷。楊志抽出幾卷來看，經摺上的大字一句也看不懂：什麼“如夢幻泡影，如露亦如電”？又見室内牆上懸着一張古琴，看着自己手指，粗得像胡羅蔔，又不諳宫商，無法奏彈。案上還有筆硯，又不知吟詠，也就不必不懂裝懂了。

忽聽磬聲，知是開飯。這磬原是誦經時擊，強盜不管這些，聽到磬聲，搶着吃飯。過去常有大魚大肉來吃，現在吃的是馬肉、騾子肉。

楊志流浪慣了，吃不在乎，有啥吃啥。祇是斗米十肉，食倉是大的。小嘍囉看他吃了許多，都看得呆了。

楊志飯罷，洗臉整衣，向分贓廳來。

鄧龍和莫成早在等候，"啊，二寨主，請坐！"

三人坐定，話無數句，祇聽小嘍囉奔來報道："山下來了個胖大和尚，辱罵不休！"

鄧龍吩咐道："誘他一線天去就是，讓他死無葬身之地！"

小盜道："這和尚吃過這苦頭，不再上當，祇在山下辱罵！"

鄧龍心中有數：山上沒有他的對手，倘被衝上山來，就是麻煩，便問道："哪位兄弟願往擒拿？"

莫成有些爲難道："看來山上弟兄，對手不多！"

楊志拱手笑道："休長他人志氣，滅了自家威風。兩位寨主，待灑家前去捉拿，何如？"

鄧龍指着楊志説："這遭非兄莫屬，却要當心了！"

小嘍囉送上一口大刀來，重有八十餘斤，這刀盤上有個龍舌頭。楊志自思：這是寨主在掂我的分量，還是小盜隨意取的？這軍器到灑家手中，却無所謂。楊志接過，便下山來。

曹正道："俺也隨去。"

鄧龍便喚二十個嘍囉吶喊助威，挽着莫成，一同在山上觀戰。

這時，二龍山殺聲震天，兩條好漢就此廝鬥起來。

正是：安排伏虎牢籠計，來戰擎天動地人！

欲知後事如何，且聽下回分解。

第十七回　花和尚耍舞烏龍棍
雲裏手窺探梅花館

　　話説青面獸楊志聽説山下來個和尚，百般辱罵，便自告奮勇，前往擒拿。鄧龍十分高興，道："二寨主去最好！"楊志提刀，徑下山來。

　　山路狹窄，上下不便，寨中備着雲梯，扶着下垂，十分便捷。楊志、曹正和二十多個嘍啰，很快下山，到了山崖邊際，嘍啰便自呐喊起來。見那胖大和尚，身上穿着一件古銅色僧衣，腰裏束着一條闊帶。黃綢僧襪，八搭麻鞋。光着腦袋，臂膊粗得厲害。手執一條棍子，濃眉托目，頷下長着一撮短大鬍子。

　　魯智深看見強盜從山上陸續垂下來了，大聲喝道："呔！強盜聽了，灑家在此，快來棍上領死！"楊志大怒，揚眉彈目，也喝道："嘈！大膽的禿驢，敢來闖山討死，可知二寨主刀下無情！"

　　魯智深道："你就來吧！"

　　楊志心想，倘若嘍啰跟來，就麻煩了。就落落大方地道："嘍啰們！"

　　嘍啰應道："二寨主怎樣？"

　　楊志道："灑家單刀匹馬，戰勝這個禿驢，爾等衹是呐喊觀戰罷了！"嘍啰聽了高興，想着我等有什麼能耐，這最好嘛，便齊聲應道："遵命！"

曹正便喚衆人讓開，圈子愈大，厮打的人愈能施展本領。這樣，嘍囉就站得遠遠的了。曹正思想：這場厮殺必是很精彩的，棋逢敵手，假戲真做。總要大打出手，來個許多回合吧！魯智深是大喝一聲，水都會倒流的。大鬧五臺山時，四大金剛幾拳被他搗了。楊志是將門之後，大名府索超敗在他的槍下。

楊志看着衆嘍囉站遠了，大喊一聲道："禿驢，看刀！"

魯智深尋思：楊志威名，灑家早已仰慕。今朝正好借這時機，領教一下楊家的刀法。他的祖宗，楊繼業楊老令公，正是擅用這柄金刀的，後來纔改用槍。灑家祇是耳聞，没見其中巧妙，正好向他學習。

這時，楊志舞動大刀，這八十多斤的刀到他手裏，不見笨拙，得心應手，輕飄得很。因爲這時楊志兩臂已經運足千斤之力啊。但見：

> 金刀起手像蛟龍，泰山壓頂勢洶湧。左劈刀，光華閃灼；右砍刀，電捲長虹；中化刀，無人抵敵；三才刀，八面威風。垂時獨釣寒江雪，升高閃閃霧騰空。休説此刀人盡學，楊家金刀妙無窮。

楊志朝着魯智深的肩上，狠狠去了兩刀。這兩刀實際是一刀連着一刀，一刀並未收轉，接着一刀又來。這一刀是刀背和刀口反一轉身，調個方向。砍這兩刀，敏捷得很，真如雷霆一般，迅而且重。換着別人，難於應付。魯智深祇是把頭一沉，刀便劈空。

楊志又是一刀飛來，喝聲"去——吧！"望準魯智深大腿上砍來。由於這刀鼻上有個銅環，隨着就是嚓亮一陣聲響，刀劈上來。

在這千鈞一髮之際，魯智深仍然並未回手，身子稍一側，這刀便從他的大腿旁邊削過，祇差分毫。魯智深履險如夷，從容應付，真的能夠泰山崩於前，面色不變。魯智深尋思：已經讓你先砍幾下，接着讓你看看灑家的了。便大喊一聲道："強盜，爾看灑家的棍子！"魯智深用的是什麼棍啊？他最拿手的是風魔棍，今天却是不用！今天耍的是烏龍棍，這是怎樣的一路棍子呢？又有篇《棍賦》爲證：

> 烏龍棍打不着忙，二龍入海世無雙。織女穿梭人不識，鷂子翻身林中藏。一剪梅把諸刀破，蛟龍戲水下長江。就地藏身回馬棍，蘇秦背劍走燕邦。

魯智深左一棍，右一棍，上一棍，下一棍，不斷向楊志打來。兩人越打越凶，越打越猛。山上的鄧龍、莫成看得呆了，心中暗忖：如果我們下去，怎能打上幾個照面？兩人這時不分勝負，看來那個和尚又長又胖，再打不去，祇怕楊志咬不過這個花和尚的。

這時，花和尚打得熱了，把外衣脫去，他是除了頭頸和眉毛，渾身都刺溜花的，什麼玳玳花、茉莉花、海棠花、木樨花、牡丹花、芍藥花，祇見他渾身都是花。現在赤着膊打，這花都顯露了出來，所以人家稱他爲"花和尚"。

兩人打時，進進退退，現在打到山坳松林邊去。嘍囉爲了助威，想跟着去。曹正心中有譜，起手就攔住道："弟兄們，二寨主喜歡一人打的，這是他的英雄本色，不必跟去，惹惱了他，就沒趣了。"嘍囉聽了，落得偷懶，就不去了。

山上那兩個寨主，看得眼花繚亂。

楊志與魯智深打得起勁，一個說："楊賢弟，看着灑家棍法如何？"一個道："魯大哥，這本事用不上了，要你敗啊，纔好擒你上山！"

魯智深道:"真要我輸?"

楊志道:"這個自然。"

花和尚道:"算我倒霉。"他自想着:灑家出來,一直打着順風篷的,今朝祇得委屈一下了。於是大喊一聲:"强盗,果然屬害,灑家去也!"

鄧龍在山上聽到這和尚叫聲,心想:楊志這麽傻,豈能讓他逃跑,那就後患無窮,終有一天,又會打上山來。因此傳話小嘍囉,緊緊擊鼓,要打得響,這樣可以把這和尚殲滅。

鼓聲隆隆,小嘍囉不斷哇哇地吶喊!

楊志提着大刀,緊追上去,大聲喊道:"狗禿驢,哪裏走!"

魯智深回頭道:"强盗,看棍!"當頂一棍,向着楊志打來。

楊志將身一偏,翻身一刀,喝道:"去──吧!"

魯智深故意着了這刀,他是有鐵皮功夫的,實際祇是表皮擦傷,這分明是讓着楊志的。

楊志的刀橫轉,攔住和尚,和尚棍便脱手,合撲一跤,人摔下去。

楊志將刀插入山縫,竄跳前來,起脚向魯智深背上一脚踐去,踏牢。

魯智深朝着楊志看看,想你這樣用力。楊志道:"魯大哥,得罪了。"便將腰帶解下,把魯智深的雙手捆綁,甩向背上背着。魯智深重二百來斤,楊志却有氣力背着,輕快地走上山來。

嘍囉一齊叫:"楊英雄,好本領!楊寨主,好本領!"個個高興,人人拍手。大家知道:山上沒有一個是這和尚的對手,真的打上山來,祇有逃命,見了他的影子都怕。今朝青面孔多麽威風!膽大藝高,爲山寨立了大功!

嘍囉列隊下山迎接,一個説道:"這叫一馬吃一馬啊!二寨主的本領是山寨中獨一無二的。"旁邊一個嘍囉聽了,説道:"説話當心！你這話傳到大大王、三大王的耳朵裏，我看這條小性命不要了。這兩大王氣量都是狹小的。"説這話的嘍囉嚇得面如土色，祇喊："我的媽呀！"那邊一個嘍囉便安慰道："不要緊張，没人聽得，我不説就是。"那嘍囉道："太感謝了！你是我的活命恩人啊！"

這時鄧龍和莫成從一綫天回山，寨門大開，不必再乘雲梯。吩咐嘍囉擊鼓放炮，熱鬧一番。

楊志上山見到鄧龍、莫成，抱拳一拱道："二位寨主在上，楊志交差來了。"

鄧龍道："二寨主的武藝，出神入化，教人欽佩！"

莫成道："我生了這對眼睛，還没見過這樣的武藝呢！"

衆人齊來分贓廳。鄧龍居中坐着，楊志在左，莫成在右。嘍囉站立兩旁，號稱百餘，實數四十。

鄧龍開言道："來啊，將這狗禿驢押上來！"

"是！"兩邊嘍囉，有的刀出鞘，有的弓上弦，站得嶄嶄齊齊。強盜世界，看來亦甚威武。

一批嘍囉將魯智深推的推，拉的拉，使盡力氣，押上前來，可是不能動得分毫。魯智深有他的本領，這批嘍囉哪能及得上呢？嘍囉祇得道："大和尚，冤有頭，債有主，俺們是聽候使喚的，請你爽快地走吧！"

魯智深道："不要惱了灑家，灑家祇要稍稍用力，這繩索就崩斷了。"

嘍囉道："那麽，請老人家走就是。出了事，小人是擔當不起的。"

這樣，魯智深走上了分贓廳，嘍囉退在一旁。

鄧龍睜眼對着魯智深上、中、下細看，冷笑一聲道："哈哈！狗禿驢，今朝你當知道，這二龍山不是好惹的。你口出狂言，百般辱罵,現在還有何説?"

魯智深罵道:"狗强盗,無惡不作,灑家與你勢不兩立! 今既被擒,要殺便殺,要砍便砍,不必多言!"

鄧龍聽罷大怒,尋思:這種人不能用他,殺了就是,免得後患無窮! 喝道:"來啊! 與我把這禿驢推出寨門斬了!

嘍囉答應:"是!"

楊志一旁道:"且慢! 速去準備一隻籃子,和尚光頭,没有頭髮把頭繫在樹上示衆,必須盛在籃裏,然後懸在寨門上。"

衆人又贊二寨主想得周到。

嘍囉拔出刀來,喝叫和尚快走。一個還道:"明年今日,是你的忌日啊! 你光彈眼,有啥用? 恨也衹能恨在寨主頭上啊!"

嘍囉推着和尚,正出分贓廳去,楊志又喊道:"且慢!"

鄧龍問道:"這又爲何?"

楊志道:"兩位寨主,這和尚看來不會是獨脚的,將他示衆,餘黨知道山寨厲害,暫時不會上來。不如將他用作釣餌,關鎖一段時間,引誘他們上山,一網打盡,絶了這後顧之憂。"

鄧龍道:"也好,暫將他關入水牢吧。"

楊志道:"這和尚看來不是尋常的,練過鐵皮功,這麻繩捆綁不了他,需要改換白綾。白綾是真絲做的,關在水牢一經水濕,會愈縛愈緊的,他再也挣脱不了。"

莫成聽了,説道:"是啊! 就可防其萬一。二寨主想得周到啊!"

魯智深聽得清楚,尋思:楊志爲什麼要這樣呢? 這麻繩灑家是可崩斷的,奪了傢伙,便可開打,因在水牢就難了。

實在楊志自有他的想法,做戲要真真假假的。全是假的,容易識破,人家不會上當;假中有真,鄧龍、莫成聽着,一時也就信了。這時開打,時機尚未成熟。所以,楊志要讓魯智深先入水牢。不過，魯智深還有一種功夫，喚作"金蟬脱殼"，又名"霸王脱甲"，他想楊志自有安排，聽他指揮，就入水牢，這時還用不上啊。

大家稱贊楊志不僅有勇，還有才幹。

嘍囉當即將魯智深推入地道，然後再進水牢，牢門上鎖。水牢自有人在值班看守，一天祇丢六隻饅頭，讓這和尚吃不飽也餓不死。

鄧龍便傳厨房做菜，擺設宴席，款待楊志。這酒稱爲接風酒，又喚壓驚酒。兩個大强盜輪流把盞，大家開懷暢飲。

楊志祇説量淺，不肯多飲。曹正海量，便來代飲。楊志佯作喝醉，神志倒是清醒，眼光也不模糊。夜闌人散，鄧龍便喚嘍囉送二寨主回梅花仙館去。

楊志故意説道："喔唷，這酒好啊！祇飲幾杯，便自醉了。"不過，他走門檻時，並不需要人扶，自己跨過去的。嘍囉感到稀奇，真醉的人，從來不説自己醉的；就是舌頭大了，話説不清，脚花没有，還説没醉。人跌下去，還説：我怎麽睡下去呢。醉酒的人眼睛是停着的，走路便會歪斜。莫成聽説楊志酒醉，但看他不像真的醉。

嘍囉送楊志到了梅花仙館，把門掩閉，自回分贓廳來回稟。

鄧龍向莫成道："夜已深了，大家散吧！"

現在衆人都已散去，祇剩兩個寨主回房叙話。鄧龍先自懷疑道："看來有些蹊蹺，爲什麽楊志不要殺這個胖大和尚呢？"

莫成道："是啊！楊志昨日下山時，説回小店去取東西，是祖傳的寶物，却没有帶來什麽東西啊！那紅鼻頭吧，説來入夥，却也不見他的家眷來啊！看來裏面有着花招。楊志没喝多少酒，却説酒醉。嘍囉送他，説他門檻自己會跨的。看他坐着，眼睛總是骨碌碌的。這樣看來，要謹防上當啊！"

鄧龍是個莽夫，經他一説，恍然大悟道："對啊！看樣子，他是吃裏扒外，不懷好意的。今晚可能會去水牢，和和尚商量對付我們，反戈一擊。我看兄弟你輕功好，不如就去仙館屋面上，掀開屋瓦，探覷一下他的動靜如何？倘若他去水牢，不必回報，就可將他殺了。”

莫成回道：“是，大哥，有我在啊，就請放心！”莫成便將長套卸下，換成短袴。靴筒裏藏着一柄雪白鋥亮的匕首，腰帶紮一紮好，拿着雙鞭，向鄧龍道：“大哥，此去四更可回。真假如何，一探便見分曉。”鄧龍關照，莫成此去小心。莫成答道：“有數。”兩足一蹬，奔向梅花仙館而來。

再説楊志回到梅花仙館，掩户兀坐，心中暗忖：今日戲演得好，大家都未察覺。人都睡了，不如前去水牢，與魯兄長鬆綁。趁人不備，打了起來，解決了兩個大王。蛇無頭不行，不怕衆人不服！

楊志把水潑在地上，兩脚在水裏蘸蘸。因爲鞋子濕了，這牛皮鞋在瓦上行走，可以防滑。隨將鸞帶紮緊，拔刀在手，趁着月色皎潔，正想行事。忽聽屋面有聲，知有人來，趕快將燈吹熄，從暗處看得更爲清晰。

莫成伏在瓦上，早見楊志抓刀，意欲外跑，心想這就是了。莫成身子在屋面上一滾，縱身到了天井。

楊志便從牆上取下一張寶雕弓來，隨手囊中取箭，人在室內暗處，喝道：“强盜，往哪裏走！”弓開如滿月，一箭射去，正中那個黑影。

莫成冷不提防，館中射來一支冷箭，正中他臂的麻筋，霎時從天靈蓋一直麻到下面的海底穴。莫成喊道：“啊呀，不好！”翻身想逃。

楊志一個箭步，舉起一腿，喝道：“去吧！”莫成被踢出去三丈多遠，跌得血肉模糊，痛得齜牙咧嘴：“啊唷，痛殺我也！”

　　楊志竄過來，望準他的背心上一脚踏牢。這時莫成的頭緊縮着，這一踏，使莫成像甲魚那樣，頭便伸出來很長一段。

　　楊志用繩向莫成頭上一套，五花大綁捆牢，拎到月光之下，抓着頭髮，拎起腦袋看時："啊！灑家以爲是誰？原來是三寨主啊！"

　　莫成喊道："啊呀！二寨主啊，中天月色朗净，我來月下散步，怎麽你這樣對待我啊！"

　　楊志道："賞月是雅事，怎麽爬到灑家的屋面上來，翻揭屋瓦？黃夜至此，非盜即賊，還有何説？有句古話，喚作夜不迎客。"

　　莫成辯解道："楊賢兄，你上山，仗我鼎力保舉，怎能把我看作刺客？豈非過河拆橋？"

　　楊志道："這裏和你沒有好説的，將你押到廳上，看大寨主如何發落！"

　　莫成道："好啊！"他最怕現在將他殺了，到了大廳，就不會了。

　　楊志押着莫成，來到廳上。夜間，人悉睡了。楊志曉得，祇要撞鐘就行。霎時，鐘聲大鳴，嘍囉聽得，忙着穿衣，奔來集中。

　　鄧龍聽到鐘聲，睡眼蒙矓，也急來大廳。

　　楊志怒氣衝衝，抱拳一拱，道："鄧寨主！"

　　鄧龍問道："二寨主，黃夜來此，有何見教？"

　　楊志埋怨道："大寨主哪裏知道，這莫成小子，趁人酣睡之際，闖入仙館，在俺卧室屋上，揭開屋瓦，窺覷於我，意圖行刺。被我發覺，將他三拳兩腿，擒拿到來。喏，懇請大寨主發落。"

　　莫成跪下，求道："啊呀，我説大哥，你救救我吧！"説話含蓄，不便説真情。

　　鄧龍竪着眉毛，彈着眼睛，喝道："你這忘八！自己兄弟，怎麼不生眼睛？二寨主忠心耿耿，我都信得過的，你黃夜去幹什麼？這還了得！"

莫成想：這事分明是奉寨主旨意去的，怎麼說出這樣話來，把這一桶血水澆到我的頭上？

正是：飛蛾撲火身先喪，蝙蝠投竿命也傾。

不知莫成性命如何，且聽下回分解。

第十八回　楊志繩縛雲裏手
曹正刀剖花和尚

話說莫成看到楊志佯醉，覺察他是吃裏扒外，便和鄧龍商量前往梅花仙館窺探，結果弄巧成拙，反被楊志擒拿，押到分贓廳來。鄧龍祇得將他埋怨一番，莫成是啞子吃黃連，有苦没嘴說，祇得低下頭來道："大哥，小弟祇恨今夜多喝了幾杯酒，所以作事有些糊塗，改過就是。"

鄧龍道："好吧！看在多年弟兄分上，饒爾這次！"

莫成道："是，多謝大哥！"

鄧龍笑向楊志道："二寨主，莫成一時魯莽，多有衝撞，看在我的分上，饒他這一次吧。今後不准再去梅花仙館！再打擾時，定斬了他的雙脚。"鄧龍說着，招呼莫成過來，就楊志面前跪下，賠禮道歉。

楊志道："認錯就好。"

這事不覺折騰到天亮。曉風吹着，鄧龍吩咐擺酒設宴，再行歡聚。

莫成像是鬥敗了的公鷄，低下頭來，不敢來坐。鄧龍招呼，莫成感到慚愧，願意陪酒。

楊志望着莫成，心中暗忖：這人要麼膽大包天，要麼膽小如鼠。鄧龍這人狡猾，是既做師娘又做鬼——兩邊打圓場。

嘍囉斟酒,湯菜熱氣騰騰地一道道地上來。楊志逢場作戲,開懷暢飲。酒已三巡,鄧龍開言道:"楊頭領,這個胖大和尚總要處理纔是,放着後患無窮。關在牢裏,要人看守;他還討着肉吃,不如一刀將他殺了乾脆!"

楊志還説:"且慢! 殺他容易,他的同黨還未被引上鈎啊,最好一網打盡!"

鄧龍道:"我看,這和尚是獨脚,不像結着夥伴的。"

莫成眼睛一轉,想出一個辦法來,説道:"鄧大哥、楊頭領,不如晚上悄悄地把這和尚砍了,誰知道是死了,還是活着?"

鄧龍説道:"此話有理!"

楊志心中暗忖:灑家不便再挺住了,倘使軋出苗頭,甚爲不妙。便微微一笑道:"好啊! 哪個前去水牢,將這和尚押上廳來?"曹正跳了出來。

鄧龍看時,心想:這事甚好! 他倆既已投奔,這曹正自然也想借機立功。兵家説"用人不疑,疑人不用"。就點頭道:"好啊! 有勞曹賢弟了。"

曹正點頭,人向水牢走去。

鄧龍尋思:曹正是殺豬的,殺人當是也會殺的。

嘍囉問曹正道:"你可知道關這和尚的水牢在哪裏? 這裏有十四個水牢呢。"

曹正道:"我還以爲衹一個呢,倒要請教。"

楊志原想再隔一日動手的,把情況摸透些;看來不能拖延,那麼就早作準備。俗話説"先下手爲强,慢下手遭殃"。

曹正跟着嘍囉一路來到水牢。這裏有個山洞,洞裏有個水潭。他們將花和尚綁在潭上的木樁上。這潭是山間的泉水湧出形成的。魯智深這時正餓得饑荒,望着水面漂着一隻木碗,却無辦法。這白綾濕着水,連身子也浸在水裏,他所練的功夫,就用不上了。

嘍囉引着曹正來到水牢門口，對值班嘍囉道："寨主吩咐，將這胖和尚押出去，開刀砍下腦袋。正苦沒有生意，又好飽餐一頓了。"

魯智深聽着，大喝一聲道："呸！回頭灑家把你們這班強盜，一個個都砍死！"吼聲如雷。這小嘍囉嚇了一跳，倒退三步！耳也快震聾了。

嘍囉隨即去鎖，打開鐵門，招呼曹正前往："曹英雄，請吧！"

曹正道："兄弟，有勞你了！"

小嘍囉兜個圈子，來到木樁旁，解開鎖鏈，把魯智深押出來，喝道："和尚！不多時候，寨主爺就要吃你的肉，我們也好揩些油了。你的陰魂不散，要去尋他，不要來尋我們啊！"

魯智深罵一聲："休説廢話！"大踏步向外走來。

嘍囉説道："這胖和尚屬害，要當心！"

曹正道："不要緊，白綾捆着，和尚挣不開的。"

押到廳下，曹正抱拳一拱，唱喏道："寨主，這胖和尚押來了。"

鄧龍道："來啊！快把他推上來！"

魯智深被推到分贓廳上，怒目圓睜。

鄧龍道："你這和尚，牙齒咬緊幹什麼？還想發威嗎？——來啊！哪個上去，與我將他砍了？"

邊上的嘍囉曉得寨主愛吃人心，祇當吃海蜇似的，早把大蒜準備好了。

曹正要緊踏步上前説道："寨主爺，這事交給我吧！"

楊志道："看他有用武之地了！"

鄧龍詫異道："此話怎講？"

楊志道："曹正是殺豬能手，被稱作操刀鬼。殺豬還要去毛，殺人就更方便了！"

鄧龍思想：這倒要看看他的手段。便説道："賢弟費心了。"

曹正關照拿隻木盆來，再一提桶冷水。因爲心是血庫，先潑幾勺冷水，心會收縮，殺時血就不會噴射出來，炒着吃更有味道。

魯智深想：曹正假戲真做，花頭却還不少。

嘍囉早已過來，提一桶水，高高舉起。曹正一隻手拿木盆，一隻手拿起一柄牛耳潑風尖刀。這刀十分鋒利，三面刻有血槽。曹正走過來，將魯智深衣服一刀劃開，一直劃到腰眼處，將這僧衣望着魯智深腋窩處一塞。許多小盜舌頭都伸出來，祇見他身上刺滿了各種花紋，連腋下也是。一塊紅的，一塊青的。

説時遲，那時快。曹正突然一刀從腋下插進，一劃，白綾斷了。魯智深的架子仍像綁着，兩個寨主祇是聚精會神地看，却未覺察。曹正將刀抽出，甩在一旁，却去威武架上，取出一柄大刀。

鄧龍感到奇怪：曹正取柄大刀要幹什麼？見他一手持着大刀，一手又去拔出一條棍子。鄧龍認爲：這位殺豬朋友想是借此來一顯身手。一柄鬼魂刀，一條燒火棍，顯不出啥本領，不是班門弄斧嗎？

不知曹正取棍是爲魯智深準備的。魯智深便向楊志看覷，楊志揮手把酒杯甩了，説道："呔，鄧龍、莫成，兩個狗頭，霸占了這二龍山，殺了高僧，打家劫舍，禍害地方。今日灑家與花和尚一起，爲民除害！"説着，兩手抓住臺脚一掀，把桌子翻了。人倒退三步，抓住刀柄，把這雪白鋥亮的刀拔了出來。

曹正將棍向魯智深丢去，魯智深會意，起手接棍，就大打出手起來。

鄧龍、莫成這纔明白：啊呀！上了當了！原來這三人是串通一氣的。鄧龍喊道："衆弟兄，快快把這三人圍住，休要逃了一個。待俺來取他們的狗命！"他很快取來一柄軍器，喚作五股托天叉,望準楊志頭上叉來——不是他做內應,哪會這樣?

楊志知道鄧龍本領尋常,便將刀向下掀着,鋼叉便咯咯地響,兩人憑着氣力,一個要往上抬,一個却往下按,這叫作"板叉頭"。

魯智深向莫成腦門一棍打來,喝道:"去吧!"莫成揮舞雙鞭來擋,他怎能和魯智深較量,正是:一粒米熬粥,味道也沒有,差得遠啦!古話説的:"棋高一着,縛手縛脚。"魯智深沒打幾棍,莫成已經招架不住,嘴裏光是喊:"乖乖,乖乖!"還沒喊出"不得了啊",魯智深的棍便向着他的脚上掃來,莫成兩足一蹬,一個平地拔葱,跳向上去,又落下來。魯智深的棍子在他面前一晃,莫成頓時眼花繚亂,看不清這棍子如何打來。魯智深先將這棍子一收,然後再一伸,望準莫成肋骨當中點去。一點便牢,莫成的肋骨霎時開花,嘴便張開,鮮血直噴。身子搖了幾搖,朝地撲通倒了下去,連他身旁那張靠背椅子也帶倒了。

魯智深結果了莫成,便喊道:"楊賢弟,這個娃娃讓灑家來對付吧!阿彌陀佛!"

嘍囉們看這個和尚在殺人了,嘴裏還念什麼"阿彌陀佛",驚訝和尚開殺戒了?

鄧龍一看這和尚朝自己奔來,曉得他厲害,又想:他敗在楊志手裏,可能還可和他打打。

楊志知道魯智深一個人打鄧龍綽綽有餘,便讓在一邊,向嘍囉喝道:"爾等自要送死!快上來吧!"嘍囉嚇得發抖,站在一邊。心想:管他哪個來做寨主,俺們聽命就是了。於是都放下刀,站在一旁。

鄧龍見這些嘍囉袖手旁觀,心想打了這和尚,再來收拾你們。可是鄧龍打了幾手,心裏頓寒,祇有招架之功,毫無還手之力。

　　鄧龍曉得，這樣硬打下去，十分危險。可是一無辦法，衹得拼命。鄧龍一鋼叉劈下來，魯智深身子側轉，反過來就一棍。鄧龍頭剛扭轉，魯智深已運好功，起左手就去抓叉。抓住叉柄，就是一扭。鄧龍人站不穩，晃了幾晃，手皮被扭破，疼痛難熬。魯智深又是一個金剛掃地打來，鄧龍慌忙避開，鋼叉脱手，楊志便接住，也向鄧龍刺來。

　　鄧龍落得赤手空拳，避開棍，便要吃叉；避開了叉，又要吃棍。心想：棍掃着脚，還不會死；叉着肚皮，豈能盤腸大戰？因此盡量保護肚皮。這樣便被魯智深一棍便掃着脚，抱着雙脚，在地上亂滾。楊志望準鄧龍肋骨踢去，鄧龍肋骨馬上拱了起來——斷了。鄧龍"啊呀"一聲，跪下求饒道："楊頭領，請饒命！小的哪裏來，就哪裏去！這二龍山就奉獻與你們了！"

　　楊志喝道："鄧龍，你已惡貫滿盈，還想再害人嗎？"楊志取刀向他肚皮劃去，直穿背脊。鄧龍兩脚挺了幾挺，在地上又扭了幾扭，死了。

　　楊志拔出刀，揩抹乾了，喚嘍囉將鄧龍屍體拖出掩埋。又道："衆弟兄們！"

　　嘍囉齊來唱喏道："楊頭領。"

　　楊志道："鄧龍、莫成，罪有應得！爾等休要驚慌，倘有不服，他便是個榜樣！"

　　嘍囉齊聲喊道："楊寨主，我們都推你爲一寨之主！"

　　楊志道："灑家意見，今日是黄道吉日，就請魯大哥坐這第一把交椅，灑家坐第二位。"

　　魯智深摇首道："灑家慈悲爲本，方便爲門，看破紅塵，豈能占山爲王？這第一把交椅，當請楊大哥坐啊！"

　　曹正道："楊大哥衆望所歸，請不必再客氣了。"

　　魯智深道："早該如此了。"

這樣，楊志居中，魯智深坐上首，曹正坐下首。

曹正道："我没本領，豈能與寨主並坐，當個頭目已是逾分了。"

衆嘍囉道："原是三把交椅，去了三個，來了三個，不很好嗎！"

大家坐定，廳前鳴放炮竹，衆嘍囉分排跪下祝賀。

楊志便向衆人道："衆位兄弟，今後山上務要開荒擴種，可以劫富濟貧，但必須保護良民，敬老愛幼。揭出'替天行道'的大旗來。"

嘍囉也道："搶要搶壞人，救要救好人，所謂盜亦有其道也。"

楊志問道："灑家知道，幾日前，山上搶過一位姑娘，現在哪裏？"

一個嘍囉道："是有一個姑娘，長得標緻，鄧龍見了，喚楊泰去搶。她的老娘護着，被楊泰一拳打死。父親當場昏倒，不知後來到哪裏去了。"

楊志問道："那姑娘現在何處？"

小嘍囉道："鄧龍奸污不從，把她鎖於後山空房。鄧龍説餓她幾日，自會順從。祇是終日啼哭，現在不知死生。"

楊志知道這位就是劉雲的女兒，便喚嘍囉速去帶來。

嘍囉來到後山，連開三把鎖匙。見這姑娘，披頭散髮，面黃肌瘦，已是奄奄一息。看見嘍囉，眼睛張了一張，便又閉下。

嘍囉説道："姑娘休怕，山上換了寨主，特來放你下山。"

嘍囉將這姑娘扶到廳上。楊志問道："姑娘尊姓？"

答道："姓劉。"

楊志又道："你父未死，灑家遇見，現已回轉家鄉，候着你呢。"

姑娘聽罷，拜謝救命之恩。

楊志就問："哪個願意送這姑娘還鄉？"

有的嘍囉要去，楊志並不放心，便向曹正道："姑娘身體虛弱，需要將息，改日由你送回鄆城。"後來這父女見面，抱頭痛哭。經由曹正介紹，姑娘與他的妻舅完姻。曹正眷屬，都上二龍山寨入夥，表過不提。

楊志在山上和眾人歡聚，想着楊家祖訓，英雄豪傑當以忠義存心，樂以天下，憂以天下。因此將這分贓廳改爲忠義堂，堂前揭起"替天行道"的大旗來。楊志與魯智深、曹正共把山寨，義旗飄揚。江湖上從此流傳着一篇賦贊云：

> 替天行道義旗扯，二龍山道義實堪誇。楊志先殺沒毛虎，鄧龍刀下命亦賒。揭起義旗誅奸佞，劫富濟貧威名傳天下。天波楊家青面獸，從此拋却舊生涯。生辰綱失却走正道，寶珠山寨自立家。

楊志在二龍山替天行道，暫且不表。

且説梁中書聽了謝總管的讒言，痛恨楊志，怨自己錯看了人。這份財禮，價值連城，費了多少心機搞來的，一旦付之流水，豈肯甘休？於是喚書吏寫了文書，申奏朝廷，通緝楊志；又寫一書，報與太師知道。同時差人星夜來濟州投下；濟州又將文書着落鄆城縣尹辦理。

鄆城縣尹時文彬接到文書，厚待差官飽飲一餐。次日寫了回文復大名府。梁中書見到回文，知道事已在辦。文書寫得嚴屬，他斷定小小縣衙，對此事不敢疏忽，便等着消息。

時文彬當即召集捕快、都頭前來承辦。朱全和雷橫兩人來到花廳，叩問："老爺，何事吩咐？"

時文彬皺着眉頭道："上憲傳諭要捉拿六個棗子商販、一個道人並賣酒一人。楊志在逃，俱限二十日內捉拿歸案。"

　　雷橫、朱仝道："這九人至今尚無綫索，不如先貼告示，懸示賞格。活捉這九人中一人者，賞銀百兩；通風報信而捕獲者，賞銀五十兩。重賞之下，必有勇夫。"縣尹允准。

　　朱、雷二人想：告示貼後，城郊內外，茶坊酒肆，必然傳揚開來；然後察訪，有可疑者，先行捉拿。事關重大，不妨多抓幾個，待查下來，不是的，放掉就是。

　　這樣朱仝、雷橫有事做了，終日穿着便衣，私行緝訪。

　　正是：數隻皂雕追紫燕，一群餓虎啖羊羔。

　　畢竟朱仝、雷橫如何破案？且聽下回分解。

第十九回　鄆城縣白勝受苦刑
東溪村宋江送消息

話說鄆城縣尹時文彬接到文書,便喚朱仝、雷橫兩個都頭私訪緝拿。這兩個都頭辦案都是有經驗的,即換便衣私訪。兩人奔走數日,不見眉目,心裏倒有些焦急起來。因爲縣裏是有個破案期限的,過了期限會受責罰。

說書的關照:七星八斗現在什麼地方呢?他們都聚集在鄆城縣東溪村,離城有十八里地。爲了避人注意,這些財物都是午夜,分散陸續從後院搬進的。清點一下,共十六大件。晁蓋讓莊客將前後門緊閉着,派人把風。

八人坐定,吳用道:"大哥,這事辦得順利,旗開得勝。"

晁蓋道:"如何處理呢?"

吳用道:"梁中書失了這些財寶,哪會甘心?近日城鄉風聲很緊,這些財物,不能露眼,至少秘藏一年半載。待這事稍稍平息,纔好動用。"

衆人都道:"學究言之有理。"

晁蓋便將這些財物,藏入上房的隔牆中。

白勝聽到這批財物要放一年半載,時間太長,誰能等得及啊!他是無業遊民,沒有錢使,不是眼睁睁地等着餓死嗎?

劉唐爲他說情道:"白勝的處境,灑家是明白的。他的日子困難啊，先給他些救救急吧！"

晁蓋被兩人慫恿着，祇得先將一箱打開，取出一錠金子與他。這錠金子底面印着文字，足赤十兩。讓白勝先自拿去，招呼他最好藏着，或者慢慢用。

白勝見了金子，自然高興。攜着金子，辭了衆位弟兄，想回家。吳用道："金子藏着，最好埋在地下，勿露風啊！"白勝道："衆位兄弟放心，割了俺的舌頭，也吐不出半句話的。"晁蓋設宴，爲白勝餞行。席散，白勝把拳一拱，辭別衆位兄弟，出門回城裏去。

白勝得了金子，一路上笑嘻嘻地唱着：

　　運來，鐵樹開花；運退，黃金失色。

他家住在鄆城縣西關廂，路過烏龍橋、烏龍院，過去是魁星閣，這閣已經兵燹焚毀，但巷稱尚在。巷裏出了一位百歲老人，縣尹上奏，聖旨下來，這巷又改稱爲壽星巷。

白勝就住在這巷底的第三家。他的家破爛不堪，前後沒有大門，窗格當柴燒了，窮極無聊，當地人没人理睬他的，曉得他幹着這一行當。俗話説"兔子不吃窩邊草"，他常説：我是屬兔的，祇偷外邊，不吃窩邊草的。人家也都知道。

這番白勝回家，心裏樂滋滋的，便去舊貨店和老闆商量，要賒兩扇門，説定三天後一定付還銀兩的。

老闆思想：反正兩扇舊門，不值多少錢，與其防他來偷，不如結個人情，賒給他吧。

現在倒是白勝做賊，防人家來偷啊。賒了這門，天天可以關鎖，金子藏好，就不會失竊了。可是他習慣好賭，賭錢從未贏過，却還要去賭，輸了想贏回來。前人有篇《賭場賦》勸人戒賭云：

　　閒下功夫莫賭錢，輸了兩眼望青天。天不見憐人不惜，寒冬臘月無衣無褐何以度殘年？浪子回頭金不換，最怕人的意志不牢堅。謝絕三朋四友來勾引,勤儉樸素,一家融融宛比地行仙。

賭錢人的心理:贏了還想多贏,輸了便想翻本。結果,弄得兩手空空,把老婆兒女都賣了。現在,白勝想有資本好去賭了。

看官:那賭場有許多名堂,有一種喚作"馬六",又稱"花錢"。是用一個大的銅錢,銅錢一般鑄着通寶,"咸平通寶""天聖通寶"什麼的。一面有紋,一面無紋。一個人捏錢在轉,突然把錢撤住,讓賭客來押:押是花紋還是無紋。白勝就押在這"花紋"上。有個人坐在高凳上喊道:"一注、兩注、三注。"這花紋、無紋的兩面都是有押的。賭徒們彈出眼珠在看,白勝也是使勁瞧着。盆盅開去,白勝仔細看着看着,結果無花。白勝這局輸了;接着再押再輸,一連輸了多次。

賭徒們看着白勝輸得精光,眼睛白洋洋地,攤手攤腳,揭開胸脯,人靠在柱上,可是喊着還是要來。賭徒知道他是一條光棍,殺他無血,剝他無皮,哪肯救了田雞餓了蛇。老闆看出這個苗頭,也不肯讓他來賭。

其實,這隻盆盅有花手心的,白勝哪裏知道,自然總是輸。

白勝不肯罷手,老闆、賭客都不讓他來。那怎麼辦?白勝想到今天這十兩金錠帶在身邊,於是就把這十兩金錠摸了出來,往桌上啪地一放,喊道:"這遭,你們可放心了吧!"

眾人吃了一驚,他怎端得出這一錠金子?總不會做生意賺來了的,肯定是偷來的。管他偷來不偷來,賭徒不管這一套的,讓他再賭就是。

老闆却要拿過來,看看這金錠的成色真假,並且要拿到櫃檯上去換成小錢,纔好分拆。這金錠老闆恰恰拿在手中,掂了一掂;翻過來看,却見錠的底面鑄着"赤金十兩,大名府梁"八個字。老闆嚇了一跳,停了一停神。他是三教九流的行情都通氣的,想着縣府布告寫着"捉拿截劫生辰綱壽禮的盜賊"。這金錠分明是大名府的,白勝拿出,可見他有嫌疑。這金錠來路不明,倒是破案子的一個綫索,尋思趕快去縣府報告,真是好運來了,自然重重得賞。

白勝急着要賭,問:"這錢呢?"管賭的道:"請放心啊,老闆拿這金錠正去兌換小錢,櫃檯裏一時拿不出許多,到錢莊去兌呢!錢換來了,馬上就賭。"先把白勝穩住了。

賭場裏還是在賭着,呼么喝六,嘻嘻哈哈,白勝是眼睜睜望着。

這時,官府得到稟告,速派朱仝、雷橫兩個都頭,跟着老闆急忙趕向賭場裏來。兩個都頭知道是白勝抛出的,他是一條光棍,没花頭的,不必派什麼人去捉,兩人去就夠了。

朱仝、雷橫很快趕到清河坊的賭場,管賭的穩着白勝。白勝正想金錠兌來,不僅還了賭債,還可以繼續賭博,不料都頭已竄了進來,喝問道:"嘈! 哪個是姓白的?"

白勝心已明白,奪路要逃,鏈條早已套到他頸上;加了鎖,拖了就走。

老闆却還來招呼道:"白勝你去,把金錠來路説清楚了,這金錠還是要還你的!"

白勝知道,已是没辦法了。

朱仝、雷橫押着白勝行走,直趨衙門,叩見縣尹稟告。

時文彬隨即擊鼓升堂,六房書吏,都頭、差役即分班站立。"虎——唓——",一聲堂威,時文彬頭戴七品烏紗,踏步出來,拂袖正冠,坐在堂上。前人有篇《公堂賦》寫這公堂的威儀云:

> 勒印高置南閣,公案正中供設。上有籤筒筆架,旁坐評事判官。禁班列兩旁,又唬又喝。皂隸分左右,似虎似狼。左首門子,值堂書吏;右首刑房,原告佐證。堂上問長問短,

好好惡惡，全須判斷清爽；案中孰是孰非，貧貧富富，寬嚴賞罰，全要秉公辦理。罪輕的皮鞭敲打，罪重的絞斬流放。訪捉的奸盜邪淫，拿獲的匪類賭郎。憑你汪洋大盜，到此喪魂落魄；哪怕綠林好漢，亦要心驚膽戰。陳設王家法律，分明陽世閻王。善惡到頭總有報，祇爭來遲與來早！

這公案的偏案上，坐着一位刑房書吏。額闊頂平，唇方口正。眼如龍鳳，眉似臥蠶。臉色黑闊，垂着三綹青鬚。此人姓宋名江，表字公明。鄆城縣宋家莊人氏，排行第三。崇孝仗義，因而人稱他爲"孝義黑三郎"。兄弟宋清，諢名"鐵扇子"——他的右手肉厚指粗，手掌宛如一把鐵扇。擊人一掌，霎時叫人五官換位。

那刑房書吏，宋時稱作"押司"，近世稱爲"書辦"，或呼"師爺"。刑房職掌民事和刑事訴訟，熟悉公文程式和律條案例。爲吏沒有任期，卻是地方衙門中的一個班底，擁有着潛勢力。這種人好的，便敢於仗義執言；壞的，卻可以胡作非爲。宋江屬於前者，爲人正直，憐恤貧困，到東到西，都做好事。人家很感激他，如久旱逢雨，萬物得以滋長，江湖上因稱他爲"及時雨"。

現在宋江正提筆錄口供。時文彬拍着驚堂木，道："來，將犯人提上堂來。"

"喳！"堂下一聲吆喝，皂隸拉着鐵鏈，把白勝推到公堂。腿上一記蔽，白勝跪下。

縣尹喝問："下跪何人？"

"小人白勝。"

"可是住在壽星巷的？"

"對！"

"抬起頭來！"

官府審問，總是要喚犯人抬頭的，目的是先觀察一下。

白勝抬頭,縣尹看時:"喔——唷,霍霍霍"一聲。祇見此人,獐頭鼠目,很不像樣。兩耳極薄,眉毛是倒掛的。鼻子當中,横着塊定勝糕,十五根鬍鬚,七上八下翹着。

縣尹喝道:"嘈,大膽慣犯,快把口供從實招來!"

白勝道:"我是老實人啊!"

朱仝、雷横知道他是常吃官司,看樣子,不受大刑是不會招的!

白勝道:"要我招什麽啊!"

縣尹道:"問你十兩金子,從哪裏來的?"

白勝道:"借來的。"

縣尹道:"向哪個借的?"

白勝道:"這個,你别問了!"

時文彬想:怕是他偷來的,從哪家偷來的啊?這户被偷的人家就有嫌疑,可以從而追查下去了。於是喝道:"再不好好招供,要動刑了!"

白勝心中思忖:晁蓋、吳用再三關照,俺怎能説啊,於是硬不作聲。

時文彬問道:"這幾日,你可曾去街坊嗎?"

白勝道:"去的!"

"那麽,牆上告示可曾看見?"

白勝道:"小人字不識的,怎知道啊?"

縣尹道:"來啊,將這個刁棍先拖下去,重責二十大板!"

衙役就將白勝的身子按倒,頭朝外,脚向公案。公堂上有塊青石,打犯人時按在這裏。打時,一個當差的用木榔頭墊入被打人的腹部,打一板,要報一聲。

白勝知道:這遭要吃苦了。平時還可運動下邊人,這遭來不及了。

打屁股的，一般十下一打，肉就腫了。打時把竹片側過來一拖，肉便劃破，血就濺出；再打時，就皮開肉綻。這樣，打了十幾下，白勝的臀部就血肉模糊了。

白勝記着：江湖上人，義氣爲重。大丈夫一人做事一人當啊！所以咬緊牙關，一字不吐。皂隸看時：這賊骨頭真吃價，皮包骨頭，却禁得起打。隨即稟告："回大人，大刑已經用過。"

縣尹尋思：你不肯招，事情難辦；招了纔好順藤摸瓜。文書上寫得明白，生辰綱是七八個棗子客人一起幹的，細看白勝面相，淡眉毛，小眼睛，舉動鬼鬼祟祟，決非善良之輩。這樣看來，這錠金不是他偷來的，怕是與那班棗子客人合夥劫的。

縣尹板起面孔喝道："嘈！大膽囚徒，招與不招？"

白勝熬着苦痛，自知不是蠟燭，要點纔會亮的。要招的話，早就招了，便道："大老爺，冤枉啊！"

時文彬道："問你這錠金子究竟從哪裏來的？"

白勝道："借的啊，不是早已講了？"

時文彬道："問哪個借的？"

白勝就不應了。

時文彬這下惱了，一手拽着袍袖，一手向筒裏取出一簽，喝道："來啊，夾棍侍候！"

夾棍這種刑法是厲害的，受刑者輕則皮肉受傷，重則骨頭斷損，受了這刑，終身成爲殘疾，堂面上是少用此刑的。

白勝道："大人，不能冤枉好人啊！"

時文彬道："不用大刑，諒你不肯招供！"就把朱簽擲下堂來。

皂隸就把白勝的頭髮一把抓起，把人拖出，背脊朝着公案，要他直挺挺地跪在石板上。這個夾棍，三長兩短，一共五根，每根上有細麻繩相互牽連。另有一個當差的拿來一個腦箍，套在白勝頭上。這箍有大、中、小三號，白勝套的是中號。皂隸道：

"這金子是你在賭場中自己拿出來的,它的來歷,你怎麽會不清楚了呢?"

時文彬道:"他不招,與我收!"一把麻繩收時,這棍子便向白勝的手上骨頭突出處硬夾上來。這一把收,白勝就是痛徹心肝,極喊:"啊——唷——"祇喊了半聲,人就暈了過去。

皂隸把麻繩一放,白勝透了一口氣,纔又漸漸地回醒轉來。"啊唷,乖乖,痛死我啊!"

皂隸問道:"那麽,你招不招?"

白勝道:"没有什麽好招的啊!"

縣尹道:"那麽再收!"

這第二把祇收了一半,白勝又暈了過去。過了好長時間,白勝纔一口氣悠悠地回了過來。白勝喊道:"痛——死——我了……"

皂隸勸道:"白勝,你瘦小伶仃,不要多吃苦頭了。不招,總是逃不過門的,這刑是用不完的;後邊還有呢,直到你招了爲止。"

白勝思想:我如招了,幾個弟兄都要吃苦;大家吃不如讓我一人當吧! 大家死不如讓我一人死吧。於是白勝還説:"小人難招!"

縣尹道:"再收!"這第三把收時,白勝連一個"啊唷"都没喊出來,就又暈了過去。

這時,一個老當差的,端着一銅面盆冷水,朝着白勝的頭上潑去。這冷水,一般人滿頭澆着,就會醒來。這次白勝並未醒來,形同死去。

又有一個老當差的説道:"别急,别急! 還有一招,倘若不靈,就死定了。"這當差就將火紙浸了醋,點燃了,將它吹滅。把這熏煙一口口吹過去,利用它的酸味氣來熏,看他醒與不醒。這樣一熏，祇見白勝慢悠悠地眼珠子動了起來。當差的說道："不要緊了，這人又活了。"隨手又把白勝身子翻了轉來，頭朝公案。

縣尹對着白勝的臉孔看看，面如死灰，額頭上的汗却還不住地滲出。兩隻脚已不會動了。夾板雖已去掉，脚還是僵的。

白勝感到真正吃不消了，心中暗忖：晁大哥啊，白勝怕要對不起你們了。夾棍已經受過，可這刑罰還沒受完啊。

時文彬還是問道："這金子是從哪裏來的？"

白勝道："朋友送的。"

時文彬道："哪個朋友送的？詳細說來！若不說啊，來啊！烙鐵侍候！"

白勝思忖：這個玩藝兒可頂不住啊！一隻熔爐，把鐵燒得紅紅的，朝着人的胸口燙去，這一燙，不僅燙爛了皮，連五臟六腑都會流出來的。皂隸燒紅爐子，把它扛到堂上。

有的前來勸說道："你不肯招，苦頭是有得吃呢。人身肉體，都是父母生的，犯不着你一人來當啊！你不知道，人家發了橫財，花天酒地，正在逍遙呢。"

堂上的皂隸輪番前來勸說，白勝並不肯招。

時文彬喝令："快用烙鐵！"

當由皂隸兩人，抓緊白勝的兩隻手；還有兩人，抓他的一雙脚。白勝的肚皮，自然地凸了出來。這時時文彬雖將驚堂木連連拍着，却怕今朝不要碰到釘頭貨了。

那邊白勝也在想着：再上烙鐵，哪能擋得住啊！擋了過去，回頭不知又上什麼刑呢？想到這裏，心自寒了。白勝於是求饒道："大人啊！別動刑了，小人願招。"

縣尹祇是要他吐出這句話來，他提着的心也就落了下來。時文彬微微地一笑道："白勝，你不聰明，看你不是主謀，祇要招了，罪就可以減輕的。你就一字一字，慢慢道來。"

　　這時押司宋江在聚精會神地録供，當這白勝説到"我去東溪村"時，宋江好似耳中炸了。"什麼，東溪村啊！"話纔出口，心却怦地一跳。他知道，説東溪村，當指晁蓋。晁蓋怎會參與這等事啊？

　　縣尹便將圖形遞與白勝覷視，白勝道："不錯，就是他啊！"

　　宋江聽時，又是一嚇。

　　時文彬問道："還有哪些人呢？"

　　白勝道："還有阮氏弟兄。"

　　時文彬道："這弟兄當有個名字啊？"

　　白勝道："唤作阮小二、阮小五和阮小七。"

　　"還有呢？"

　　"還有個赤髮鬼劉唐、入雲龍公孫勝和智多星吳用。"

　　"一共多少？"

　　"連我一共八個，爲首的是托塔天王晁蓋。"

　　白勝全説了。當堂畫押。白勝不會寫字，押上個十字，還撳了子母足印。於是釘鐐收監，鋃鐺入獄。

　　時文彬審悉了這案情，便傳鄆城縣牙將，緝捕使臣何濤前去捕捉。這人年紀四十上下，留着一撮短阿鬍子，眉毛絶細，眼睛很大，像顆胡桃快要突了起來。唤他帶領官兵，前往東溪村，將那晁蓋等一夥賊人，捉拿歸案，不得有誤！

　　時文彬深悉何濤拳棒精通，手下兵丁，都是勇猛非凡。東溪村這夥賊人，没有多少能耐，自然對付得了！便問："人可夠了？"

　　何濤道："大人放心就是。"何濤帶了兵丁，離了縣城，往東郊去了。

　　縣尹退堂，衙役三班紛紛退出，各自散了。

　　宋江倒是上了心事，尋思：晁蓋怎地糊塗，怎會做出這等滅門之事來？白勝堂上已經招認，如何是好？我若不去通個消息，行見大禍臨頭；若去通報，吃着衙門的飯，怎能知法犯法？宋江心事轆轆，一時難以決斷。尋思：患難之交，當以道義爲重。一轉念間，急中生智，自忖："喔，有了！"何濤帶的兵丁是步行的，人多快不了；我可騎馬，打上兩鞭，速速地直駛東溪村去，當可比他早到許多時候。這樣讓他有個準備。

宋江奔到馬棚，正遇王老老在喂馬。這老老的妻房有病，宋江曾出錢幫助她去醫治，老老感激，正思報答。見宋江來馬棚，問是何事。宋江托説："家中帶信，老父有恙，歸心如箭，轉來借匹馬騎。"王老老自然答應，牽來一匹青馬，這馬雖非龍駒，却也神駿非凡。王老老道："押司，馬纔喂過，鞍蹬也已配好，請上馬吧。吉人天相，但願老人家轉危爲安。"

宋江翻上馬背，揚鞭而去。

正是：有仁有義宋公明，交結豪强秉志誠。一旦東溪通信息，七人星夜得逃生。

欲知後事如何，且聽下回分解。

第二十回　宋江私放晁天王
白勝智紿鎮三山

話説白勝在鄆城縣堂上認了口供，招出這黃泥岡上的一夥人，爲首的是晁蓋，劫去了梁中書送蔡太師的壽禮。押司宋江聽了，暗暗吃驚。宋江與晁蓋有着生死之交，願意擔着血海干係，前去通個消息，讓它早作準備。

宋江就去馬棚借了一匹馬，跨馬加鞭，繞過縣中大街——怕被何濤率的那批人撞見，取道南門，兜着圈子，再向東溪村急忙驅駛前去。

這馬蹄背八尺，首尾一丈，魚目瘦腦，龍文長身。潑開四蹄，飛駛而去。宋江跨在馬上，心中有些惶兀不安，左顧右盼，心想：何濤是否已來？不多時，林野中石寶塔已在望，宋江心纔稍安。馬加一鞭，便到了東溪村。

宋江來到莊門，從馬背上翻落下來，這馬奔得已是汗毛淋淋，口吐白沫。宋江急忙繫了馬，看着莊宅依舊，不見任何動靜。

莊丁認得宋江，笑着上前迎接，道：“喔唷！我説：早上喜鵲叫，夜裏燈花爆。知是哪個來？原來押司到。”

宋江也招呼道：“門公，勞神入報保正，説宋江特來拜謁。”

莊丁入內稟告，晁蓋聽説，知是有事，即便出莊迎接。

宋江看晁蓋還是平居員外打扮，態度從容，渾然無事。頭上戴一頂紫錦緞員外帽，身穿圓壽字開袴袍子，足蹬粉底緞靴。晁蓋與一般員外不同，生有兩條濃眉，一雙豹目。面孔是紫紅色的，頷下三綹青鬚。前胸挺出。練習武藝，兩膀有力，看來有些威武。

晁蓋看宋江是押司打扮，頭戴玄色緞方巾，兩條飄帶腦後垂着。身穿袂襟玄色袍子，風度翩翩。

兩人情誼篤厚，今日相見，十分親暱。賓主挽手同行，直上大廳坐定。

這莊廳也甚堂皇：天然几上擺着鼎彝玉器，一邊是落地大銅鏡，一邊是高足朱漆擎燈，氣派不小。

晁蓋問宋江：“賢弟光臨，有何見教？”

宋江便道：“此處説話不便。”

晁蓋便屏退左右，引入書房叙談。

宋江思想，不能這樣斯文下去，何濤即來，不是耍的，快要大禍臨頭了。

晁蓋覷着宋江臉色轉變，知道情勢不妙。

宋江見没人了，揩一把汗，側着向晁蓋耳語道：“晁大哥啊，大事不不不好了！”

晁蓋吃驚，心想：莫非生辰綱事發作了？急問道：“此話怎講？”

宋江就把白勝公堂招認之事概括説了，又道：“弟是記録，千真萬確。何濤帶着兵丁，正在前來拿捉。請兄長速下決斷，遠走高飛。要知三十六計，走爲上計啊！若不早走，悔之晚矣！兄弟告辭了。”説完，宋江起身拱手便辭。

晁蓋這時，心亂如麻。千言萬語，一時無從説起，祇迸出一句話來：“賢弟舍着性命來告，大恩大德，没齒難忘！”

宋江道：“哥哥休要多説，耽誤時間，非同小可！快快安排走路。小弟去也，哥哥保重！”説罷出莊，解下了索，翻身上馬，撥轉馬頭，快鞭策馬，仍兜南門回進城中。到了衙門馬房，王老老問，宋江便道家君病已緩解，一場虛驚。有弟宋清奉侍湯藥，衙中有事，故回來了。宋江還了馬，自便去了。

晁蓋看着宋江走出，忙到西溪村中，邀請吳用前來商議。

吳用雖是文士，深知韜略，宛如諸葛亮，又若徐茂公。黃公三略，呂望六韜，天文地理，都是熟習於心的。公孫勝與劉唐尚在晁莊盤桓，頃刻便聚攏來。晁蓋便將白勝被捕招供諸事説了。何濤帶着兵丁即將來到，怎的對付爲好？

劉唐先發言道：“灑家不怕！他們不來便罷，要來的話，來一個殺一個，來兩個殺一雙。你們看是如何？”

公孫勝道：“東溪村無法防守，就這幾個人如何擋官家兵丁？況且官家還可以不斷添兵。”

吳用扇着鵝毛扇子，道：“事急，無暇商議。自古道：三十六計，走爲上計。”

晁蓋道：“恰纔宋押司也是這樣囑我的，祇是走到哪裏去啊？”

吳用道：“這個我早考慮了。目下，快挑幾個心腹隨從，把這生辰綱，裝成擔子，一齊挑走，趕奔石碣村去就是。”

晁蓋道：“學究兄説得是。事不容緩，令莊人丁速在大廳集合，願隨者走，不願者散，各奔前程。

晁蓋沒有眷屬牽累，倒也爽快！倉皇奔走，便將這莊舉火焚燒。霎時烈焰騰空，燒得半天紅了。前人有篇《火燒東溪村賦》云：

　　　霎時煙霧騰騰，火光直透雲霄。百十間房廊焚燒，宛如老君八卦煉丹爐倒。房屋東倒西塌，噼噼啪啪這聲音，十里方圓人都聽到。攬盡三江五湖水，今朝難救這東溪堡。

再説何濤,帶着兵丁,前來捕捉。行至途中,恰遇美髯公朱全、插翅虎雷橫兩位都頭。兩人抱拳一拱,問道:"啊,何將軍,哪裏去啊?"

何濤道:"奉着縣尹之命,前往東溪村去捉拿晁蓋諸犯!"

兩人問道:"可曾拿獲?"

何濤道:"适纔去捕捉啊!"

朱全、雷橫聽着何濤説出晁蓋名字,尋思他是有着急難,故意與何濤磨着,讓他們遲一點去,晁蓋可以多些準備,也算幫了他的忙了。

朱全有個阿舅,也是有意,在他們兩人磨着何濤時,他已先去,思想通個消息。走了一程路,見着莊上火起,估計晁蓋已獲得消息,遁逃出走,因而把莊焚燒。便返回向朱、雷兩位眨眨眼。兩位會意,朱全便道:"何將軍,請速前往。祝將軍旗開得勝,馬到成功。"雷橫也道:"何將軍,待你回衙,咱們共飲一杯慶功酒啊!"

官兵耀武揚威,來到東溪村。看這座院,烈焰騰空,宛如火海一片。人已逃散,却沒有一個救火的。何濤一時弄不清楚,這些盜賊向哪方逃去了?大失所望,祇得回轉衙堂,稟告縣尹。

縣尹時文彬看何濤已回來了,忙問道:"強盜已拿獲了嗎?捉到幾個?"

何濤道:"早已聞風而逃,莊院也已燒了。"

時文彬道:"探清他們逃到哪裏去嗎?"

何濤道:"小的不知。"

時文彬道:"強盜中的阮氏兄弟,是石碣村人,當是逃到那裏去的,去石碣村追捕就是。"

何濤道:"想是逃到那裏去的,祇是石碣村三面環水,四處盡是港汊,這幾十個兵丁,怕一時難以奏效的。"

時文彬道："明日坐堂,從長計議,還是請鎮三山黄信將軍來幫個忙吧!"

這黄信是赫赫有名的,他曾平過青山、蒙山、狼牙山,三戰三勝,剿滅了大批强盜。江湖上因稱他爲"鎮三山"。他是鄆城留守武將中的領袖,和縣尹平起平坐。縣尹七品,他亦七品,衹是文武職秩有着不同而已。時文彬想:這事衹有勞神這位將軍了。

一宵過了,縣衙點鼓升堂。小小縣衙,場面、規矩和大的一樣。衙役三班、刑房書吏、刀斧手、捆绑手、劊子手、紅衣手、軍牢手,兩旁站得嶄嶄齊齊。何濤等人都來堂上值班。

時文彬道："來人!"即有兩個當差踏步上來。

時文彬道："爾等速去留守衙門,請黄將軍來議事。"

"喳!"當差出了縣衙,經烏龍橋板竹弄,去到留守衙門,遞帖邀請。

黄信便傳當差入見。這黄信身長八尺開外,肩闊腰圓,四方臉孔,蒸籠鼻子。兩條濃眉,一雙豹目。闊口,留着三綹青鬚。年紀三十開外,精神抖擻。聽説縣尹邀請,知有要事,當即更衣。來到縣衙大堂,縣尹就將黄泥岡上失落生辰綱事,説與黄信知曉。眼下已經破案,這夥盜賊當是遁逃在石碣村中。

黄信聽罷,自信捕捉强盜,是有把握的,説道："大人請勿多慮! 衹須準備大船兩艘,小船二十隻,待俺前去捕捉這夥强盜,並把劫去財物一併取回,歸案法辦!"

時文彬想:黄將軍口氣很大,像是吃燈草灰的,説得輕巧;興許他確有辦法。便謝道："有勞將軍了!"

黄信回轉衙門,關照千總,準備戰船兩艘,小船二十隻,檢點五百兵丁,分着水陸兩路,浩浩蕩蕩,向着石碣村出發。

黄信提槍上馬,隊伍出發。忽地傳令道："且慢!"

左右問道："將軍,還有何事?"

黃通道："此去路徑不熟，會走彎路。前者何濤去東溪村撲了空，已吃了虧。白勝是與這批强盜一夥的，押着他去引路，可省許多麻煩。"因而回馬，面請縣尹，去獄中提出白勝，囑他將功折罪。

白勝聽説讓他引路，押着去石碣村，暗自高興，可以尋機脱走。

黃信喚將白勝的脚鐐除了，手尚銬着。尋思：俺騎着馬，白勝步行跟不上，倘亦讓他騎馬，成何體統？ 如若繫在馬後，拖着走，怕拖不起，半路上就死了。

白勝却自説道："大人，我腿受着夾棍大刑，怎能走路？ 還是用小車推我吧！"

黃信和時文彬商議："兵貴神速，就讓他坐車吧。"捕捉盜賊，是最要緊。這事立功，便可平步青雲，升遷有望。

這車稱爲牛頭車，或稱鷄公車。傳説是諸葛孔明發明的，古時稱爲木牛流馬。中間有個輪子，兩面坐人，或者放貨。一人在前拉，一人在後推。這樣，比不過馬，比走要快得多了。

黃信跨馬督隊前行。白勝坐車行在隊伍前面，指着引路。隊伍路過東溪村時，見這莊院瓦礫遍地，有的火還未熄。不少人在爭搶東西，挑的、扛的，在往家運。

黃信看着，長歎一聲，尋思：晁蓋地方上素有威望，何故與盜賊爲伍？ 弄得這步田地，做出十惡不赦之事，真的辱没祖宗。回憶上年，牡丹盛開，他家有名貴品種魏紫姚黃、金縷雲裳、玉版朱砂、倚風醉露，品種繁多，據説都是從洛陽移植來的。現在已是過眼雲煙，做了亡命之徒。此番怕是要做我刀頭之鬼了。

黃信的兵，是水陸兩路同時出發的。阮氏兄弟早已得了消息。晁蓋便將大家集合攏來，商量對策。這石碣村三面是水，靠在大湖泊旁，是一港汊所在，港汊、湖泊中蘆葦叢生。到石碣村處港汊,有座木板長橋,旁通城鎮。吳用早已乘了小舟,各處觀察一番,心中已有打算。

晁蓋動問吳用,如何部署?

吳用道:"可先將這板橋拆了,用箭抵禦一陣;然後,一步步退却,轉移向梁山泊去。到了那時,宛如龍歸大澤,小小一個鄆城縣,他們的兵力奈何我們不得。"

阮氏兄弟當即動手拆橋,不費多少時間,便拆完。這樣碣石村便四面是水,陸路不通了,需要船隻往來。

吳用這時便是軍師模樣,端坐椅上,揮着扇道:"衆家兄弟,準備弓箭擂石,將沿港堆砌起來,作爲防禦;集中船隻,財物隨人,坐船齊向湖泊蘆葦蕩中駛去。官軍來打,無處找到目標;我們却能看得清楚,隨時可以出擊。"

這時,村中有人來報信,黃信的兵和船,離此祇三四里路了。果然,隱約已可聽得人聲。

吳用吩咐:"快將發射投擊之物全部集中,居高臨下,狙擊官兵!"

正指揮間,又有人來報道:"白勝被捆車上,在前引路。"

晁蓋道:"這小子壞了大事,真的可惱!"

吳用捋着鬚子,仰天大笑。晁蓋問道:"賢弟何故發笑?"

吳用道:"白勝送回來了,還不好嗎? 當初,他自扮作賣酒郎,引得人家上了圈套。這遭咱們可救白賢弟了。倘若劫牢,哪有這樣便當?"

晁蓋道:"小小村子,實力有限。來五百人,已經寡不敵衆。箭如放完,硬拼不是辦法。"

吳用道:"兄長慮得極是!"

吳用動問村中有多少船隻。

三阮兄弟云:"有十多條。"

吳用又問道："是大船，還是小船？"

三阮道："大小都有。"

又問："這船可容納多少人？"

答道："一船十多人。"

吳用道："是村中人家的，給錢買了。"又道："大船可先將生辰綱財物運走，小船後發，留着坐人。這船在大湖泊中，宛如舴艋，來去迅捷，動作方便。船大了，反容易翻。船小，容易移動，也容易躲閃。"

吳用過去在石碣村住過，所以對於水情比較熟悉。

阮氏兄弟並道："俺等識得水性，隨時可以泅水，狙擊官兵，保護弟兄們。浪裏走，水上漂，神出鬼沒，很自由啊！"

這時又有人來報："黃信的船已經駛到對岸！"

吳用道："趕快分頭行動，迷惑官兵。"

吳用站上高坡眺望，看到馬上盔甲如林，水面上駛來兩隻飾有老虎頭的大船，插着杏花旗，迎風飄蕩，上書"鎮三山"並斗大一個"黃"字。看來餓虎擒羊，似要把這石碣村一口吞了。

這石碣村，黃信是第一次到來，心中無數。祇見：

> 白茫茫一片汪洋，浪滔滔雨惡風狂。密森森蘆葦一片，冷淒淒滿目荒涼。天連水，水連天，豈不害怕？行舟少，少行舟，分外慌張。眼前祇見風打浪，官兵到此看了倒欠主張。

黃信這時棄馬乘船。他剿山經驗豐富，對於水戰則感到有些茫然。船到湖心，傳令將船連接，船頭對着石碣村進發。二十隻小船左右分列，形成二龍搶珠陣勢。船上偏裨、牙將，站得嶄嶄齊齊。五百兵丁在旱道上搖旗呐喊。由於橋已拆除，未能四面包圍。

旌旗飄揚,這支軍隊看似威武得很,前人有篇《水營船賦》
贊云:

> 連珠炮響喊聲高,天慘地愁鬼神號。船頭上高插威風
> 旗,鎮三山三字臨風飄。揮日戈,射潮弩,船艄上排滿槍刀。
> 號炮一聲,哪怕夜叉水鬼聽了也魂消。白浪來浮天捲地,大
> 湖中銀山滔滔。

黃信頂盔貫甲,生得異常魁梧,站立船頭。他的面前跪着一
人,兩手反剪。這是誰啊? 就是白日鼠白勝。

兵士齊聲吶喊:"捉强盜哉!"

號子吹動,旗幡招展,鼓聲響亮。黃信向石碣村迎面望去,
岸上已用石塊砌成堡壘,上面站的就是打劫生辰綱的盜賊。當
中是托塔天王晁蓋,旁邊是智多星吳用、赤髮鬼劉唐、入雲龍公
孫勝和阮氏三兄弟。

晁蓋站在碉堡正中,睜視着鎮三山黃信。吳用執着羽扇指
揮。晁蓋仔細看時,覷見白勝跪在船首,對他十分鄙視,心想:這
次智取生辰綱,是一帆風順的;不料壞在他的手中;不過念着兄
弟情分,黃信已將他送到面前,理當救他。

晁蓋考慮放箭,吳用道:"這時尚早,誠恐傷了白勝。亂箭齊
放,勢必玉石俱焚。"

那麼怎麼辦呢? 這時,白勝雖自跪着,眼睛却在不住地轉。
他思想晁蓋站在營壘,俺在船上隔一條水,如何救我? 轉念一
想,辦法有了。白勝就向黃信獻計道:"將軍!"

黃信問道:"怎樣?"

白勝道:"不瞞你說,他們早作準備了,以守爲攻,能守則守,
不能守時,狡兔三窟,村後鑿了三洞,有個地道,他們可以從這裏
逃遁,潛入蘆葦叢中,那就没法捉到了。"

　　黃信聽白勝這話有理，如果這夥強盜跑了，在這偌大湖泊裏，宛比大海撈針，哪裏再去尋啊。黃信便問這洞在村的何處，白勝道："這三洞中最大的是藏軍洞，他們還把生辰綱的金銀財寶，俱數藏在那裏，將軍哪裏知曉。倘若把這大洞占了，他們來時，不就可以甕中捉鱉了嗎？"

　　黃信信以爲真，便喚幾個兵士押着白勝，乘着小船，先去將這洞的地理位置探明；然後分兵去攻爲守。攻成，白勝可以將功折罪。

　　吳用站在營壘，對着船上舉動，看得清楚。今見白勝受人押着，坐上小船。便向晁蓋道："這營救白勝的機會來了。"

　　晁蓋道："怎講？"

　　吳用道："這小船單薄，祇要派個深諳水性的人前去，便可將船掀翻，把白勝搶劫過來。"

　　三阮兄弟道："這個差使就由我們兄弟擔當吧！"

　　吳用道："有勞三位兄弟了！"

　　這三兄弟商量一下，各帶一柄鑿子，穿着一條豬肝色短褲，動作迅捷，赤膊跳進水中，翻入蘆葦叢中，潛水而行，前去搶救白勝。

　　正是：鼇魚脫却金鈎去，搖頭擺尾再不來！

　　欲知阮氏三雄如何搭救白勝，且聽下回分解。

第二十一回　三兄弟掀船救白勝
八英雄揭義上梁山

　　話說吳用喚阮氏三雄去營救白勝，三雄奉命，各執鑿子，潛水而行。一般人浸入水中，祇見綠汪汪的一片，什麼都看不見。阮氏與衆不同，一切都和岸上一樣。三人潛到白勝的小船下，就用鑿子鑽破船底，開些缺口，水就不斷地涌入艙中。

　　船上兵丁發覺，喊道："不好，船漏水了！"脫下軍衣便來堵洞。這處堵了，那處漏了。有的忙用瓢來舀水，頓時手忙脚亂。

　　阮氏弟兄抱住一條勒木，齊聲喊道："一、二、三！"拼命朝下一按，小船翻身，船上的人掉落水中。三阮笑道："請大家下來洗個澡吧！"

　　白勝隨着落水，他不識水性，張口喊叫。聲音還未喊出來，水却吃了許多！

　　這三兄弟看着白勝在水中浮沉，並不去救。這是爲何？因爲對他心中有氣，讓他多喝幾口水，也是給他一個教訓。不過有個分寸，看他水喝到差不多時，就將他拖起來，合撲放在岸上，逼他吐出腹水。再翻過來，做深呼吸，白勝繞得悠悠醒來。張眼看時，便是阮氏兄弟。白勝罵道："啊呀！怎麼看我喝水，見死不救啊！"

　　三人拍手笑道："你祇喝些水，就了不起。你自知道，大家都被你出賣了。"

白勝聽得，頓時面孔紅漲起來，無言可說。

白勝拜見晁蓋，伏地請罪！

晁蓋道："爾的罪孽非淺，必須痛定思痛，痛改前非纔是。"便喚阮氏兄弟，爲他更換衣衫。

這下，七星八斗在石碣村又聚在一起了。

再說那隻小船翻了，有的兵丁泅水回到大船，稟報黃將軍，上了白勝大當。白勝已被石碣村強徒救去。黃信聽罷，懊悔不已。

這時，白勝到了石碣村頭，與衆英雄一同站在壘上。黃信見時，忿忿地道："喔喲，氣死我啊！"

便問："軍隊之中可有能描容的？"

恰巧，船上有個畫師，就請他畫。古時，沒有攝影，重要情景，衹有請畫工把它描畫下來。唐宋時代畫院中的人就是做這行當的。有的官宦人家，老人活着就畫喜容。有去世者的人家，請他們來，聽子孫先將老人面容說個大概，然後便打格構思，畫成草圖；不像再畫，逐次修改，直到畫像了爲止。

那人道："將軍，小人是三代祖傳描容的。"

黃通道："好啊，請你把面前八個強盜，快快勾勒下來！"黃信爲何請人畫這圖呢？他是爲了便於緝拿，意在報功。這圖畫好，黃信賞與銀兩。

黃信指着晁蓋罵道："強徒聽着：爾等劫了生辰綱，犯下彌天大罪！倘能自縛投誠，尚可網開一面，免除死罪！倘若負隅頑抗，那就格殺不論！"

晁蓋道："記得將軍曾在寒舍賞過牡丹，念着與將軍舊情，請速偃兵回城，免得一敗塗地。"

黃信大怒，揮舞令旗。吳用吩咐弓手放箭，隨着炮擊。

正是：

> 石碣村亂箭齊發，一聲炮響，萬馬奔騰。燈球火把，密
> 密層層。強弓弩箭，如雨紛紛。勢如潮湧，瀉若傾盆。萬點
> 流星，鋒芒一陣。憑爾梟勇，也要斃命喪身！

這時船上兵士用牌來擋；沒盾牌的，紛紛中箭落水。

黃信傳令冒矢前進，大船、小船不住地衝過來。

石碣村因實力有限，箭又不斷減少，眼見快吃不消了。晁蓋道：“快轉移吧！”

阮氏弟兄道：“兄長等先退，俺等善於泅水，可以斷後。”

劉唐問道：“到哪裏去呢？”

吳用道，“上梁山啊！林教頭就是我們的榜樣啊！”

阮氏弟兄看時，大船上人都在駁向小船。小船靠岸，兵士蜂擁上來，勢如潮湧，霎時翻上土墩。

鎮三山黃信傳令進攻，兵士爭先恐後，將這村子團團包圍住了。衝進房舍，什麼都沒搜着，衹剩着幾隻魚簍和一堆破網，四下並無一人。衹聽濤聲澎湃，一無所獲。

軍政官點名時，被淹和中箭的，共死了三十六人，就地埋葬。官兵沒精打彩回城去了。

黃信回到城中，便去縣府。縣尹升堂，慰問將軍。黃信如此這般，說了一遍，深深感到慚愧。

時文彬想：辦事不力！衹能瞞上不瞞下了。詳文上報，附着描容圖，以便懸賞捉拿，也算有個交代。

梁中書得悉，一時也是無可奈何，自認晦氣而已。

且說晁蓋、吳用、劉唐、公孫勝和白勝等，悄悄乘着小舟，離開石碣村，徑向梁山泊來。生辰綱早已載運走，阮氏三雄斷後，不久也到那裏，合做一處。

這日來到梁山境地，衆人看時，梁山景色險絶。但見：

> 山排巨浪，水接遥天。亂蘆攢萬萬隊刀槍，怪樹列千千
> 層劍戟。阻擋官軍，有無限斷頭港汉；遮攔盜賊，是許多絶
> 徑林巒。鵝卵石疊疊如山，苦竹槍森森似雨。戰船來往，一
> 圍圍埋伏有蘆花；深港停藏，四壁下窩盤多草木。斷金亭上
> 愁雲起，分臟廳前殺氣生。

"好大氣魄！"晁蓋看了，贊不絶口。

看官：這梁山，在方圓八百里的水泊中。山南面是金沙灘，有着千步沙、萬步沙。隔水對岸，是李家道水口，這水口是交通要道。這道旁設着一個小小店肆，店前樹上飄着一扇酒旗，寫着"李家道酒鋪"五個大字。酒店後遮天一片盡是蘆葦。

八人到了李家道，便與酒店聯繫，財物暫時放在舟中，由白勝管着。

晁蓋等人來到店堂，老闆姓朱名貴，早已迎上前來。這人頭戴着壓尾朱巾，身穿着差袂襟短衫，下繫一條白布竹裙。朱貴拱手唱喏道："哎，來來來，小店內有雅座。客官請進！"隨手將八仙桌抹得乾净，衆人坐下。

衆人進得店來，晁蓋揀個位置，面朝店外，居中一坐。

老闆問道："客官，打多少酒？"

晁蓋道："先取一壇來！"店小二便將酒壇端來。

再問："吃什麽菜啊？"

晁蓋道："胡亂吃些就是。"

老闆就將牛肉羊羔，肥鵝嫩鷄，裝幾大盤來。酒菜齊全，衆人就吃喝起來。

當下朱貴對着晁蓋等人打量一番，問道："客官，將往哪裏去啊？"

晁蓋道："俺等從山東鄆城縣來，往梁山泊去。"

朱貴道："梁山是個盜賊出没所在，去幹什麽？"

晁蓋道："久慕梁山招賢納士，意欲入夥則個。"

朱貴道："你們都有家啊！"

晁蓋歎道："衹因無家可歸，有國難投！所以前來投奔啊！"

朱貴搖手笑道："你們燒香走錯廟了。梁山原是理當廣攬江湖英雄豪傑的，説來衹是慚愧啊！"

晁蓋道："此話怎講？"

朱貴道："山上這位寨主，氣量狹小。姓王，單名一個倫字，人家稱他白衣秀士。對人總愛計較，他是武大郎開店，衹見矮人，不看長子的。前時東京禁軍教頭林冲，持着柴王爺千歲薦書上山，還自受盡他的折騰，勉强收了下來。這個鼠目寸光之人，哪裏會辦大事！客官，俺看天高地厚，哪裏不好安身，何必來惹閑氣，還是遠走高飛吧！"

晁蓋道："慕名而來，委實誠意投奔，還請老闆接引！"

朱貴看着晁蓋等説話懇摯，深受感動説道："好吧！俺看二龍山、桃花山、少華山等山寨多處都有作爲，衹是路程遥遠。衆位英雄，既是執意投奔入夥，讓俺先去報個訊吧！"

就向牆上取下一張弓來，壺中拔出一箭，一隻脚跨前一步，舉手拉弓，弓開如滿月，"嗖！"的一聲，射向對岸水際。

不多時，有幾條小舟從蘆葦叢中摇將過來。八人將財物搬上船。朱貴陪着，這幾條船一齊摇向梁山泊去。

舟抵金沙灘下，舍舟登岸。財物由朱貴唤嘍囉幫着扛上山去。上上下下，彎彎曲曲，走了一程路。

朱貴引着衆人前行，山上原有一座蓮臺寺院，被王倫等頭目占了，大殿就改爲分贜廳。廳前杏黄旗高高飄揚着。衆人碎步行來，先到了斷金亭。朱貴便請衆位英雄少待，自上虎頭崖廳堂去報。晁蓋等兄弟謝過，就在亭中朱欄上坐着等待。

朱貴走向大廳來，這是梁山泊的山寨大廳，廳內擺設得十分威武，右邊是：

> 一字鎏金鉞，兩柄宣花斧，三尖兩刃刀，四方鐫鐵鋼，五股托天叉。

左邊是：

> 六輪點鋼槍，七星勾鏈戟，八角紫金錘，九環大砍刀，十耳倒馬篤。

居中交椅上，傲然坐着一條漢子。七尺身材，方面盤，高顴骨，塌鼻梁，翹嘴唇。留着一撮山羊鬍子。聲音不陰不陽，説得輕浮。小嘍囉們背後對他都有意見，祇是不敢明説。他的手下有兩條好漢，一是摸着天杜遷，一是雲裏金剛宋萬。這兩人缺少文化，由他擺布，所以談得來，拉得緊。得到好處，大小分拆。這兩人認爲王倫有蓋世之才，上通天文，下知地理，黃公三略，讀得嫻熟——把他捧得很高，實際並無真實本領。朱貴看他不起，常常出他洋相。王倫在這山寨中，由於杜遷、宋萬的順從，倒也稱心。不期來了一位禁軍教頭林冲，這人見多識廣，不肯隨着他胡鬧，所以他是一百個的不高興。

這時朱貴踏步前來，拱手道：“報大王！”

王倫問：“何事？”

朱貴道：“外面來了八位英雄，他們仰慕山寨威名，特來投奔！”

王倫聽到有人來投奔，雖不痛快，也祇得問：“來者是何等樣人？”

朱貴道：“是從山東鄆城縣來的，爲首的喚作托塔天王晁蓋！”

　　王倫聽時，耳朵裏似着了響雷一般，大吃一驚："什麼！來的朋友是個天王？"天王那就一定要吃大王的，這還了得，能容忍嗎？王倫懂得穿衣先看領頭，這個頭就不對嘛。又問道："還有呢？"

　　朱貴道："第二個是智多星吳用。"

　　王倫聽着，更加惱了。想你是智多星，定是七竅玲瓏。俺的眼睛一眨，都會被你看穿，曉得俺的金、木、水、火、土；手指一動，知識俺的一、二、三、四、五。那還了得，我的這把交椅，還坐得牢嗎？

　　再問道："唔，還有呢？"

　　朱貴道："是入雲龍公孫勝！"

　　王倫一想：他是入雲龍，我就變成爬地蟲了。

　　朱貴續道："還有短命二郎、立地太歲、活閻羅三位阮氏兄弟，赤髮鬼劉唐和白日鼠白勝……"

　　王倫聽着，嘴裏不住"噢、噢、噢……"心中却想：怎的把閻王、小鬼都拉上來了？梁山還成什麼梁山？俺是山寨掌舵的，怎能容得這批人啊！還加上一個"白日鼠"——白天偷東西的耗子。俗話說的：强盜最怕賊爺爺。這個山寨今後還得安寧嗎？

　　王倫眉頭一皺，說道："朱頭領，你不好說嗎：梁山小寨，糧食缺少，房宇不整，人力寡薄，誠恐耽誤了他們的前程，還是讓他們遠走高飛，覓個大寨去安身歇馬吧！"

　　朱貴尋思：人家慕名而來，振興山寨，理當重視人才，這是求之不得的；怎能一句就回頭了？退一步說：就算不接納，也應當款待一番，臨行還要送些盤纏，這纔是道理。

　　朱貴是懂得江湖上規矩的，不像王倫那樣無禮。心中思忖：寨主這樣對待人家，豈不教江湖上人聽了好笑。眼睛一轉，說道："大王爺！八位英雄已經引領上山，正坐在斷金亭上，好像就要來大廳了,寨主怎能不接待啊?"

王倫思忖:寨中我是大王,怎麼不稟告我,你就領上來呢?祇是再說辭謝,來不及了。又想:怕他什麼?惡龍難鬥地頭蛇,這八個外路人,俺是有權可以打發掉的。就向朱貴道:"他們既然來了,就喚進來吧。"

朱貴聽寨主這樣待慢客人,連個請字也不說,尋思:周公對待賢人是"一沐三握髮,一飯三吐哺"的;寨主還是個讀書人,怎麼這點做人的氣息也沒有了?

看官:什麼叫一飯三吐哺呢?周公吃飯,聽説有客人來,趕緊接待,來不及把飯咽下,便吐了出來。一次吃飯,有三次客人來,他就吐了三次;有多次客人來,他就吐了多次。什麼叫一沐三握髮呢?周公正在梳洗,聽説有客人來,他來不及把頭梳好,就握着頭髮來見客人。一次梳洗有三次客人來,先後握了三次頭髮;有多次客人來,就握了多次頭髮。求賢若渴,待人以誠,理該如此。

朱貴思想:寨主前去迎接纔是。

王倫却想:他們送上門來,俺自冷淡對待;他們自覺乏味,也就不想待下去了。

這時,林冲聽説八位英雄前來投奔入夥,十分高興,説道:"寨主,八位英雄前來,讓林冲與朱貴兄弟前去迎迎吧!"

王倫看林冲要搶着前去,想着給他一點面子罷,就答允了。

朱貴、林冲跨出廳堂,來到斷金亭。緣何叫作"斷金亭"呢?有個典故:"斷金"二字,出於《周易·繫辭》,孔子説:"二人同心,其利斷金。"金是金剛之物,斷指斷而截之。意思是説:兩人同心,其利能夠截斷金屬。可見團結的重要性。

晁蓋等人待了很久,不見有人來迎接。劉唐想:看這大廳前的杏黃旗在飄揚,可知大廳離此並不遠啊!便有些心躁,不耐煩起來。晁蓋道："休得魯莽！"

終於看到朱貴和林冲前來與八位英雄相見，道："大王爺説，有請八位英雄！"

吳用搖着羽扇，踏前一步道："啊，朱頭領，這位就是林教頭啊。久仰，久仰！"

林冲道："在下便是。貴客光臨，山寨有幸，歡迎歡迎！"

衆人踏步前來，向林冲施禮，非常熱絡。林冲也十分高興，他自上梁山後，還沒有像今日受人尊崇的。

衆人邊走邊談，到了大廳外邊。

朱、林兩位頭領，先入大廳通報："大王爺，八位英雄駕到！"

王倫隨口道："哎，就進來吧！"

朱貴、林冲知他脾氣，祇能隨他。到這時候，還不出階迎接，却是安坐在交椅上的。朱貴踏出，敦請八位英雄上廳。

晁蓋衆人上了大廳，陸續前來向王倫施禮：

"在下晁蓋，叩見大土！"

"吳用拜謁！"

"公孫勝有禮！"

……最後一個是白勝，他上前來，向着王倫臉孔上肉動了一動，嘿嘿一笑，頭點了點，便閃過一旁。

這樣，八人全立在兩旁。

林冲看着，尋思：梁山竟會出這樣一位寨主。俗話説的：立客難當！他便和朱貴兩人，去屏門後，端出八把靠背椅來，分着左右，排立在廳上。

王倫尋思：林冲、朱貴這兩人真的不識時務，怎麼口吃南朝飯，心向北朝營啊？何必多此一舉。因見椅已擺好，他便順水推舟就説："哎，各位英雄，遠道而來，就請坐吧！"

衆人謝道："告坐。"

有坐必有茶的,小嘍啰就捧上茶來。一盞茶罷,晁蓋看着王倫默然不再發言,心想還是俺先説明來意吧。

正是:酒逢知己千杯少,話不投機半句多。

欲知後事如何,且聽下回分解。

第二十二回　吳學究舌辯折王倫
林武師箭發射紅綫

話說晁蓋見王倫面色冷淡，下巴翹得很高，並不寒暄。尋思：還是俺先說明來意吧。晁蓋性格爽直，便開門見山道："大王爺，俺等在鄆城縣中，打探得留守司梁中書多年剝削人民，攢得金銀財物十萬貫，送往東京，爲丈人蔡太師慶賀壽辰。此乃不義之財，取之無妨。緣是弟兄們略施小計，在黃泥岡上將這財物劫了。官兵追捕，無處安身。仰慕山寨威名，特來投奔。即將所劫財物，作個投名狀何如？嗣後，弟兄等願在帳下，聽候使喚，幸甚幸甚！"

王倫聽着，就搖手道："休如此說。梁山小寨，祇是一窪之水，彈丸之地，如何安得這許多真龍猛虎？這裏原有幾個小嘍囉，由於生意清淡，陸續散了。衆英雄還是另投大寨歇馬吧。"晁蓋想：何必看他顏色，實在不行，就投別處去便了。

這時聽王倫又說道："非是小寨不納諸位豪傑，實緣糧少房稀，誠恐誤了諸位前程，因此不敢強留。"

吳用早已覺察王倫不肯收留，想一推了之，便冷笑道："大王，此言差矣！"

王倫尋思：大家正待想走，你還不知趣嗎？便問道："差在哪裏？"

吳用道："梁山古稱大澤，水泊方圓八百餘里。港汊交錯，津流浩衍，此乃天然屏障，占着地勢。泊中有山，岡巒起伏，村落交錯，疇塍縱橫。大王據此，招賢納士，正可幹一番驚天動地的大事業。阮氏兄弟從小滾撲在驚濤駭浪之中，都有一技之長。官兵樓船倘來，正可施其小技，報效山寨。山間隙地，盡可墾種糧食菜疏，自給自足。"

王倫聽了吳用這番言辭，嚇得心驚肉跳：不出所料，這夥人是抱有野心的啊！尚未歇馬，已在作長期打算了。王倫道："吳先生，你的話益發不是了。"

吳用便反詰道："怎麼不是？"

王倫道："三雄嫻習水性，衹是漁父而已；陸上缺乏驍將，怎能成爲氣候？吳先生與小可是讀書人，秀才造反，三年不成。哪裏來個驚天動地的事業啊？"

吳用聽了，益發大笑道："大王爺，你真是謙謙君子啊！林武師是東京八十萬禁軍教頭，馬上弓箭，步下刀槍，都是出神入化的，眼見在此；還有杜遷、宋萬、朱貴諸位頭領相助，似錦上添花一般。怎說沒有武將？"

王倫聽吳用誇林冲，心中便覺不快，思想：這夥人尚未入夥，已在結伴拉幫，勾引武師。真的來者不善，十分可惡！你吳用蚊子來叮菩薩——看錯了人頭啊！不由得冷笑一聲道："吳先生有所不知，林冲在東京混過一陣，擁個虛名而已。他是持着柴大官人薦書到此投奔。小可喚他取個投名狀來，誰知空守兩天，第三天來了個青面孔，與他打了多少回合，林冲不能取勝，還是那漢子讓他，自把棍子甩下，贈他一份財物，纔得個投名狀。如此看來，林冲武藝實屬平常。"

俗話說的："君子不面辱。"王倫當着林冲面，放肆胡說，林冲不禁無名火起，正想說話。

這時，赤髮鬼劉唐聽着王倫説話，目中無人，也想發作，旁側公孫勝按着他手，輕輕説道："咱們是客，不可魯莽。"劉唐被公孫勝手按着，臂上一陣酸麻，知道他有功夫，又曉其用意，便坐了下去。

林冲自上梁山，一直受着委屈，江湖上早有傳聞。吳用這次親見，哪裏相信王倫説話？你説林教頭武藝平庸，就是平庸了嗎？吳用深爲林冲憤憤不平，尋思：就請教頭出來表演一番吧！

吳用踏步上前，雙手一拱道："林英雄，大王爺恰纔説你武藝平平，小可却不敢信，就請英雄表演一下，讓衆人一飽眼福何如？"

吳用這樣一説，大家一致拍手叫好，喊道："好啊，好啊！""對啊，對啊！"聲響頓時震動大廳。

王倫看這位學究確是足智多謀，思想：這下被動了。他是智多星，我要變成一竅不通了。不過，我有班底，還是不怕你的。王倫便向杜遷、宋萬看覷，他的意思是要他倆出來説話。這兩人並不靈光，沒有理會王倫的意思，祇聽林教頭武藝超群，還沒見他表演，便也興致勃勃地喊道："好啊，林英雄，在這麼許多貴賓面前，請你一顯身手吧！"

王倫聽罷，弄得十分尷尬，思想糟了，我把老婆鷄交給黃鼠狼了。不得已，祇好順着説道："好吧！就讓林冲顯醜一下吧。"王倫話這麼説，心裏還是很不痛快的。

林冲尋思：既然大家看得起我，我也不能辜負人家的雅意啊！就站了起來，向大家唱喏道："古人説得好！'恭敬不如從命。'林冲祇有班門弄斧了。"林冲這時肚裏也憋着氣，祇是礙嘴不好自説而已。

朱貴就問林教頭需要什麼武器，林冲是著名的槍棒教師，槍棒是他的看家本領，朱貴正欲取槍棒，林冲却道："今日就改用弓箭吧!"朱貴就將靶子取來。

王倫喊道:"且慢! 放得遠些,遠些,再遠些! 這樣越可顯出教頭的本領啊!"

朱貴就把這靶放得遠離大廳二十丈多的地方。古人常説"百步穿楊",這樣自然不止百步!

王倫又嫌牆上那弓太輕,吩咐道:"把俺房中那張'小王龍'請來吧!"王倫並不習武,房中爲什麼懸着這張硬弓呢? 他是裝裝樣子的,這張弓梁山上此前還没人開得,王倫的意思,這樣好讓林冲就此出足洋相。

林冲尋思:王倫看來處處與我作對,可是我倒並不在意啊!

朱貴把弓取來,接着送上箭壺。林冲將箭壺腰間繫好,各處檢點一下。衆人分立兩旁。嘍囉亦然。

林冲左手提弓,右手取箭;左手如托泰山,右手如抱嬰孩,將這弓開得圓如滿月。林冲一箭發出,恰恰射在紅圈圈上頭的紅綫上。林冲連發兩箭,這第二箭射在紅圈圈下頭的紅綫上。林冲又連射第三箭和第四箭,這兩箭射在左右的紅綫上。林冲又射出第五箭,恰射在正中的紅心上。於是這第五支箭湊成一朵梅花,瞬間上下左右四箭掉落。這個絶招,可以説是獨步天下的。衆人看着,大聲喝彩!

可是王倫却不識貨,杜遷、宋萬也是從來没有見過。俗話説的:鳳眼識寶,虎眼識珠。可是王倫這對俗眼,哪能理會? 祇是眼花繚亂而已。他反詰道:"這箭唤作什麼名堂?"

林冲祇得一聲苦笑道:"其名唤作'鳳居鵲巢',或稱'鳳凰正巢'。"

吳用連連點頭稱好,衆人也不斷地喝彩! 吳用想:這名稱題得恰巧,鳳凰一到,烏鵲祇得飛了。

王倫聽了,惱羞成怒起來道:"這能算是稀奇嗎? 祇中一箭,應該五箭都中纔是！”王倫真是個道地外行，不懂裝懂，説走了話，自己還不覺得。他没看到最後一箭是把前面四箭一起打下去的。豈不可笑！看官！這類人世上是有的。自己無能，却把有能的人壓下去、擠出去。

林冲聽了這批評，又祇有苦笑而已！拱手道：“各位英雄，小可獻醜了！”

王倫裝正經，面孔終鐵板一塊。杜遷、宋萬礙着王倫在座，不敢哼聲，祇是静静地坐着。

吳用摇扇又一笑道：“寨主，俺看這箭倒是悟出個道理來了。‘鳳居鵲巢’，意思是烏鵲占着這巢，鳳凰飛來，就讓與它了。最後一箭射中紅心，把前面的上下左右四箭都排除了。這不僅箭術上是個絶招，而且説來很有意義啊！”

王倫聽着吳用話中有刺，不僅惱怒，而且深恨吳用等人居心叵測。却不得不强作歡顔，轉向朱貴道：“朱頭領，今日歡聚，實在難得。該去山南水亭設宴，痛飲一番。也好做個臨别紀念。”朱貴便唤伙房備宴。

不多時，大家來到水寨亭上。杜遷、宋萬、林冲、朱貴坐在左邊主位，晁蓋與吳用、公孫勝、劉唐、白勝和三阮兄弟坐在右邊客席。大廳與水亭距離不遠，王倫却讓小嘍囉抬着山轎前來，在居中一把太師椅上坐下。朱貴等十二位待王倫坐定，纔行坐下。

小嘍囉前來輪流勸酒。酒至數巡，晁蓋向王倫提及聚義之事，王倫把話岔開去，唤小嘍囉來，捧出個大盤子，放着大塊銀子，説道：“梁山寨小，十分寒窘，聊備些小薄禮，萬望笑納。蛟龍非池中物，敬請各奔前程。”

晁蓋道：“晁某久聞大王招賢納士，特來投奔入夥。今如此説，厚賜决不敢領，亦具些小薄禮，略表寸衷！”説罷，便唤人將生辰綱扛抬上來。

221

王倫道："小寨怎敢承情接此不義之財？衆位英雄，且喝酒取樂。"

阮小七看着王倫小覷這生辰綱，聽了着惱，叱道："小的尚有微物，願請大王賞鑒！"

王倫道："英雄還是喝酒罷！"

阮小七從胸前摸出一小包來，打開看時，是一顆明珠，胡桃般大，晶瑩燦爛，光輝奪目。王倫祇覺眼前一亮，險些喊出聲來！這是無價之寶！王倫不擅武術，對於古玩，却有知識，一見此珠，便知奇絕。這珠喚爲"慶頂珠"，是阮小七在捕魚時獲得的，這次也帶着來梁山了。後來梁山征方臘後，阮小七流落江湖。爲了避世，改名肖恩，女兒改稱肖桂英。惡霸謀奪此寶，肖恩殺了惡霸一家。京劇《打漁殺家》，即寫此事。這是後話，暫且不表。

再説王倫見寶心動，正想伸手來接，眼珠一轉，很快縮了回去。王倫爲何不敢要這慶頂珠呢？他知接了禮物，必須接待這八位英雄上山入夥。他忽想到"假道伐虢"的古訓，就不敢接了。

看官，據古書《左傳》記載：晉國爲了討伐虢國，欲向虞國借道，便以名馬"屈産"和美玉"垂棘"作爲禮物，送給虞國。當時虞國的大臣宮之奇力勸虞君，不接受這個禮物，也不借道。虞君不聽。後來，晉國把虢國滅了，回頭又把虞國滅了，并取回了"屈産"和"垂棘"。

王倫是個讀書人，但對齊家治國之道不學，心思都用到歪點子上了。一想到此，就不接這慶頂珠了。便道："阮英雄，這是稀世之寶，小可何德何能，受之有愧啊！"王倫堅不肯受，阮小七祇得把它藏了起來。

這時水亭席上，鴉雀無聲。

林冲再也按捺不住了，尋思：這八位英雄前來投奔，宛如錦上添花，旱時逢雨，山寨正好借此開拓，幹一番事業。王倫鼠目寸光,阻了山寨前程。因而義憤填膺,喊道:"寨主! 八位英雄前來投誠,真的山寨之幸! 緣何推三阻四,失了時機?"

吳用看到林冲發火,假意勸道:"林賢兄,千萬息怒! 自是我等來的不是,豈可壞了山上弟兄的情分。可留則留,不可容時,我等告退便是!"

王倫看着林冲今日舉止,異乎尋常。他上山後,終日祇是愁眉苦臉,今朝却是威風凜凜起來。沒大沒小,目中無人。我是一寨之主,有權定奪。你林冲怎能當着衆人,如此放肆? 所以火了,拍桌子道:"林冲,你説這話,還懂得個上下嗎? 你不打盆水來照照,臉上還刺着字呢! 讓你高坐,已是給你面子,竟然出口傷人,這裏有你説話的地方嗎?"

林冲聽着王倫這番話,更加惱怒。尋思這個王倫,與高俅有何不同? 我在梁山上,一直逆來順受。個人之事,從不計較。今天你要斷送梁山前程,這是辦不到的。想到此,便將拳頭向桌上使勁地敲着,敲得桌上的碗盞都飛起來;再掉落下來,如灑肉雨,濺得桌上一塌糊塗。

小嘍囉們從沒看見林冲發火,嚇了一跳。

朱貴也驚呆了,尋思:自從結識,十分敬佩他的武藝;可是看他爲人,似嫌懦弱。今天纔知他是能屈能伸、頂天立地的大丈夫! 這桌子敲得好!

林冲對着王倫大喝一聲:"呀——呀——吓! 我看你是小人,心胸狹窄,怎當得一寨之主! 你也落魄,柴王爺怎的款待於你,薦你上了梁山的? 不思振興山寨,祇是嫉賢妒能,如今變本加厲,益發橫行霸道起來!"

吳用從林冲手裏接過柴進薦書,當衆宣讀一遍,衆人恍然明白,原來王倫是個忘恩負義之徒!

祇聽林冲一聲怒吼:"今日與你拼了吧!"隨即一脚把靠背椅

踢了起來，望準王倫面上飛去。

王倫嚇得六神無主，慌忙躲避。尋思：祇要躲過今日，以後再慢慢地來收拾他們。讓他們求生不得，求死未能，纔知我的厲害！

衆人都像是在看演戲，没人出來幫襯王倫。

王倫是一直拉攏杜遷、宋萬的，他倆雖然號稱"摸着天"和"雲裏金剛"，祇是長得魁梧罷了，並未見過大的世面。這時嚇得面如土色，不敢動彈。

朱貴思想：王倫這種人，丢盡了梁山體面，怎能爲寨主？必要的時候，我要幫襯林冲。因此朱貴祇是兩手叉腰，悶聲不響。

吳用看到林冲踢翻了椅子，心裏明白，祇是不露聲色。

晁蓋道："既是寨主不肯留人，咱們祇能告退。"這麼説時，八人都站立起來，想要下山。其實是要騰出地場，便於開打。而且站着要比坐着方便，可以見機行事。

王倫一看苗頭不對，自己明白：文弱書生真打起來，哪裏禁得住林冲一拳一脚。好漢不吃眼前虧，還是來軟的吧。

正是：人無氣勢精神減，世少友朋應對難。

欲知後事如何，且聽下回分解。

第二十三回　梁山泊晁蓋爲王
鄆城縣劉唐下書

話說王倫嫉賢妒能，不肯容納晁蓋弟兄投奔，惱得林冲性起，把桌掀翻。王倫眼見無人相幫，尋思瘦弱書生，不是林冲對手，不要吃眼前虧。想着多說幾句好話，把這局勢敷衍過去。

誰知他的脾氣難改，死到臨頭，嘴上不肯饒人，用心更是毒辣，開口罵道：“林冲，你這賊配軍，真的要打人嗎？我是一寨之主，你敢動手？來啊！把林冲與我推出斬了！”

王倫吃喝，誰敢答應？反而火上澆油，憤激了林冲。

此時林冲無名火起欲破青天，尋思：俺祇想打，給你一個教訓；你卻要殺我。與其被你殺，不如先殺了你！林冲瞥見牆上掛着口朴刀，刀柄鑲的白銅閃閃發光。便一個箭步跳到牆邊，抓住刀柄，“嗖”地拔將出來，高喊一聲：“呔！你這賊子，俺林冲今日就殺了你！”說着便竄了過來。

王倫一看這賊配軍真的動傢伙了，心想好死不如賴活着，三十六計走爲上計，便從太師椅上站起，轉身向後逃走，嘴裏還在嘮叨：“我說林冲，你不知羞。老婆給人占了，還稱什麽英雄？老婆都保不住，却要逞凶，真的是個王八！”

王倫的羞辱，使林冲更加忍無可忍！俺的妻子，玉潔冰清，以身殉節。你竟捏造出這種話來，“王八”兩字，豈是你讀書人說出口的？林冲牙齒咬得格格響，兩眼快冒火了。

吳用站在一旁，捋着鬍鬚，揮扇示意。赤髮鬼劉唐等看得清楚，連忙抄到王倫後邊，起手就將王倫的身子攔住，勸道："大王爺，不要走啊！"

王倫嘴裏在說，脚底搽油，正想溜走！劉唐又勸道："啊！王頭領，不要生氣嘛！自家弟兄，天大的事都好商量的。"

那邊阮小二也就過去，攔住杜遷，阮小五攔住宋萬，阮小七攔住朱貴，說是勸打，實際是前來看管着，怕他們三人出手相幫王倫。

嘍囉們驚得呆了，不曉得要鬧出什麼事來。恰纔興高采烈地喝酒，現在個個是紅眉毛、綠眼睛的，像閻王、判官一般。

王倫眼見壞事，却恨朱貴好端端地生出這事端來。林冲原是不安分的，自會和晁蓋等串通。再看這一夥人：紅頭髮、黃眼珠、黑面孔的都有。他們的手臂粗得像根鐵棍，一時動亂起來，怎麼辦啊？王倫異常恐懼。

劉唐這時雙手按住王倫身子，緊緊圍着。王倫的筋骨頓時被挾得格格有聲，比捆還緊，休想走動。臉孔變白，嘴唇發紫。說話也發愣了，喊道："啊呀！林武師啊！你懂得嗎？殺人要抵……命的！你、你……不怕犯法嗎？"

朱貴在旁聽着，哈哈大笑道："大王爺啊，做强盜的還說什麼犯法不犯法？當初，你喚林教頭三日內去取個投名狀來，不就說過'殺個把人算什麼'的話嗎？"

王倫聽罷，氣得兩眼發黑。知道朱貴也與自己爲敵了。王倫轉眼四處尋找：我還有個心腹嘍囉，喚作王義，今天怎麼不見前來啊？

其實這人不是沒來，他正站在屏門後邊，被入雲龍公孫勝垛着，一步都跨不出來，怎能來相幫？

　　説時遲,那時快。林冲已經跳到王倫面前,對準王倫的肚皮,喊一聲道:"賊子,去吧!"雙手捧刀,刀背向上,刀心朝下,望準王倫心窩,來一個白蛇吐舌,刀戳進去。

　　林冲用力極有分寸,用力過猛,刀尖穿出後心,便會刺傷劉唐,因爲劉唐這時緊緊按住王倫。林冲將刀向王倫心窩裏一捲,拔出。祇聽呼啦一聲,王倫的五臟六腑都掏了出來,足有半腳盆之多。王倫心腔的血向四面噴射出來,淌了一地。

　　劉唐這時鬆手,還問道:"大王爺,怎樣啊?"王倫屍體失了主持,仰面跌倒。

　　林冲又連一刀,將王倫腦袋割下,抓住頭髮,把他的腦袋高高拎了起來。

　　晁蓋等看林冲殺了王倫,各將藏身兵器取出。杜遷、宋萬見着,慌忙跪下,被吳用等一一扶起,説道:"諸位休慌,這不關衆人事。"

　　吳用就血泊裏拽過太師椅來,推着林冲上座上去,叫道:"今日林英雄爲山寨立下奇功,扶爲山寨之主。倘有不從,王倫便是榜樣!"

　　衆人無有不依。

　　林冲大叫道:"衆位英雄,俺祇是爲着江湖義氣,火拼了這不義之賊,無心居於此位。若居此位,豈不惹天下英雄恥笑!素仰晁蓋兄長,仗義疏財,在黃泥岡首舉義旗,奪回了梁中書剥削的民脂民膏,前來入夥,行見山寨蒸蒸日上,拯民水火,四海仰望,可爲一寨之主。未知各位意下如何?"

　　晁蓋連連搖首道:"使不得,使不得!晁蓋德薄能鮮,安敢居上?"

　　林冲將手中的刀和王倫的頭抛了,挽着晁蓋,將他推坐在太師椅上,説道:"晁兄長,萬望不辭。山寨事情正多,還仗你主持呢！”

晁蓋再要推辭時，林沖就招呼衆兄弟齊來亭上參拜。這樣，林沖和杜遷、宋萬、朱貴及山上大小頭目，以及吳用等七人都在晁蓋面前跪下。

晁蓋祇得招呼道：“列位兄弟，如此抬舉，實不敢當！請起，請起！”

衆人齊道：“拜見大王爺，拜見大王爺！”一片呼聲，振蕩山谷。

晁蓋被推爲寨主是十分恰當的。吳用教書，祇能做參謀。劉唐流浪江湖，賣棉紗帶的，祇做眼綫。阮氏三雄是打魚的，缺乏駕馭才能。公孫勝是道士，性愛雲遊。白勝好賭偷竊，終非大器。林沖懂得戰術，但不願擔任領袖。杜遷、宋萬、朱貴，不必分説。晁蓋是鄆城縣保正，最有威望。

林沖道：“水亭狹小，咱們都回廳上去議事吧！”

晁蓋吩咐朱貴，領着嘍囉，先將王倫的屍體去後山埋了。然後，衆人齊上廳來。

在大廳上，衆人扶着晁天王，就正中第一位交椅上坐定。中間焚起一爐香來。晁蓋道：“喏喏喏，這第二把交椅該是林賢弟了。”

哪知林沖推辭道：“吳用大哥，博古通今，有經綸濟世之才。執掌軍政，非他莫屬。就請當個軍師。”

吳用謙讓，林沖不允，吳用祇得坐了下來。

林沖又道：“公孫道長，有呼風喚雨的神功，請坐這第三把交椅。”

公孫勝推辭不過，祇得坐定。

晁蓋道：“林賢弟，這第四把交椅，再也不能推讓了！”

林沖再要讓時，晁蓋、吳用、公孫勝都不依，三人扶住林沖，坐在第四位。

晁蓋道："今番須請杜遷、宋萬來坐。"

杜遷、宋萬苦苦謙讓，請劉唐坐了第五位。

接着阮氏三雄排了第六、第七、第八位。杜遷、宋萬坐第九、第十位，白勝坐第十一位。朱貴殿后，坐第十二位。

山前山後衆嘍啰都來廳上參拜，分立兩廊。

晁蓋道："今日叨蒙林教頭及衆兄弟扶我爲山寨之主，與吳學究、公孫勝、林教頭等共管。各人務要竭力同心，共聚大義。今改分贓廳爲聚義堂。"然後將生辰綱財物，和自家莊上的財帛提分若干，供大小頭目和嘍啰使用。各得其份，皆大歡喜。

當下殺牛宰馬，祭祀天地神明，慶賀聚義。衆頭領暢飲至深夜方散。

晁蓋遂與吳用等衆頭領計議，整點倉廩，修理寨棚。造房廊，置崗哨，打造軍器，準備衣甲頭盔。山上山下，一片熱氣騰騰。

晁蓋又命阮氏三雄分管水寨，訓練水兵；林冲傳授槍棒。軍事、錢財、操練、巡邏、馬匹、糧草等，俱委專人負責管理。

號召五湖四海，英雄豪傑上山，同聚大義，共振山寨。

這時梁山泊，十二位英雄聚義，情似股肱，義同金蘭。有詩爲證：

> 江湖何處覓知音？其臭如蘭誼亦深。水泊請看忠義士，死生能守歲寒心。

光陰如箭，日月似梭，不覺已是八月中秋。天上佳時，人間令節，晁蓋準備熱鬧一番，大家歡叙，慶賀團圓。

亭子裏掛滿着燈籠，照耀如同白晝。桌上盤中盛滿桃杏、梅脯、山棗、花生、酥糖、餅乾等物。火房中烹熬爆炒，燒出各種菜肴。魚肉雞鵝，豬羊鹿兔，雖非山珍海饈；熊掌魚翅，却是做得可口。水產尤為豐盛，阮氏三雄是打魚能手，捕養得時。水泊所產，已是取之不竭！

菜肴一道道上來，眾英雄舉杯暢飲。酒過三巡，皓月東升，玉露冷冷，金風淅淅。狂歡之際，眾兄弟忽地想起宋大哥來，他自擔着血海干係，前來通氣，庶有今日，有恩不報，難為人也。正是：

> 一輪皓月懸當空，慨歎人生離亂中。虎踞梁山篁密密，龍盤水泊灘重重。知恩不報非君子，憂患相從推傑雄。新雁初鳴蟲語急，倚欄正念押司宋。

晁蓋道："早晚需要一位兄弟前去探望則個！"

吳用道："兄長慮得是！"

晁蓋便寫書信一封，封皮上寫"面呈宋江賢弟親展"，下署"內詳"兩字；附奉金錠二十顆，以表區區之意。

又問哪位兄弟願往。

劉唐率先道："俺去可好？"

大家同意。晁蓋道："如此，有勞劉賢弟了。"叮囑路途之中，不可醉酒。

劉唐奉了晁蓋之命，帶些盤纏，趁着中秋月色朗凈，便下山去。劉唐身穿着對襟青色夾衣，緊着一條玫瑰色鸞帶，下穿皂色叉襠短褲，脚上綁着倒翻千層浪腿布，脚蹬麻筋草鞋，頭裹一塊黑布——這布喚作襆頭。背着包裹，插着一口雪白鋥亮的鋼刀。

眾英雄送至水口，劉唐打拱告辭。邁開大步，連竄帶蹦，一路緊走，上鄆城縣去了。

不需多日，劉唐便到了鄆城縣，逢着一位老丈，劉唐拍他肩膀問詢。這老人回首見是黃頭髮、紅鬍鬚、青面孔的漢子，形狀醜陋，駭了一跳，罵他沒個規矩。劉唐道："灑家問個訊啊？"

老丈問："是何事？"

劉唐道："前去衙門，怎的走啊？"

老丈道："由此向西，碰鼻子轉彎；一直朝東，祇半里之遥，便見一座五間開闊的照壁，門口蹲着一對石獅子的，便是。"

劉唐謝過，大踏步走去。尚有一箭之遥，忽見迎面一人走來。這人哼着：

> 人無喜事精神減，運到窮時落寞多。

這人正是宋江，這時退堂下來。頭戴皂色方巾，兩條琵琶帶垂在後頭，身穿玄色緞叉襟袍子，下穿皂靴，紙扇輕搖，形容閒逸飄灑。

劉唐與宋江對面而來，宋江看這人行徑有些蹊蹺，便有意向他一撞。劉唐倒退兩步，便道："這樣寬闊的路，走路怎會不生眼睛？"

宋江説聲："對不起，敢問貴姓？"

劉唐道："姓劉。"

宋江一把挽着劉唐，説道："咱們一同上杏花樓飲酒何如？"劉唐也不推辭，説："正合灑家心意！"

這杏花樓在鄆城縣是有名的，官宦人家常來這裏會宴。宋江刀筆精通，吏道純熟，與三教九流的人都有往來，因而在鄆城縣無人不知。舉個例子：有個强盜，劈了人家大門，進行盜劫，作案未遂被逮，要處以極刑。這樣量刑，未免失當。這案狀紙到了宋江手中，思欲免其一死，書吏悉感棘手。宋江就在原狀紙上"大門而入"的"大"肩膀上加了一點，改成"犬"字，搶劫就變成了偷竊，復審改判活刑。宋江也因此更加出名。

此刻宋江與劉唐上了杏花樓來，酒保便來招呼："請上樓吧！

步步高升。"這是古時社會上的客套話,借此討個吉利。客人聽了心中總是樂滋滋的。

兩人拾級登樓,宋江選個閣子坐了。這樓清雅,壁上掛着屏條,几上置着鮮花。兩人坐定,酒保殷勤招待。宋江要了兩壺南酒,點了四菜一湯。酒保斟過了酒,便自去了。

宋江輕聲耳語,問道:"劉賢弟,你怎的來此地啊?這裏做公的人多,當心惹出事來。"

劉唐此時已知眼前這位便是宋江,便道:"晁蓋等兄弟思念兄長,感承大恩,特來酬謝。"於是就將七星八斗上山、林冲火拼王倫之事,約略説了。道:"托塔天王晁蓋特喚灑家前來,探望兄長。備有書信一封、金錠二十。略表微忱,千祈哂納。"劉唐打開包裹,取出書信和沉甸甸的二十金錠呈上。

宋江道:"書信我收,金錠祈請璧還。"

劉唐道:"哥哥大恩,無可報答。特令小弟送些人情來與押司,微表敬意。小弟倘若帶回,山寨弟兄必然見責!"

宋江推辭再三,劉唐衹是不肯。宋江尋思:酒樓上推着金錠,被人看見,多有不便。因此,衹得收入,納入招文袋中。打開書信看時,上面寫道:

> 宋江弟鑒:前時辱承飛馬臨莊,通了消息。遂得遠走高飛,化險爲夷。今上梁山,共聚大義。山上有頭領十二位,推愚權承寨主。值此中秋佳節歡聚之際,遥念賢弟大恩,愧無以報。特使劉唐賫書一封,黃金二十錠,略表微忱,千祈哂納。他日倘得文旆遥臨,再瞻豐儀。不勝企盼榮幸之至!
>
> 愚兄晁蓋等同叩

宋江欣悉一切,便將書信納入招文袋中,搭在肩上。宋江就與劉唐飲酒閒話。看看天色晚了,遂與劉唐作別。説道:"賢弟,無暇多叙，以心相照。"劉唐自下樓去，趁着月色明朗，拽開脚步，往西便走，連夜奔梁山泊去。

宋江這時却見有個員外打扮的人上來。此人頭上戴着紫醬緞長方壽字金絲絨繡方巾，兩條飄帶垂在腦後。身穿一件金絲絨繡花袍子，粉底靴。年紀五十開外。小二請他上坐，面南背北，兩個家院侍奉，叫了一席酒。

宋江尋思：鄆城縣中紳士，大都認識；這人恁地陌生。便問酒保。酒保回道："此便是縣中著名的藥材店主曹大員外。"宋江素知這人是放高利貸的，盤剥窮人，故而從未與他打過交道。

曹員外甫坐定，便喚家院將那樓下小鬼拖了上來。這小子不過十四五歲，衣服襤褸，被拖到樓上，便跪下了。祇聽員外喝道："所欠紋銀，寬了這些日子，怎麼還不還啊？"

小子道："苦的是生意歇了啊！"

員外道："借予你九兩銀子，早已到期，加上利息，這十兩銀子，今天必須你還。我這銀子借與人家，利息還要重呢。"

宋江認得，這小子是賣糖果的，擺着一個小攤。近日來了外地人，搶他生意，所以連續虧本，這錢就還不出了。

就聽這小子道："我家還有瞎眼的娘，一日三餐，都懸在西風裏。懇請員外高抬貴手，額外開恩！"

員外道："不行，今天不能過門；否則，便要打了。"

嚇得小子呱呱地叫，眼淚直淌。

宋江看這小子煞是可憐，便從袖中取出紋銀十兩，喊道："唐牛兒，休要難過。將這銀子取去還債吧！"

這小子跑來，接了銀子，面對宋江，跪地叩了幾個響頭；又將這銀兩，還了員外，便去賣糖果了。

宋江付了酒賬，離開了杏花樓。尋思：今日喝了些酒，回宋家莊怕嫌晚了，不如就在城裏宿夜。於是便向烏龍院去。不知宋江此去，惹惱了閻惜姣，兩人爭鬥起來。閻惜姣是受着宋江接濟的，可是她今有了外遇，早已嫌棄宋江。

正是：蝮蛇口中草，蝎子尾後針。兩般猶未毒，最毒負心人。

欲知後事如何，且聽下回分解。

第二十四回　閻惜姣插標賣身
宋公明受氣吞聲

　　話說宋江看着月已上升，就擬宿在城中烏龍院。看官：這烏龍院是一條小巷的名稱，不是一家別墅。這條小巷有着十多戶人家，宋江的住宅就在這巷的第四家。

　　宋江到家，伸手碰門，喚道："大姐，開門來！"

　　說書的關照：宋江城中這一住處，住的是他的偏房，姓閻名惜姣，今年二十六歲，原籍南京下關。娘親馬氏。父名閻同富，是個教書先生。這年南京時疫流行，爲避時疫，三口兒前來山東投親。同富的兄弟開着一爿小小的客棧，不料他在數年前已過世了。閻同富投親不遇，流落在鄆城縣。百無一用是書生，老人家旅途辛苦，夾着氣惱，由是臥病招商，吃用無着，逼得馬二娘和閻惜姣祇得上街行乞。惜姣怕羞，娘說："異鄉客地誰人認識你啊？還顧什麼體面。"馬氏提着籃子乞討，惜姣在後跟着。老人家的病日重一日，求醫抓藥，苦沒有錢，老人溘然長逝。

　　馬氏欠了一身債，宿店裏的房金飯錢都付不出，哪有錢來買棺盛殮老人？母女無奈，眼淚汪汪，馬氏拾了幾根稻草，挽成一隻草雞，插在閻惜姣的頭頸裏，這就是舊社會中的賣身標記。欲賣身價銀三十兩，葬了父親，還可償還些債。從早到晚，圍觀的人很多，卻沒有人來問訊。馬氏想着老人屍體，不能久待。正在走投無路之際,恰逢宋江路過。圍觀的人就向宋江説情。宋江憫其苦難,説道:"媽媽,不要過於悲傷! 這銀子俺到朋友處借,回頭來就可周濟你的。"

一會兒,宋江果從朋友家中借了廿兩紋銀前來,無償贈送給這母女倆。母女倆正在爲難時候,得此周濟,感激涕零。買棺成殮,並付了宿店欠債。

馬氏將宋江活命之恩牢記心上,尋一日子,攜着女兒惜姣前來拜謝宋江。馬氏見他孑然一身,並無婦人侍奉,便向鄰人打聽。知道他爲押司,家住在鄉下宋家莊,在這裏祇是客居。馬氏爲了報答宋江的大恩大德,意欲把女兒許爲偏房,自己也好有個倚靠,不必宿居招商。宋江不允,却被馬氏纏個不休,惜姣也是跪着不起。宋江見這母女兩人感情懇摯,終於答允下來,就納惜姣爲妾,接母女兩人住在這烏龍院中。

閻惜姣從小是苦出身,得此棲息之所,感到樂意。她會針綫生活,早起就替男人洗頭、振衣,靴子也刷得乾凈,三人生活融洽。誰知日子一長,惜姣却嫌宋江年紀大了一些;加之宋江忙於職守,有時出差,不能每晚回家到烏龍院來。惜姣有些不滿意了。

宋江有個學生,唤作張文遠,家裏排行第三,人稱小張三,或呼爲張三郎。他生得眉清目秀,齒白唇紅,是個浮蕩子弟。日常裝得老實,善於逢迎。一日,在酒樓上遇見了宋江,便和宋江熱絡。張文遠對街井市巷的聲息知道得多,與三教九流,又都有些往來。兩人撫掌抵談,滔滔不絕。宋江喜他知識廣博,是個辦案人才。幾次接觸,宋江便把他認爲學生,領他到縣衙簽押房中走走。

這時,縣衙恰缺少一位謄録員。縣尹聽到宋江説起,便想看看他的書法。張文遠的楷書寫得工整秀麗,縣尹滿意,就把他録用了。張文遠當然感激。這樣一個流浪漢,便有了歸宿。宋江正苦工作少個幫手,想把他的本領傳授與他,就常帶他到烏龍院來。時間長了,宋江未來,張文遠早已來了。

張文遠在烏龍院拜認師娘,日久便與閻惜姣發生感情。閻惜姣怨着命運,好一朵鮮花,插錯了瓶。想着月下老人一時糊塗,牽錯了這紅絲。倘若能與這張三郎湊合綢繆,郎才女貌,纔是道理。

自有此心後,惜姣看着宋江到來,便生嫌厭之心。有時,便是冷言冷語對待。宋江自覺没趣,就此少來。張文遠鑽這空子,大獻殷勤。初是日裏來,後來夜裏也來。兩情纏綣,就什麽話都説,什麽事也會幹了。

果然有一日,張文遠知道宋江有事回宋家莊去,要歇一二日纔回城呢。張文遠就又到烏龍院來。

宋江回家有事,閻惜姣也清楚,她就特意打扮。髻挽烏雲,眉彎新月,肌凝瑞雪,臉襯朝霞。越發顯得標緻。

張文遠看閻惜姣果然生得美麗;她看張文遠時,眉清目秀,面白唇紅,身段風流,衣裳清爽,心中也是暗喜。

張文遠就上樓了。祇見圍屏小桌上果品珍饈,早已擺設完備。閻惜姣請張文遠喝一盅酒,兩人拖拖拽拽,挨着坐了。甜言蜜語,各道衷腸。初時還是勉强,漸漸説得熱鬧,弄得張文遠骨鬆筋癢,神蕩魂迷。

這時月上柳梢,燈尚未明,張文遠喝得醉了,問惜姣道:"先生來了,怎麽辦呢?"閻惜姣道:"不要緊的,你醉了酒,奴家怎能送你回去啊?"張文遠就解衣就寢,住下來了。

這樣,宋江來時,張文遠避開;宋江去時,張文遠便來。倒鳳顛鸞,徹夜交歡,非止一日。馬氏受了張文遠的小恩小惠,這苟且之事,她也就不聲不響了。

　　俗話説没有不透風的牆，流言蜚語竟也沸沸揚揚起來。有個賣豆腐老人，住在對門，張文遠窺着宋江不在時，常有走動。他見多了，便生疑心，知道這個女人瞞了押司和學生私通。這樣就城裏城外，都傳開了。初則礙着宋江的面；後來，宋江也是有所聽聞了。街上就有謠言説："前頭走的是黑三郎，後面走的是張三郎。"

　　張文遠和閻惜姣都是受着宋江的恩惠的，自從兩人私通，就恩將仇報了。張文遠想，倒要尋個宋江短處，喪了他的性命。這樣，露水夫妻就可以天長地久了。黃泥岡上出了截劫生辰綱的大事，張文遠時有所聞。他在簽押房中録公事，瞭解一些原委。看來宋江有些嫌疑，祇是没個證據，便私囑閻惜姣留神。這個宋江却不知曉。

　　今日宋江和劉唐喝了酒，意緒闌珊。看着月已高懸，尋思回宋家莊去，時已晚了。因此，肩搭着招文袋，一步步走向烏龍院來。到了宅門，便唤閻大姐開門來。可是連敲數下，不見室内動静。宋江有些焦躁，接着又敲數下。

　　　我道風吹松，原來人叩門。

　　"外邊是哪個啊？老身來也。"馬氏便來開門。

　　宋江招呼聲："是馬二娘啊！"

　　馬二娘把門拴好，殷勤招呼，説道："宋大爺，多日不來，真使小女想煞了！"

　　宋江聽了，想着：惜姣年輕，孤燈獨守，是會感到寂寞的。

　　馬氏就喊道："惜姣，你心愛的三郎來了！"

　　惜姣這時正在替張文遠紮鞋子，底早紮好，正上綁呢。感情好的，針綫生活也做得細緻。惜姣在想：文遠穿了這鞋，走在路上，真是"綫頭猶帶口脂香，教人一步一思量"啊。可是，她對宋江，一雙鞋子也未紮過。現在，張文遠穿的，從頭到脚，都是惜姣一手縫的。惜姣正上鞋幫，聽娘親這樣喊着，以爲張文遠來了，隨聲問道："啊，他來了么？"

馬氏道："是啊，他是來了。"

惜姣聽了開心，尋思打扮一下，讓張三郎看了，更歡喜啊。

馬氏看着宋江已經坐下，惜姣還未下樓。年老的人，一時糊塗，忽地却想着了，不要女兒弄錯，以爲張三郎來了，又在搽脂抹粉。就轉口道："宋大爺請坐，小女就來！"

這話説得很響，惜姣聽着，知道是誤會了，心中就有氣了。一般人的心理總是這樣的：感情好時，興致來了，樣樣都好；没感情時，什麽都看不入眼。惜姣尋思：奴是如花似月的美女，怎能與四十多歲的黑漢周旋啊？那張文遠是個小白臉，他來纏稱奴的心啊。一個是衙門中官吏，説話盡是官腔；一個是翩翩少年，能説會道。一開話匣，市上的新聞就是聽不完的。

閻惜姣情緒霎時低落，想這俏眉眼何必做給瞎子看呢！馬氏催着女兒下樓，惜姣捏着一塊紅帕，走下樓來，冷冷地作了一揖。

宋江看着惜姣，説道："惜姣，多日未見，看你清瘦多了。"

惜姣却想：宋江哪裏知道？有了文遠，奴今心寬，對着菱花鏡照，比以前豐腴多了。

宋江進了家門，感覺惜姣對他没精打彩，説話有氣無力的。想着自己公事繁忙，怕是來少了。

惜姣在想：張三不來，宋三倒來了，這就錯了班了。

宋江想着：俺自來得少了。隨手摸出五兩紋銀，請馬二娘去街坊，買些酒菜來，歡聚一下吧！

馬氏見着銀子，聽説歡聚，自然高興，便出門採買去了。

宋江來挽惜姣閒談："大姐，這幾日身子可好？"

惜姣道："誰説不好啊？"

宋江恰想叙話，惜姣却把他話頂回去了。

惜姣想着：耳上缺着環子，腕上也没金鐲。祇有張三許我，宋江從没提到。因而嘴唇翹着，祇不理睬。想着如張三到來多好！

不久，馬氏已將酒菜買來。宋江招呼飲酒，惜姣仍呆呆坐着。宋江無奈，祇得自飲自斟。

宋江飲畢，惜姣自上樓去，宋江隨着上樓。

宋江看着樓上倒是收拾得幽雅：青紗帳上，垂着緣總；床上疊着綉花鴛鴦被子。這床是宋江買的，可是這床上的陳設，是惜姣後來添置的。

宋江坐在床沿，便唤閻惜姣道："大姐。"

惜姣道："宋大爺！"

宋江道："時光不早，咱們安歇吧！"

惜姣道："是啊，可以睡了。"

宋江飲了些酒，覺得嘴乾，便從暖桶裏把茶壺提了出來，呷了兩口茶；又垂頭看着惜姣衣不解帶，祇脱了鞋，坐上床來，身子向床的角落裏邊滾去。面孔朝裏，背心朝外，管自睡了。

宋江思忖：今日惜姣究竟爲了什麽啊？尋思：往日，我來不是這樣的，她先爲我寬衣，然後自己解帶。今晚爲何和衣而卧呢？宋江便道："啊，大姐，不聲不響，這是你的不是了！"

閻惜姣道："怎麽是我的不是啊？"

宋江道："看你和衣而卧，難道有什麽不如意嗎？"

閻惜姣道："有什麽不如意呢？"

宋江道："莫非人家欺負了你？"

閻惜姣冷笑一聲道："唷，看在押司分上，人家會讓奴三分呢。"

宋江道："敢是生活得不舒暢嗎？"

閻惜姣想:生活上不舒暢,倒是有的,這不好説。却道:"奴家穿的是綾羅綢緞,吃的是鷄鴨魚肉,還有什麽不稱心呢?"

宋江道:"既是不愁衣食,又没人欺,那爲什麽不快? 是否媽媽罵了你啊?"

閻惜姣道:"你越發説得不對了! 想着媽媽疼我愛我,哪會打罵啊!"

實際是閻惜姣在思念張三郎啊! 宋江怎樣會猜到呢?

宋江再要問時,惜姣祇是不響。

宋江没趣,便自探下帽子,卸下身上的襟子,把它搭在架上。那招文袋也自在架上懸着。結一結緊,這樣袋就不會掉下。坐在床沿,自脱着靴和襪,就此上床。好在床上有幾條被,宋江取了一條,便自睡下。因吃了酒,睡眼蒙矓,霎時打起鼾來。

閻惜姣本來就没有睡,想着心事,兀自正在出神。聽着宋江鼾聲如雷,尋思怎樣和這黑漢過一輩子,更是觸動愁緒。翻來覆去,益發地睡不着。長夜如年,滾在床邊,感到無聊,思想索性就從床裏跨出來吧。舊社會裏,總是男人睡在裏床,女人睡在外床。爲什麽呢? 迷信説法,女人從男人身上跨進跨出,男的會倒霉的。閻惜姣心中祇有個張文遠,她把宋江不放在眼裏。那麽,還管你倒霉不倒霉嗎? 故意也要跨跨。何況,他已熟睡,自然從他身上跨出來了。

閻惜姣下得床來,摸着火刀火石,把裱心紙打燃,吹一吹;然後點亮紗燈。覺得口渴,也就倒些茶喝,潤潤喉嚨。對着睡熟的宋江看看,黑黑的一團,越看越覺得這人討厭。一張嘴張得蠻大,噴出來的盡是酒氣。鬍鬚不住掀動,一吸一呼,一翹一落,更加難看。宋江的鬍子是連鬢的,嘴唇皮上油漉漉的,邋裏邋遢。閻惜姣想:這條被頭今夜給你睡過,待你走後,奴家馬上把它拆下來洗。就這一點,説明閻惜姣對宋江已經没有一點感情。

閻惜姣看着宋江觸氣，眼睛便向床的四周看來。看看宋江脫下的東西：頭巾放在桌上，衣服搭在架上，襪子塞在靴筒裏。古時襪子是竹布的，上面一段還是露在靴外的。閻惜姣看得清楚，尋思這襪若拿出來，肯定臭得不得了。閻惜姣看着宋江的襪，説不出滋味，心中又懊惱起來。轉眼時，看到衣架子上繫着的招文袋。閻惜姣突然感到奇怪：以前他的袋子放的是幾張紙，總是癟的；今天怎麼看來是沉甸甸的、飽呼呼的？好像有啥東西蠹着凸出來了。

閻惜姣想知道這究竟是怎麼回事，就輕輕地走了過去。用手來摸，感到挺硬，思想：裏邊是什麼東西啊？於是，輕輕地把它解了下來，打開一看！真想不到啊！黃燦燦的全是金子啊！閻惜姣看着驚呆了。這些金子是哪裏來的啊？尋思：這黑三郎，他的事奴家知道，從來沒有過這麼多成錠的金子啊！看來不止一錠。閻惜姣把袋子提出來，感到沉得很。再放下去，伸手進去，一摸一錠，一摸又是一錠，擺在桌上，仔細一數，正好二十錠啊！惜姣對着金錠，不住眼地看，用手摸着，高興得險些要拍手了。

惜姣又想：宋江的家世，奴家雖不十分清楚，却也瞭解一二。父親管得很嚴，家裏並未分家。莊上的收入，都歸他父親掌管，每月俸禄不過四十兩。他自仗義疏財，常周濟人。代寫狀子，又不肯收人禮物。那麼，怎麼會有這些金錠呢？奇了！會不會這宋江表面裝得正經，實際良心也是墨黑的？嘴裏説得好聽，賺的都是昧心錢呢？

閻惜姣想：這錢總是黑心來的。那麼，黑來黑去，奴家把他吞了，有何不可？閻惜姣想着出神，順手又向招文袋摸去。這一摸，硬的黃貨沒有了，忽地掏出一封折疊着的書信來。這信封口已經拆開，信紙還是折疊着的。閻惜姣想：這會不會是一張狀紙呢？寫了這張狀紙，人家就行賄予他了。不管怎樣，閻惜姣想把它看了再説。衹見這封信寥寥幾行，信上的事倒是一目了然。惜姣父親是教書先生，她也粗識些字。看到最後，她的心也突然跳個不停，面孔轉色。又是吃驚着：原來這矮宋江啊，是私通梁山的！身爲押司，却與大盜稱兄道弟。忽一轉念：張三郎原是唆她看覷他的，現在拿到這真憑實據了，那麼這黑宋江的性命就捏在奴的手中了。奴去公堂出首，就可以與張三郎百年偕老了，張三郎借此也可平步青雲。

　　閻惜姣看了這信，喜不自禁，尋思：吞了這二十兩黄金，眼見就會出事。不如把這金錠仍舊放在袋中，讓他不覺；衹需把這書信藏了，什麼事都好辦。閻惜姣就把書信胸口藏了，金錠從桌上仍舊納入袋中，把袋仍是繫在架上掛了，衹當没事，身子輕輕地挨過來，脱了鞋子上床。把燈吹滅，就往裏床邊兒旮一滚，悠悠地睡去。這時，閻惜姣宛如吃了定心丸，做夢也是香的了。

　　金鷄報曉，宋江一枕夢醒。看看閻惜姣正睡着，想着昨夜説話抵牾，感覺留着乏味，不如趁早離開，值班去吧。宋江穿戴好了，就在那衣架上解下那隻招文袋來，手中提着，搭在肩上，覺得是沉甸甸的。看着惜姣正是好睡，知她心中有氣，不想打擾，免得淘氣，自開了門，走下樓去。輕輕喊道："啊，馬二娘，宋江上卯去了。"

　　馬氏應了一聲，並未起床。

　　宋江將門掩着，出巷便向街上走去。

　　宋江到了街上，看到粽子、豆漿攤子，就想在這裏吃一點。這攤老闆是熟悉宋押司的，見押司來，就殷勤接待。宋江吃完了早點，忽地看到海捕文書，不由想起那封書信來。翻檢招文袋，不見蹤影。這樣宋江要重回烏龍院去，却與閻惜姣爭吵起來。閻惜姣衹是威脅，心腸十分狠毒。

　　正是：人家求我三春雨，我去求人六月霜。

　　要知後事如何，且聽下回分解。

第二十五回　宋公明坐樓殺惜
唐牛兒知恩報德

　　話説劉唐下書，宋江將這書信納於招文袋中，在烏龍院歇宿一宵。凌晨出門，宋江來到街坊，在攤上買了豆漿、粽子充饑。

　　宋江吃完早點，向衙署走來，路經鼓樓，見闕牆上貼着告示。宋江看時，原來是八幅圖形，每幅一尺多闊，二尺長。第一幅圖繪的是晁蓋，循次是吳用、公孫勝、三阮兄弟、劉唐和白勝。圖上寫得明白：若有人捕獲前來，賞與紋銀一百兩；通風報信，首告到官的，賞銀二十兩。

　　宋江看完，祇是尋思：晁蓋身爲保正，今番做出這滅門滅族之事。吳用是孔聖門下，也附和盜賊，做這等事。

　　循着看時：看到有個黃頭髮、紅鬍鬚、青面孔。啊！宋江大吃一驚：這人就是昨日來找我的劉唐啊！我曾邀他去杏花樓頭飲酒，他爲梁山來與我下書、贈銀，這就有着干係了。一拍招文袋，硬邦邦的金錠尚在，心中暗喜。不知這書信如何？私下急道："啊呀，倘若被人知曉，那就非同小可。"悔恨當時，沒有尋個機會，早早燒了。

　　宋江就從人圈子中慢慢地退了出來，走到弄堂邊偏僻處。四顧無人，趕緊取下這招文袋，伸手向內撫摸。金子二十錠，一錠不差。掏來掏去，祇是沒有書信。宋江慌得兩眼發定，感覺奇了:這書信會落在何處呢？這招文袋宛如他的生命,身不離袋,袋不離身。再想:劉唐去後,沒會三朋四友,便回烏龍院下處去了啊。人上了樓,睡前,把這袋子繫在衣架上邊,沒動過啊。

宋江一時緊張起來,心緒萬端,尋思:這書信倘若落入惜姣手中,怕不得了。她識得字,很可能會惹起禍端。趁着天沒大亮,急急回轉。心想:最好她還睡着,尋回這信,就沒事了。宋江奔回下處,手推門時,還是虛掩,知道馬氏尚未起身。

宋江將門關好,穿過客堂,直上樓去。一推,房門並未落閂。人踏進門,天已大白。看着閻惜姣和衣睡着,背朝着外,面朝着內。細思:這招文袋,我在睡前,祇是繫着,沒解開過。這樣看來:繫得緊緊是不會落出的。金重書輕,倘是丟失,定然先要丟失金子的。宋江便向桌上、床頭、床下、樓板上四處尋覓,祇是不見蹤影。想着:房中並無他人,馬二娘沒有上樓。昨夜,閻惜姣祇是冷淡,看來很不開心。那麼,這事不是她幹的,有誰幹呢?

宋江想到這裏,就來推閻惜姣了,喚道:"閻大姐,閻大姐啊!"喚了幾聲。

惜姣打個哈欠,揉揉眼睛,似乎醒來。從裏床翻出,睡眼惺忪地把脚踏在踏脚板上,迷惘般地坐在床沿上,有氣無力地,像是夢中醒來,什麼事也沒有似的。問道:"唔,宋大爺,你起得早啊!"

宋江道:"是啊,我早已起來了。"自思:已在外邊兜一圈子了,她還不知道呢。

閻惜姣道:"你喚我做什麼啊?"

宋江道:"你曾見過我的一件東西嗎?"

閻惜姣道:"什麼東西?"

宋江道:"喏喏喏! 昨晚上,我丟了一封書信。"

閻惜姣道:"這信是放在哪裏的?"

245

宋江道："就放在招文袋内。"

閻惜姣道："裏邊還有什麼?"

宋江自思：事到其間,不必瞞了。便説道："還有二十錠金子。"

閻惜姣道："唔,這就怪了。要偷總偷金子,不會祇偷信的。金子可在?"

宋江道："在啊。"

閻惜姣道："奇了! 金子尚在,怎麼信就没有了呢?"

宋江聽她説話,知她不打自招,却在裝瘋作聾。便放大些聲説道："啊呀呀呀,閻大姐,這信事關重大。"

閻惜姣道："奴没看見,奴先睡了,你自己好好想想。"

宋江尋思：我在杏花樓上吃酒,這書劉唐面交。回家洗臉,没開這袋,結仍打着。可是爲何書信不見了? 便説道："大姐,快把書信還我,時光不早,我要點卯去了。"

閻惜姣想：奴家一口咬煞没拿,看你如何? 殺了我頭,吊了我小舌頭,也不會説。祇道："我没見!"

宋江看她眼皮垂着,料定是她拿的,肚中暗忖：這個女人真的狡猾。便又大聲些道："大姐,你……還給我吧!"伸手來抓她手,抄她的身。

閻惜姣翻向後床,尋思奴手不能被你抓着,動手起來,力氣不如你。霎時間,閻惜姣杏目圓睜,柳眉倒竪,身子一翻道："宋江!"

喔唷,宋江聽着惜姣這説話聲音,自然會意。往日惜姣對他稱呼總是宋大爺長,宋大爺短;今日直呼我名,就差没唤我黑三郎了。

閻惜姣想：宋江不知道這信藏在哪裏,豈可繳出? 祇有硬到底的。她問道："這信重要?"

宋江道："是啊!"

"黃金次要?"

宋江道："對啊!"

閻惜姣道："這信老娘知道。"

宋江道："快快還我!"

閻惜姣道："怕没這樣便當吧!"

宋江明白:她已曉得我的底細,説道："你若歸還這信,這二十錠金子就送於你了。我要這重要的。"

閻惜姣冷笑一聲,自思:你當奴是小孩? 祗要你這金子。倘若這樣,昨夜早已照單全收了。

宋江無奈,問道："大姐預備怎樣?"

閻惜姣道："需要依着奴家三件事!"

宋江道："不要説三件,三十件都依你就是了,請説:這第一件呢?"

閻惜姣道："房廊、家俱,從今日起,統統歸奴所有。"

宋江道："好啊,給你便是。"

宋江想着:這些身外之物,生不帶來,死不帶走。我有老家,這些全都送與她就是了。又問:"這第二件呢?"

閻惜姣道："這金子,悉數歸我。"

宋江道："喏喏喏,如數奉上就是了。"便從招文袋中取出,悉放桌上。閻惜姣就一錠錠地取去,統統鎖在橱内,鑰匙藏在身邊。

宋江又問:"這第三件呢?"

閻惜姣取出文房四寶。"寫什麼?"宋江問道。

閻惜姣道："從今日起,我倆夫妻緣分結束。你走你的閻王路,奴走奴的陽關道——要你寫張休書,今後兩人就風馬牛不相干了。"

　　宋江思想：這個婦人，真的惡毒！説道："我不來就是了。"

　　閻惜姣道："不能，當有筆據。"

　　"怎麼寫啊？"宋江問道。

　　閻惜姣道："從今日起，宋江願將閻惜姣讓與張……"

　　宋江等不到閻惜姣的話説完，把筆一擱，眼珠突出，問道："説的莫非就是張文遠嗎？"

　　閻惜姣道："是啊，算你聰明。"

　　宋江把筆一丢，長歎一聲，心想：我道是非朝朝有，不聽自然無。流言蜚語，我還不信，原來真的如此！我來總是一番熱忱，祇換你的冷言冷語。不由得説道："別人尚可，張文遠是我學生，你是他的師母。他的知識是我傳授，怎能師母下嫁？不是大家的顔面都掃盡了嗎？又如何在衙署共事？"

　　閻惜姣道："宋大爺有爲難，那麼，就換個地方去寫吧。"

　　宋江道："到哪裏去寫啊？"

　　閻惜姣道："你是押司，自當到衙堂偏案上去寫啊！"

　　宋江聽了這話，便"喔——唷！呵呵呵呵！"快要氣得瘋了。尋思：這樣的女人，竟會説出這樣的話來，心腸狠毒之極！她與張文遠私通，張文遠已成刀筆書吏，這點子怕是他出的。事不得已，這休書祇能寫了。隨她要怎樣寫，就怎樣寫，答允了她三件事，就好萬事全休。宋江一揮而就，閻惜姣粗通文字，看了合意，自己朝着下方按了指拇印，宋江隨着也按了指印。宋江道："大姐，請收下吧！"

　　閻惜姣將休書折好，納入懷中。宋江道："現在，好把這書信取來還我了。"

　　閻惜姣道："你急什麼呢？"仍不想還。

　　宋江急道："這這這，快快把這書信還我吧。卑人要值班上卯了。"

閻惜姣道："我説宋江，你好大膽量！拔倒葫蘆潑匙油，這信總是你的，可我要上公堂去，讓縣尹老爺瞻觀一下，纔還你呢！"

宋江尋思：這個女人心太黑了，歸根結底，不肯還信。這三個條件，我都依了。且不説周濟過你，與你往日無怨，今日無仇，心腸爲何如此狠毒？正如她所説的"你走你的閻王路，奴走奴的陽關道"嗎？

宋江道："你真心狠，快把信還我！"

閻惜姣道："奴自不還，看爾怎樣？"

宋江道："我有刀啊！"

閻惜姣道："噢，你想殺人？"

宋江説這話時，原是嚇嚇她的，讓她把信取出來的。不想閻惜姣這麼説，倒提醒了宋江。宋江想着這事很快會被張文遠知道，説了出去，傳揚開來。私通梁山，有憑有據，那就不得了啊！宋江還能做人嗎？眼見大禍臨頭，不僅自己遭殃，還要累及老父。也罷，既已勢不兩立，也沒必要客氣。便從袋內取出一柄裁紙刀來，喝道："你還了就罷，真不還時，喏喏喏——"

宋江踏一步上前，起一隻手去扼她的嘴時，却被閻惜姣咬了一口。這一口咬，十指連心，宋江頓時痛得人都蹲了下去。

閻惜姣却心狠，想着：不怕宋江逞凶，天已明亮，巷內來往人就多了。閻惜姣就抬起腳蹬蹬樓板，喚娘上來幫忙，好讓鄰居曉得，把宋江當作強盜送官法辦。

宋江用手叉住她的咽喉，不許她大聲喊。閻惜姣咬，宋江顧不得痛，逼得無可奈何，這刀衹有向着閻惜姣的頭頸裏拖去，説聲："去——吧！"閻惜姣嘴張開，還沒喊出聲來，吃着刀，喉管已被割斷，仰面倒地而死。

剛纔，閻惜姣蹬地板時，馬二娘並沒聽到。現在驚醒，問道："樓上什麼響啊？"宋江答道："没什麼，我忘了東西回來找尋的。

馬二娘放心就是。"

宋江忙在女人身上摸信,果在胸口找出,已被濺着血漬。宋
江慌忙當場焚燒了書信,心裏的這塊石頭纔放落來。待火滅了,
便匆匆下樓。

馬氏看着宋江在樓梯上走下:"唷,宋大爺,這麼早就起
身了?"

宋江道:"卯時已過,點卯已經誤了。"

馬氏眼尖,看他神色慌張,尋思:恰纔出門,怎麼又折回來?
便問:"我家女兒呢?"

宋江道:"還是睡着。"

馬氏欲要上樓去看,宋江道:"這就不必了。"

馬氏執意要上,宋江思想:荷葉包不了四角菱的,遲早戳穿。
便道:"惜姣恰纔與我口角,宋江不慎一刀將她誤傷死了。"

馬氏道:"大清早你就和我談笑話了。"

宋江道:"真的!"

馬氏不信,宋江陪她上樓,果見女兒屍身,倒在血泊。便覺
萬箭穿心。對着宋江看看,想你手真辣啊!眼淚奪眶而出,抛個
不停,説道:"啊呀! 宋大爺,老身無依無靠,耳聾眼花,老態龍
鍾,教我如何是好?"

宋江道:"不用悲傷,喏喏喏,你的生活,養老送終,都由我來
負擔就是。死者我來成殮。"

馬氏道:"爲了甚事殺她? 她與你無怨仇。"宋江道:"我喝些
酒,説話之間,她衝撞我。是我失手,把她傷了。"

馬氏道:"那麼,我們同到壽器店去選口棺材吧!"

兩人下樓,到了門外。宋江叮囑馬氏萬勿聲張,同向東門街
上走去買棺材。馬氏轉念:在家,我是孤掌難鳴;到了大街,熙來
攘往,我可以喊,不怕你逞凶了。

馬氏一把將宋江緊緊揪住，大聲喊道："殺人的宋江在此。大家快來啊，把他扭送官府法辦！"馬氏心想：柴多火焰高。大家聽着喊，都會來幫忙的。誰知來往的人盡多知道宋江是個好人，誰聽她的胡説。

宋江知道上當，竟走不脱。大家感到奇怪，是怎麼回事啊？圍觀的人漸漸多了。宋江被扭得狼狽，汗如雨下。

馬氏口口聲聲衹是叫着，一口咬定女兒是被這個黑三郎殺死的。恰在這時，橫裏闖出一個十三四歲的孩子，是賣糖老鴨兒的，喚作唐阿牛，又稱唐牛兒。看着恩公宋江被這老虔婆扭着，尋思：昨日在杏花樓上恩公解了我的難，有恩不報，非君子也。今日有難，宋老爺被這婆子人前出醜。這時不幫，更待何時？説道："宋大爺，走就是了。烏龍院一帶鄰居，誰不知道她是瘋婆。宋大爺接濟她時，千恩萬謝。現在全忘記了，恩將仇報，豈有此理？"

馬氏扭着宋江，死也不放。唐牛兒衝上前來，將這婆子的手，一口咬着。馬氏手痛，手就鬆下。宋江趁機得便脱身。唐牛兒還是喊道："這裏有我，宋大爺快快走吧！"

圍觀的人讓出路來，也都説道："蠻對，蠻對！宋大爺快走快走！"宋江脱身走了。

宋江走了，馬氏扭着唐牛兒不放，兩人滾在一起。圍觀的人就來將這一老一少拉了起來。馬氏怒罵唐牛兒道："狗捉老鼠，多管閒事。你們這些不識好歹的東西，善惡不分，荒唐透頂。"這下是一脚踏死十八隻蟑螂，犯了衆怒，誰也不同情她。

唐牛兒衹是大聲喊道："諸位，不要聽她瘋言瘋語。宋大爺不會殺死她女兒的！她是神經病，一陣一陣的。好時和常人一樣，發病就胡言亂語。"

馬氏急道："這小畜生，誰要你搶着瞎説啊！"馬氏要追，唐牛兒就攔。馬氏極叫道:"你們不信,跟着我家去,是真是假便知道了。"

衆人説道:"這話有理。"就跟了去。唐牛兒怕是真的,知道宋江早走遠了,也算報了他的恩情,趁機溜了。

馬氏領着衆人上樓,閻惜姣果然倒在血泊之中。馬氏又是一場大哭。

便有人來提醒道:"哭有啥用?趕快去報官吧!"馬氏一聽,此話不錯,便住了哭,急忙下樓。門也顧不得鎖了,趕向鄆城縣衙門去。

衙役看着一位老太跌跌撞撞、喪魂落魄地大清早跑來,問是何事。馬氏道:"來報官的。"衙役就回答道:"縣尹坐堂不是天天放牌的,逢着三、六、九日纔坐堂啊!"

馬氏道:"人都死了,還得等到放牌日子嗎?"有的圍觀的人也跟了來。值堂的看着人多,便進去報二太爺,二太爺就去再報縣尹。

縣尹時文彬輕衣便服,正在書房看書。聽着二太爺來報,問是何事。二太爺將案情略説。人已死了,苦主來衙鳴冤。

縣尹聽着,心想到任以來,尚未出過此類殺人案件,理當審查清楚!否則,上級查到,有礙前程。時文彬隨即吩咐:"點鼓,升堂!"

值堂官便至大堂滴水簷前,喊道:"奉——太老爺鈞諭,升——堂——侍——候——哉!"

衙門中人聽得,前來列隊。劊子手、軍號手、執仗手,三班六房書吏嶄嶄齊齊,站立兩旁。鼓聲三通,二太爺先出堂來,接着就是押司。押司是記錄口供的,今朝缺席,因爲宋江没有來啊。

時文彬正冠、拂袖出堂,一聲咳嗽,居中坐定。"來啊!"

"喳!"

"將這告狀的老嫗喚上堂來!"

"是!"

一個當差的來到外面,傳馬氏上堂。

馬氏到了大堂,雙膝跪下,道:"大老爺在上,難婦馬氏叩見大老爺。"

老爺問道:"下跪馬氏,控告何人?"

馬氏道:"大老爺啊! 小女閻惜姣,昨夜被宋江殺死了!"

老爺側首看覷,不見押司宋江,心中已經明白。他知閻惜姣是從南京逃難來此,宋江接濟過她,後來納爲侍妾。便問道:"怎樣被殺的?"

馬氏道:"難婦一時說不清楚。宋江昨夜來烏龍院,與女兒同宿一宵。今晨宋江將女兒殺了。"

縣尹尋思:馬氏說不清這原委。宋江與閻惜姣無冤無仇,好端端的,爲何將她殺死? 也許閻惜姣有了外遇,兩人從而反目,衝撞起來,宋江氣憤不過,將這婦人殺了。

縣尹又是問道:"此話當真?"

馬氏道:"確是事實! 請大老爺爲難婦做主!"

縣尹喚她站立一旁。馬氏應聲道:"是。"立了起來,站了過去。

縣尹拍着驚堂木道:"來啊!"

衙役答應一聲:"喳!"

縣尹道:"速將宋江拿來!"

衙役聽着,一時無人前來接簽。大家相互看着,感到平日交誼篤厚,前去捉拿,下不了手。

時文彬看着,有些惱了,便道:"朱仝、雷橫何在?"兩人答應一聲。縣尹就將火簽擲下,兩人接簽。

時文彬吩咐備轎,鳴鑼開道,仵作跟着,來烏龍院踏勘驗屍。

來到宋江宅院，老爺坐在廳堂，仵作上樓驗屍。先從死屍背上驗起，然後把她翻了轉來，撕破領頭上衣，四處驗過，祇是頸下吃了一刀，致死。傷痕足有兩寸多長。驗畢，仵作下樓稟告。

縣尹吩咐備棺成殮，截去一角，存案。

馬氏懇求縣尹老爺，逮捕宋江，懲治凶犯。公侯萬代，步步高升。

縣尹已令朱仝、雷橫追着到宋家莊去拿捉宋江。

正是：有似皂雕追困雁，深如雪鶻打寒鳩。

未知宋江被捉到與否，且聽下回分解。

第二十六回　趙點檢陳橋兵變
柴王爺滄州招賢

　　話說縣尹時文彬看着此案未了，凶手在逃，閻惜姣究竟如何死的？是情殺，還是其他原因？真相不明。便回衙，又發出火簽、牌票，命衙役四出巡拿宋江歸案；對宋江老家宋家莊，則令劉班頭和一個新來的王管帶領手下前去搜拿。

　　王管到了宋家莊，遇見宋清，喝問宋江何在。宋清詫異道："兄長好端端地在衙堂值班啊！"

　　王管道："放屁！宋江已犯了法，快快把他交出，免得多動手腳。"

　　宋清道："昨夜確實没回來啊！諒是宿在烏龍院的。"

　　王管道："休說廢話，來啊，搜！"

　　宋清知道宋江出事，連忙取出紋銀四錠，拜倒在地——實際是將這四錠銀子塞入他的靴筒中去。舊時官場行賄，常用這種方式，喚作塞靴筒。

　　王管驟覺腿上加了分量，心中有數，面孔就兩樣了。說道："啊呀！你真斯文，行此大禮。不敢不敢，快快請起！"彎腰去扶——順便摸摸，說道："好吧！料定宋江作案，早已逃走，還敢回老家嗎？"跟隨經他一說，就不搜了。

　　劉班頭與宋太公經常有着來往的，聽着王管說話鬆口，也賣個人情，招呼衙役回衙去了。

宋清見着衆人走了，額頭不住地抹着汗水。

再説朱仝、雷橫，奉命來捉宋江。這兩個閒常都是敬重宋江的。這次做錯了事，放個交情，不想來難爲他。去宋家莊，須走東門。他倆却走西門，這西門外有吊橋。吊橋外有一段街，到遠方去，需要船隻。想來宋江不會停留在此，要麽不來，來時早已乘船去了。

這吊橋旁有座涼亭，俗稱接官亭。官場來往，水路都是在此接送的。朱仝、雷橫欲向涼亭去坐一歇，挨些時間，就算了事。二人遙遠見亭中坐着一人，以爲是過路的，走近一看，正是宋江。朱仝、雷橫見着，倒是有些尷尬了。

宋江見着朱仝、雷橫前來，並不慌張。因爲他想着晁蓋的書信已經燒毀，這個滅門滅族之禍已經躲過。坐樓殺惜，即使被捕，誘説情殺，一身做事一身當，反覺沒有什麽。兩位都頭走上亭來，見了宋江，都爲他擔憂道：“宋大哥啊，你真大膽！怎麽還在此乘涼啊？”就出火簽一照。宋江會意，説道：“鄆城三門，外出盡是大道，都頭定會前來追捕。西門水路倉皇之際，難於買舟，追捕的人一時不會前來，不料兩位兄長却尋來了。”

朱仝、雷橫道：“想不到兄長走這路的。想故意回避，却相遇了，請兄買舟速去。”

三人不便叙話，就便散了。

朱仝、雷橫回衙稟復。縣尹心中有數：押司與同僚交誼很深，喚他們辦事是不力的。閻惜姣有外遇，聽人説過。宋江錯待了這張文遠，流言蜚語盡多。情殺之事，諒是由此而起的。張文遠見閻惜姣已死了，宋江在逃，又怕馬二娘來纏繞，心便漸冷了。縣尹看着苦主無力追究，就將此案懸着擱置下來。

朱仝、雷橫去後，宋江覓隻小舟，繞道潛回宋家莊來。黃昏時分,宋江悄悄地回到家中,拜見老父兄弟,稟告殺惜之事。賴着朱仝、雷橫兩位都頭另眼照顧,免了這場官司。如今且去逃難,天可憐見,若遇皇恩大赦,那時纔得回家團聚,安居樂業。叩請父親,暗中贈些銀兩與諸位都頭,讓他們使用。馬二娘處也要給予照顧,免得她去縣衙告狀。

宋太公道:"這事不用孩兒操心,老身自會料理。衹是不知將去哪裏安身? 我喚清兒與你同行,路上有個照料。"

宋江道:"東溪村的晁保正,孩兒原有交誼。今在梁山,可以投奔。"

宋太公搖首道:"梁山泊是草寇,如何去得?"

宋清道:"小弟想着,却有一處可以去得。"

宋江問:"何處?"

宋清道:"滄州橫海郡柴王千歲那裏。這人最肯招待人士,可以去得。"

宋太公道:"我也聽説滄州橫海郡柴王千歲的威名,人都説他仗義疏財,專結識天下好漢,是個當世的孟嘗君。你們兄弟兩人正好前去投奔。縣中之事,由我料理。平時衹需寄封信來,待到風平浪静,再團聚吧!"

宋江拜道:"孩兒遵命。"

看官:這柴王千歲何以有着這樣崇高的威望? 在下稍作交代:唐末五代十國,是中國歷史上的亂世時期之一。宋代著名文學家歐陽修撰過一部史書,共七十四卷,稱爲《五代史記》。爲與薛居正的《舊五代史》區别,又稱《歐史》《新書》或《新五代史》。這書"論贊"都是"嗚呼"兩字開頭,有人稱它爲"嗚呼史"。其中列傳部分,廣泛採集野史、筆記、小説中的材料,揭示了亂世時期各種人的真實面目。文筆清麗,充分發揮了他的文學才能。

五代是公元 907—960 年,共五十三年時間,有梁、唐、晉、

漢、周五個朝代。公元 951 年，後漢的武將郭威，奉命調離都城
汴州，北上抗禦契丹。到了澶州，幾千名將士突然動亂，闖入郭
威營帳，逼他來當皇帝。有人撕毀一面黃旗，披在他的身上，作
爲黃袍。將領士兵羅拜，口呼萬歲，聲震天地。郭威率領部隊，
掉頭返回都城，正式即了帝位。史稱後周太祖，即大周太祖。這
和後來大宋太祖趙匡胤的陳橋兵變，一模一樣。

　　後周的建立，宣告了自後唐以來中原地區由沙陀等少數民
族做皇帝的王朝的終止，意味着由漢人做皇帝進行統治的王朝
的恢復。郭威死後，他的養子柴榮繼承帝位，這就是被稱爲五代
第一名君的後周世宗。"高平之戰"，是後周開國的生死存亡的
大決戰。世宗親自率領保衛部隊督戰，趙匡胤爲禁軍殿前軍的
將校，負責禁衛，奮力拼殺。形勢驟變，擊潰北漢軍隊，大獲全
勝。進而實現統一中國，整編軍隊，進取南唐。又分兵兩路，陸
軍由韓通指揮，水軍由趙匡胤指揮，乘勝北上，進攻幽燕。

　　正當這時，世宗染上重病，不能北征，返回都城，半個月後去
世，年僅三十九歲。

　　高平之戰以後，趙匡胤跟隨周世宗，十分忠心勤勉，提爲殿
前都點檢，成爲禁軍的最高將領。

　　公元 960 年的農曆元日，北方邊境鎮、定兩州，傳來北漢和
契丹合兵入侵的消息。初三日，趙匡胤率領本部人馬，從開封城
東北面的愛景門出發，到離四十里的陳橋驛駐紮下來。在出征
路上，將士們互相議論道："主上（恭帝）幼弱，未能親政。今我輩
出死力，爲國破賊，誰則知之，不如先立點檢爲天子，然後北征，
未晚也。"

　　趙匡胤堅決拒絕，將士不聽。他們就把趙匡胤強扶上馬，逼
着他向南而行。趙匡胤就對將士們說道："汝等自貪富貴，立我
爲天子，能從我命則可，不然，我不能爲若主矣。"

衆將齊下馬來,答道:"唯命是聽!"

趙匡胤在諸將的簇擁下,進入開封。命令士兵解除武裝,回歸軍營,自己脱下黃袍,回到殿前,對着宰相范質、王溥等,流着淚説道:"吾受世宗厚恩,爲六軍所迫,一旦至此,慚負天地,將若之何?"

這時,有員武將挺劍大聲喊道:"我輩無主,今日必得天子!"范質不知如何是好。王溥首先下階,行了君臣之禮;范質不得已,跟從王溥一起行禮,口稱萬歲。

趙匡胤在崇元殿舉行帝位禪讓儀式。第五日,定國號爲宋。趙匡胤擔任過歸德軍節度使,歸德軍所轄地方春秋時候屬於宋國,因定宋爲國號。趙匡胤便爲宋代開國之君。

五代皇帝的廢立,不少都是由軍隊策動的。後唐的明宗和廢帝、後周的太祖,都是例子。趙匡胤這次兵變,和後周太祖時的情況,十分相像。司馬光《涑水記聞》等書記載:趙匡胤出軍之時,他的一家都躲進了定力院的寺廟,以防不測。政變消息傳出以後,負責警衛的官吏就去保護。這可説明:在出發前,是作了充分準備的。趙翼《廿二史劄記》也指出,這次黃袍加身是有人早作準備的。

趙匡胤政變成功,把退了位的周恭帝封爲鄭王,尊周世宗的皇后爲周太后,把他們遷到西京洛陽居住。後周王室成員及其後裔也都受到優厚的待遇。這次"革命",沒有出現大規模的屠殺,前王室都被保全下來。後周的舊臣也幾乎沒有反抗。宰相范質初時咬牙切齒,後來成爲新朝的大臣。這一政權的移交,成爲和平過渡的典範。

《水滸傳》中寫柴進,説他是大周皇帝嫡派子孫。柴進自稱:"遮莫做下十惡大罪,既到敝莊,但不用憂心,不是柴進誇口,任他捕盜官軍,不敢正眼兒覷着小莊。"又説:"便殺了朝廷的命官,劫了府庫的財物,柴進也敢藏在莊裏。"柴進的叔叔説:"我家是金枝玉葉,有先朝丹書鐵券在門,諸人不許欺侮。"這些描寫都是有它的政治背景與歷史傳統的。

閒話少説,書歸正傳。

宋江聽着宋太公的吩咐,決定來滄州投奔柴王千歲。

宋太公道:"事不宜遲,趁這星夜,早走爲妙。"

宋江道:"祇憐太公乏人照料。"

宋太公道:"孩兒不必煩惱,爲父身體尚健。祇是宋清陪送你到了橫海郡中,即便回來就是。"

宋江收拾包裹,兄弟兩人,各挎一口腰刀,拜別太公。出離宋家莊,向北取路,奔橫海郡去。

這一日,宋江、宋清來到河北滄州,便問得柴王千歲的莊園所在,一徑投莊前來。祇見這莊四周有水圍着,莊前闊溪上有莊橋,橋上懸着巨幅匾額,上書"開宋第一家"。過橋,隱隱見盡是殿宇樓閣,琉璃屋頂,黃色磚牆。門燈上懸着斗大的一個"柴"字。

宋江便問莊客道:"柴王千歲可在莊上嗎?"

莊客道:"不敢動問兩位官人高姓?"

宋江道:"在下姓宋名江,山東鄆城縣人氏。他是我的兄弟宋清。特來拜謁柴王千歲,相煩通報。"

莊客道:"好啊!官人莫非就是及時雨宋公明嗎?"

宋江道:"便是。"

莊客道:"官人稍待,小人前去通報。"

宋江謝道:"有勞你了。"

莊客迂回曲折,來到"百卉廳"上通報。

柴進是王爺千歲,他的殿宇可以稱爲"銀鑾殿";但他不喜歡這排場,却自名爲"百卉廳"。廳的四周,四季開着鮮花,因而稱爲百卉廳。

王爺在舉行儀式時是穿禮服的，頭上戴着七龍冠。皇帝戴的冠有九龍，他的冠是少兩條的。腦門首碼着一顆夜明珠，有桂圓那麼大，光華閃爍，恍如七龍齊向這珠攢來。身上穿着黃色緞袍，腰繫一條八寶玉帶，下蹬粉底朝靴。面如冠玉，年紀三十開外。

今日王爺穿着便服，手挺着槊，在庭院裏習武。遙想當年赤壁之戰，曹操橫槊賦詩，正有這種氣象。曹操是橫槊，柴進是挺槊，一文一武，迥然不同，有篇《槊賦》爲證：

> 這條槊，閃寒光，一招一勢把人傷。起手勢劈頭蓋頂，緊跟着直奔胸膛。鳳凰展翅乾坤掃，鷂子翻身難抵防。攔腰解帶龍探爪，猛虎撲食下山岡。力打泰山驚人膽，穿身取肋掏肝腸。野馬失群歸來路，順風掃葉大開膛！

柴進手揮着槊，上一槊、下一槊，左一槊、右一槊，上躥下跳，左閃右轉，如急雪回風，晴空閃電，十分靈活。看者嘖嘖稱奇。王爺收回這槊，恰好莊客來報："嘉賓到來。"王爺知是山東及時雨宋公明到來，吩咐大開莊門，出莊迎迓。

宋江是鄆城小吏，王爺緣何行此大禮？一是由於宋江是個天下聞名的好漢；二乃王爺愛賢若渴，一向謙恭下士，專愛結交天下英雄。

柴進與宋江挽手進莊，上了百卉廳。宋江下拜，柴進慌忙扶起。賓主坐定，各道平生傾慕之忱。宋江並引兄弟宋清，也相見了。

柴進開言道："不敢動問兄長，今日光臨荒村寒舍，不知有何見教？"

宋江答道："一是久聞王爺大名，特來拜謁請安；二是坐樓殺惜，闖下了人命案子，無處存身，特來投奔。”

柴進聽罷，笑道：“原來如此。兄長寬心，既到敝莊，一切不必介懷。不嫌待慢，小莊盡可盤桓。”宋江起身道謝。

柴進便喚左右，爲這兩兄弟沐浴洗塵，更換衣衫，先就客房歇息。

次日，柴進邀請聚宴。宋江上坐，宋清側首坐了，柴進對席。三人坐定，莊客自來輪流把盞，服侍勸酒。

席間，柴進率先談及當今朝綱不正，豺狼當位，虎豹專權，人心渙散，貪污成風，有錢可使鬼推磨啊！謂宋江：“押司久在衙署，自然知道得多，看得透啊！”

宋江說道：“倒是江湖之上，盡多忠義之士。現在上有秕政，下有菜色。蔡京、童貫、高俅之徒，壅蔽主聰、操弄神器，卒使宋室元氣索然。梁中書大人送的壽禮生辰綱，就是十萬貫。這不義之財，在黃泥岡上被江湖義士劫了。”

柴進問道：“是誰押送這生辰綱的？”

宋江答道：“聞說是山西天波府楊老令公的後裔啊。這人面上有搭青記，江湖上人稱青面獸。姓楊名志，善使一條金槍，有神出鬼没之功啊！”

柴進道：“這楊志，俺也聽說過。大名府中急先鋒索超號稱梟將，是數一數二的；可是碰着楊志，便占不得半點便宜。校場爭鋒，天下聞名。可惜這樣的人才，沉於下僚，説來教人悲憤！”

柴進又問：“這人現在何處？”

宋江道：“祇知道失事之後，在江湖上流蕩，不知現在哪裏。”

柴進道：“倘有緣相逢，也就完了心願。”

兩人談得投機。正是：酒逢知己千杯少啊！天色已暮，燈燭燦然。宋江祇道：“酒止。”柴進興猶未闌，高談未已，直至更深漏盡。

次日，宋清回山東鄆城縣去。

宋江在柴王府中住了一年，結識武松。

武松在柴王府中早已住了多時，因思念哥哥大郎，便與宋江分別。回家途中，在景陽岡打虎。

《青面獸楊志》到此告一階段；武松的事，另有《武松演義》一書交代。

後　記

　　青面獸楊志，是《水滸傳》中英雄好漢之一。《水滸傳》由宋江等三十六人的故事發展而來。這個故事，南宋臨安已見街談巷語。藝人吸取，在瓦肆中敷衍演出，由單篇人物故事，發展爲長篇講史，受到文人、畫家的注意，爲之"傳寫""畫贊"。書會才人亦作記錄，漸由口頭創作，成爲書面讀物；更經文人修訂潤色，躍爲文學名著。《水滸》成書以後，説話事業在社會上繼續發展，精進不已，突破原書成就，進入了一個嶄新的階段。

　　藝人演唱小説，根據《醉翁談錄》的記錄，演唱"水滸"故事的有：《石頭孫立》，屬於公案；《青面獸》，爲朴刀局段；《花和尚》《武行者》，爲桿棒之序頭。見於文字的，龔聖與作《宋江三十六人贊》，其"青面獸楊志"贊云："聖人治世，四靈在郊。汝獸何名？走壙勞勞。"同情楊志的遭遇，爲他作了簡要的勾勒。

　　宋元之際，《大宋宣和遺事》問世。這書是抄撮舊籍而成，反映了初期藝人演出"水滸"故事的面貌。其中説到楊志途窮，賣刀殺人、刺配衛州之事。楊志爲歷史人物，據余嘉錫《宋江三十六人考實》説他曾隨童貫伐遼，後入宋江起義軍中。招安後，攻方臘有功。與小説所寫不同。"水滸"故事記錄成爲脚本之後，遂有《水滸》簡本出現，中經文人潤色，發展成爲繁本。

　　本書《青面獸楊志》，書路衍於《水滸傳》，細節描寫則多突破原書,有着顯著的發展。就人民出版社本《水滸全傳》爲例言之,此二十六回書,自第一回"耀門楣穆桂英囑孫晉京　過梁山青面獸挺棍比武",至第二十六回"趙點檢陳橋兵變　柴王爺滄州招賢",相當於《水滸全傳》的第十二回"梁山泊林冲落草　汴京城楊志賣刀",至第二十二回"閻婆大鬧鄆城縣　朱仝義釋宋公明"。《水滸全傳》適爲十回,説評話的稱這一段書爲"楊十回"。宋元時期,藝人演出稱爲説話;明清時期話本成爲書面讀物,藝人循是敷衍,故又改稱説書。本書是根據説書記錄整理,再創作而成的。

在《水滸全傳》中,楊志自稱:"灑家是三代將門之後,五侯楊令公之孫。"祇此寥寥十六字。本書則作了詳細的鋪陳:楊家四代忠良,八虎闖幽州,十二寡婦征西,保衛大宋江山,肝腦塗地,竭其汗馬之勞;無端遭受奸佞陷害,以致家業蕭條。志士仁人,知者不禁扼腕長歎,潸然淚下。老祖母穆桂英不甘長此沉淪,囑孫晉京,繼續爲國輸誠。本書就從楊志出離"天波府"落筆,讓他歷經人世坎坷,飽嘗官場滋味,從而逼上二龍山,揭起替天行道的大旗來,以爲安身立命之所。

楊志爲將門後裔,楊家一條金槍名揚四海。幼時就耳濡目染,老祖母穆桂英深感朝廷寡恩,世態炎涼,痛定思痛,不願再蹈覆轍。因此叮囑孫兒棄武就文。楊志却少有這種體會,繼承楊家光榮傳統,好習武藝。結識義兄提轄魯達,蒙其指點,學到了兩節"風魔棍"。楊家對於子弟,督責稽考,楊志深受教育。性情剛直,爲人渾厚,疾惡如仇,濟人於危。祇是蟄居家園,未諳世情,有些紈袴子弟習氣,受着官場擺弄,窮途末路,苦無對策。

楊志晉京,路出梁山,恰遇林冲,兩人厮鬥起來。林冲受高俅陷害,弄得無家可歸,有國難投。投奔梁山,偏遇王倫心胸狹窄,定要他繳投名狀來。林冲下山,第一日遇着一個小伙子,這人妻子被清河知縣衙內霸占去了。呈狀不准，反責四十大板。今去青州上告，盼能破鏡重圓。林冲聽罷，目定口呆，淚下如雨。第二日，林冲遇着一個老丈，訴説：第三子受人誣告，關在青州獄中，捎信與老丈，前去證雪冤情。林冲尋思：豈可由我棲息小事，無辜害了老丈性命。忙扶請起，亦是贈送紋銀。朱貴見了，暗自敬佩林冲；却想他非做強盜的胚子。這是一方面寫林冲的困境，亦在塑造英雄形象。在這一困境之下，林冲將又如何來殺楊志？第三日林冲遇着楊志。林冲覷着來人，定非等閒之輩；楊志看着林冲，怎會落魄至此，攔路剪徑？兩人都受提轄指點，學得兩節風魔棍法。厮鬥起來，一退一蹦，棍來棍去，如兩條龍競寶，一對虎爭餐。打到十五棍時，楊志想對方自能還擊，這一棍就不打了。楊志灑脱得很，把棍撩下，拱手讓道：甘拜下風；林冲也隨手把棍收起。這樣收場，恰到好處。這種厮鬥，不光是比武藝，還突出了楊志磊磊落落，林冲雍雍禮讓。這樣處理寫林冲與楊志交鋒，比較高明。

楊志到了東京，晉謁兵部尚書韓琨。楊、韓兩家，奕世通契。韓琨今又受了楊家重禮，可是韓琨連頓洗塵酒都没請，可見此人勢利。嗣後病逝，並無一言照顧。楊志困居招商，没奈何，將祖傳雁翎寶刀出賣，恰遇没毛老虎牛二生事。賣刀一節，寫這潑皮行凶，淋漓盡致，惡貫滿盈。然而細思楊志，緣何窮途落魄？韓琨在道義上能説得過去嗎？官府做了壞事，教人不覺。文章妙處，亦當於此理會。

楊志殺了潑皮，走上發配道路。他有能耐，被梁中書看中。楊志與索超比武，又一次塑造楊志；同時亦顯示周圍人物的性格。就比武的細節説，較原書曲折、細緻、豐富得多。

楊志押送生辰綱，自然爲梁中書忠心辦事。這事引起七星八斗的窺覦，劫此不義之財。吴用採用智取，得以成功。楊志失了生辰綱，一時不知所措。茫茫天涯，何處是他的歸程？楊志亡命，足足奔了一夜，急急如喪家之犬，匆匆如漏網之魚。就在走投無路之際，還救了一位家破人亡的老丈，傾囊相助，不顧個人饑餓和安危。

楊志上二龍山，除了歹徒，奪了寶珠寺，與魯達、曹正占山爲王。告誡弟兄，定要開荒擴種。可以劫富濟貧，必須保護良民。自思英雄豪傑，理當獻身爲國。樂以天下，憂以天下。將分贓廳改爲忠義堂，揭起"替天行道"的大旗來。江湖上因而流傳着一篇賦贊頌揚他的好處。

楊志武藝高強，笑傲江湖，震懾凶頑，光明磊落，正直無私，疾惡如仇，他的這些長處，一定程度地寄託並反映了人民的願望和嚮往。

中國章回小説是從茶館起家的。明人郎瑛《七修類稿》記載："小説起宋仁宗，蓋時太平盛久，國家閒暇，日欲進一奇怪之事以娛之。"耐得翁《都城紀勝》云："説話有四家：一者小説，謂之銀字兒，如煙粉、靈怪、傳奇、説公案，皆是朴刀、杆棒及發跡、變泰之事……"羅燁《醉翁談錄》云："夫小説者，雖爲末學，尤務多聞。"又云："論這大虎頭、李從吉、楊令公、十條龍、青面獸……此乃爲朴刀局段。"這裏的"小説"，指的是説話四家之一。南宋時臨安瓦肆已有説"楊令公"與"青面獸"的，屬於"朴刀局段"。單獨成篇，又有橫向聯繫。

周密《癸辛雜識》（續集）《宋江三十六人贊》，有青面獸楊志、呼保義宋江、智多星吳學究等；到了《大宋宣和遺事》，青面獸楊志成爲宋江等三十六將之一，編入雛形的"水滸傳"中。《水滸全傳》問世，水泊梁山仍在茶館開講。直至今日，"楊十回"仍在藝人口頭創作中，一代代地授受和演説下來。不過這條脈絡綫索，從全國各地着眼，落實到具體的人和事，中間空白較多，一時難以摸清楚。

本書的編述，以胡天如先生所説爲素材。胡先生説《水滸》，
據他自述云：

> 我家住蘇州閶門外的"大觀園"書場後面，小時，我上學
> 校讀書，放學回家，總愛去書場聽書。我是在弄堂裏，抓在
> 欄杆上聽的，俗稱"戤壁書"。第一個是聽湯康伯先生的《水
> 滸》。湯是王如松先生的學生。王書《水滸》，以説"武十回"
> 最出名。聽書以後，我到學校去，總愛把書倒講給同學聽。
> 老師知道，也來聽了。後逢到勞作課和圖畫課，老師關照可
> 以不上，就講書給同學聽吧。長大，我就踏上了評彈界。初
> 拜朱耀良先生爲師，學的是"彭公案"和"三俠五義"；但常掛
> 念"水滸"，欲拜湯康伯先生爲師，苦於拿不出過高的脩金。
> 上海有個老前輩叫張冶兒的，是跟王如松先生學《水滸》的。
> 適來蘇州演出，他就介紹我去投帖王如松先生。但王已年
> 逾古稀，説話沒有力氣，難以教我説書，那就算了。
>
> 新中國成立初期，我在無錫又拜陸鳳石先生爲師，陸是
> 鍾柏亭先生的學生。當時，説《水滸》的有兩派：一派爲鍾柏
> 亭，一派爲王如松。兩派風格不同，各有千秋。陸鳳石先生
> 便和我約定，早上排書，晚上我去書場演出，這叫現吃現吐。
> 今日説書，明日的書要等明早排後知道。就在崇安寺書場
> 掛牌。排書脩金，五元一場。從智深倒拔垂柳，排到五十回
> 落。陸老師在半路上，接到一檔生意，説要開碼頭去。我想
> 學了半年，怎能放下？答應再添五元，變爲十元；同時，供師
> 三餐食宿。這樣，陸師從"林十回"，教到"武十回"；又教到
> "宋十回""石十回"，直教到"時遷偷雞"。下面便是"三打祝
> 家莊"的書，陸師是不嫺熟的。因爲前面説的是短袴書？後
> 面説的是馬背上紮甲書。書品不同，所以陸師就不熟這一

路的。

　　此外，我還學過昆腔，説書時還攙些京腔進去。我拜過拳師：一爲江蘇常熟北門外的袁二樓先生，向他學的是"七紅八煞""醉八仙拳"和"武松倒"等；一爲江陰八角拳師梅永亮先生，他教我棍子、刀、劍和一套螳螂拳。傢伙呢？我學了單刀、棍子和寶劍；大刀没學。武功在説短打書中很有用處，表演出來，一招一式，行家一看就知道了。

　　我在無錫、蘇州説了多年《水滸》，比較熟練。王如松老師和他的兒子王效蓀兄俱已謝世；演説鍾派《水滸》的，祇我一個人。鍾的兒子鍾笑儂説過《水滸》，由於身材瘦小，丹田之氣不足，角色就演不像。放棄了説《水滸》，撫弄弦子，改唱《珍珠塔》了。鍾派《水滸》因此由我繼承下來。

胡先生説《水滸》的授受過程如此，這裏扼要介紹，或可供作研究者參考。

本書是由徐鍾穆同志記録的。徐擅速記，做事敏捷勤快。他對這工作很感興趣，勁頭也足。評彈界常説："大書聽股勁，小書聽段情。"評彈的書情、唱詞、眼神、手法表現得都很細緻，若把這些説、唱、表、白、念等移於紙上，自不容易。但做得好，和原脚本可能落差不大。評話則不然，不斷表演，來如雷霆，去似閃電。要把這股"勁"轉成見之於書面的文字上的"情"，那是實在不易啊！大書演出總是單檔，一個人要扮幾個或更多的不同角色，没有三弦和琵琶的襯托，祇有借助於臉部豐富的表情和粗獷、開闊的聲音，像京劇中"大花臉"那樣的喉聲。要將這些活龍活現地反映在紙上，是一個很大的難題。徐同志於此深有體會，感到學然後知不足，這就説明他對工作是認真的。

我做了一些整理和再創作的工作。在人物塑造、環境描寫、情節安排、語言提煉和制度名物諸方面，做了一些纂修或訂正工作。這主要是保持原來傳統節目的優良傳統及其風格，不要輕易丟失，而當細心予以闡發，使其有特色。但就口述和記錄的素材的具體情況來看，有時難免出現一些荒誕不經之談，或者故事情節不夠完整之處；口語有時未免囉嗦枝蔓，挾着浮詞套語，過於空泛，缺少文采；人物吐屬過於粗率，寡於情韻等情況。參考故書雜記，作了些修訂和補充。歷史地對待，事出有據，或者符合民間傳說，出人意料之外，却在情理之中。使之脈絡分明，起伏呼應。時出懸念，引人入勝。文從字順，爽人耳目。人物行動，植根於現實生活，但不同於現實生活，源於生活，而高於生活。人各具特色，不落凡響。英雄人物，叱咤風雲，一舉一動，寄託了人民的心聲。故須開拓其胸襟，提高其境界，使之典型化。衹是囿於水平、時間等因素，雖三易其稿，還是沒有寫好，紕漏恐多。文章寫得較平，缺少波瀾起伏，跌宕昭彰，絲絲入扣，蕩人心弦。有的寫得比較苦澀，嚼蠟無味。這些缺點，有待在今後的創作實踐中，不斷改進提高。

劉操南
書於杭州文二街花園北村

圖書在版編目(CIP)數據

青面獸楊志 /劉操南纂修;胡天如傳述;徐鍾穆
記録.—杭州:浙江大學出版社,2021.7
（劉操南全集）
ISBN 978-7-308-19713-7

Ⅰ.①青… Ⅱ.①劉…②胡…③徐… Ⅲ.①章回小説
－中國－當代 Ⅳ.①I247.4

中國版本圖書館 CIP 數據核字(2019)第 253768 號

青面獸楊志

劉操南 纂修　胡天如 傳述　徐鍾穆 記録

策劃主持	黄寶忠　宋旭華
責任編輯	胡　畔
責任校對	趙　珏
封面設計	項夢怡
出版發行	浙江大學出版社
	（杭州市天目山路 148 號　郵政編碼 310007）
	（網址:http://www.zjupress.com）
排　　版	浙江時代出版服務有限公司
印　　刷	浙江新華數碼印務有限公司
開　　本	880mm×1230mm　1/32
印　　張	8.75
彩　　插	1
字　　數	220 千
版 印 次	2021 年 7 月第 1 版　2021 年 7 月第 1 次印刷
書　　號	ISBN 978-7-308-19713-7
定　　價	48.00 元

浙江大學出版社市場運營中心聯繫方式:0571－88925591;http://zjdxcbs.tmall.com